좋은 부모가
되기 위한 표현법

지그 지글러 지음 | 미래청소년연구회 옮김

돝섬 선영사

판 권
본 사
소 유

좋은 부모가 되기 위한 표현법

1판 1쇄 인쇄 / 1997년 10월 10일
1판 1쇄 발행 / 1997년 10월 20일
2판 1쇄 발행 / 2015년 10월 20일

지은이 / 지그 지글러
옮긴이 / 미래청소년연구회
표지디자인 / 정은영

펴낸이 / 김영길
펴낸곳 / 도서출판 선영사
주 소 / 서울시 마포구 서교동 485-14 영진상가 지층
TEL / (02)338-8231~2 FAX / (02)338-8233
E-mail / sunyoungsa@hanmail.net

등 록 / 1983년 6월 29일 (제02-01-51호)

ISBN 978-89-7558-184-7 03810

머리말

　이제 막 엄마, 아빠가 된 젊은 부부가 뿌듯한 마음으로 3킬로그램 쯤 되는 기쁨의 근원을 가슴에 안았을 때 여리디 여린 작은 이 아이가 앞으로 180센티미터의 키에 90킬로그램 되는 사나이나, 170센티미터 키의 늘씬한 미녀로 성장해 이 나라를 위해 지대한 공헌을 하게 될 것이라고 상상하기는 쉽지 않을 것이다. 그러나 '장래'를 내다보는 긍정적인 부모에겐 상상력을 발휘하여 장차 그 아이가 성공적이며 창조적이고 긍정적인 성인이 되는 모습을 그려볼 수 있는 능력이 있다.

　미켈란젤로가 망치질을 시작하기 전에 이미 화강암 덩어리 속에서 위대한 모세를 보았듯이 우리의 부모들도 ① 인간성을 지닌 이 작은 '덩어리' 속에서 나타나게 될 젊고 아리따운 남녀의 이미지를 분명하게 투시할 수 있고, ② 여린 어린아이에게 충분한 양분을 줌으로써 자녀의 바람직한 성장과정을 유도하며 긍정적인 성인으로 자라도록 할 수가 있다. 물론 양분을 주는 과정은 단지 한 조각의 케이크를 주는 일은 아니다. 기억하라. 케이크를 잘 구우려면 적당량의 재료의 배합과 적당량의 시간 등 여러 가지 부차적인 요소가 필요하다. 그 결과, 하나의 맛있는 케이크가 된다.

그와 마찬가지로 자녀를 긍정적으로 기르기 위해서는 사랑과 교육·관용이 필요하다. 그리고 결과적으로 자녀들의 행복에 대한 염려와 희생으로 점철된 여러 자질들과 일치하는 많은 필수적인 요소들을 사용해야만 한다. 긍적적인 자녀로 기르는 일은 간단히 상상의 나래를 펼쳐 생각해 보는 것과는 차원이 틀리다. 그것은 매우 흥미롭고 감동적이며 보람 있는 일이다. 그러므로 이제부터는 마음을 굳게 먹어라. 왜냐하면 당신에게 어린 자녀가 있든, 또는 그보다 좀더 자란 자녀가 있든 다음 장부터는 매우 감동적인 지식이 펼쳐질 것이므로.

지그 지글라

이 책을 읽는 이에게 드리는 글

    지난해, 우박을 동반한 폭풍 때문에 밀농사를 완전히 망쳐 슬픔에 잠긴 한 농부가 있었다. 그는 이렇게 말했다. "만약 한 해 동안만이라도 날씨를 조절할 수 있었다면, 나는 풍작을 이루어 농사일을 그만두고 물러나 앉을 만큼 떼돈을 벌었을 것이다."

    그의 말은 다시 말해서 자신이 원하는 시간에 태양을 비추게 하고 적당한 시기에 눈을 뿌리게 하고, 비·이슬·서리·기온까지 완전하게 조절할 수 있는 능력을 하느님이 자신에게 허락하신다면, 언제나 대풍작을 거둘 것이라는 의미이다.

    당신이 이미 예상했을지 모르지만, 농부의 소원은 받아들여져 그에게는 원하는 시간, 원하는 장소, 원하는 정도로 비를 내리게 할 수 있는 권한이 주어졌다. 눈과 기온과 봄철의 해빙기도 완전하게 조절할 수 있게 되었으며, 또한 태양을 마음대로 움직여 자신이 원하는 온도로 정확하게 맞춰 놓을 수 있는 능력도 부여되었다. 그 결과, 어떻게 되었을까? 예상과는 달리 완전히 실패작이었다. 이제 까지 단 한 번도 경험해 본 적이 없는 대흉작이었다.

그후 이웃사람이 어떻게 된 일이냐고 묻자 농부는 이렇게 대답했다.

"바람을 불게 하는 것을 깜박 잊었어요" [이해를 돕기 위하여 부언하자면 이 말은 타화수분(他花受粉 : 벌레 또는 바람 등의 매개에 의해서 열매를 맺는 일)이 안 되었다는 것을 뜻한다.]

이것은 부정적인 세상에서 긍정적으로 자녀를 기를 수 있는 방법을 알려주는 바람직한 서두가 될 것이다. 우리 임의대로 할 수 있는 모든 지식에 비추어서 자기 자신은 모든 문제점에 대한 해결책을 제시하고, 또한 그때그때 무엇을 어떻게 해야 할지 알 수 있으면서도 자기의 자녀들에 있어서는 여전히 '흉작'을 면치 못하고 있다고 생각한다. 그 이유는 간단하다. 당신의 자녀들은 농작물이나 컴퓨터가 아닌 인간이기 때문이다.

그렇지만 서두에 꺼낸 명백히 어두운 그림자에도 불구하고, 나는 우리에게도 유리하고 명백한 방법이 여러 가지가 있음을 확신한다. 우리가 성실하고 현명하며 상식적이고 사랑이 넘치는 방법을 취할수록, 아이들은 우리가 원하는 바대로 지난날의 우리를 본받는 기회가 더 많아지게 된다.

나를 아는 사람들은 내가 낙천주의자라는 사실도 이미 알고 있을 것이다. 낙천주의자이며 긍정적이고자 하는 삶에 대한 나의 태도는 결코 맹목적이며 비이성적으로 이루어진 것이 아니다. 모든 창조적인 삶의 중심은 긍정적이며 낙천적이라는 것이 나의 변함 없는 신넘이다. 이러한 생각이 우리 자녀의 마음속에 뿌리 내리게 될 때 비로소 우리는 진정한 낙천주의자가 될 수 있다. 왜냐하면 우리 부모들이 아이들에게 현존하는 직접적인 미래의 유일한 희망인 것처럼, 그들은 이 나라의 미래에 대한 우리의 유일한 희망이기 때문이다.

그러나 불행히도 상당히 많은 부모들이 아직도 인생에 대한 낙관적인 견해가 자신들이 당연히 선택해야 할 결과라는 사실을 모르고 있다. 먼저 우리가 인생에 대한 기본적인 마음자세를 정립해 나갈 때 그 과정은 자녀의 마음자세를 정립하는 데도 많은 도움을 준다. 긍정적인 자녀로 기르는 유일한 방법은 긍정적인 부모가 되는 길밖에 없음을 나는 확신한다. 그렇기 때문에 나는 긍정적인 아이로 기르기 위해서도 먼저 부모들에게 인생의 '승자'가 되는 방법을 가르쳐 주고자 이 책의 많은 부분을 할애할 것이다.

당신의 무언(無言)의 질문에 대한 대답

당신이 나에게 묻고 싶어하는 무언의 질문에 대하여 내가 대답하자면, "아니오, 나와 내 아내는 우리의 세 딸과 아들 하나를 기를 때, 내가 지금 제안하고 있는 그 모든 것을 실천하지는 않았소"라고 하겠다(나는 어느 누구에게라도 이와 같이 떳떳하게 말할 수 있다. 그리고 그것은 당연한 일이라고 말하고 싶다). 하지만 우리 부부는 이 책에 언급된 원칙들을 대부분 따랐으며, 네 아이들을 행복하고 건강하게, 그리고 능력과 적응력이 뛰어나도록, 도덕적으로도 건전하게 성공적으로 키웠다고 말할 수 있다. 내가 이 말의 타당성을 확신하지 않았다면, 이 책은 결코 쓰여지지 않았을 것이다.

나는 원고를 집필할 때마다 많은 노력을 기울여 왔지만 일찍이 이번만큼 더 매력적이고 감동적이며 보람 있는 경우는 없었다. 언제나 그렇듯이 어떤 류의 기획일지라도 한 사람의 힘만으로 완성하기는 어렵다. 이번에 자신의 작품과 연구 결과를 내가 사용할 수 있도록 기꺼이 허락하여 준 많은 저술가들을 포함하여 그밖의 사람들이 나에게 준 도움은 매우 컸고 또한 가치 있는 것이었다.

아울러 여러 가지 자료를 면밀히 조사해 준 나의 친구 월트 클레이튼과 성원을 보내준 나의 아내 진, 예리한 눈으로 제안을 아낌없이 해 준 나의 딸들——수잔, 신디, 줄리, 그리고 아들 톰에게 깊은 감사를 보낸다.

특히 실질적인 충고와 계속적인 격려를 해 주었던 '긍정적 생활자세 클럽'의 회장인 마미 맥컬로우 부인, 그와 함께 일하고 있는 앤 에진가와 카렌 루지엔 부인, 내 책의 출판인 빅톨 올리버, 나의 업무담당 조수 로리 메이거스, 그리고 로리의 휴가 중에 그 자리를 대신해 준 케이 린 웨스터벨트 씨에게도 사의를 표한다.

또한 사랑과 믿음이 넘치는 모든 사람들에게도 마음속 깊이 감사를 보낸다.

지그 지글러

Zig Ziglar의 좋은 부모가 되기 위한 표현법

차 례—1

머리말······ 3

이 책을 읽는 이에게 드리는 글······ 5

당신의 무언의 질문에 대한 대답······ 8

제1장 긍정적인 자녀로 기르는 것은 간단하다
그러나 쉽지는 않다······ 13

제2장 우리는 문제를 갖고 있다······ 19

제3장 진정한 성공의 자질······ 45

제4장 동기유발과 긍정적 사고방식······ 67

제5장 긍정적인 자녀 계발을 위한 긍정적인 시도······ 81

제6장 삼차원적인 아이······111

제7장 아이를 위한 사랑에는 시간이 필요하다······135

Zig Ziglar의 좋은 부모가 되기 위한 표현법

차 례 — 2

제8장 긍정적인 자녀로 키우기 위해서는

모두의 노력이 필요하다······163

제9장 가족과의 대화······185

제10장 건전한 자아상의 확립······205

제11장 성(性)······225

제12장 성적 학대와 괴롭힘······245

제13장 용서란 위대한 인생의 궁극적인 긍정······265

제14장 탁월한 긍정적, 어린이로 만드는 열쇠······271

제15장 긍정적인 인내를 통해서 긍정적인

어린이가 길러진다······291

제16장 진정한 사랑······299

이 글을 마치면서······313

제 1 장
긍정적인 자녀로 기르는 것은 간단하다. 그러나 쉽지는 않다

✿
새로운 도전

어느 해 봄에 나는 원근양용(遠近兩用)인 안경을 검사하기 위해 나의 친구 봅 보드바르카를 찾아갔다. 봅은 현대적인 컴퓨터 과학 기술을 충분히 활용하고 있었으므로 나의 안경에 대해 좋은 처방을 내려 주었다. 열흘이 지난 후 그는 나에게 안경을 끼워 주면서 보아야 할 것은 모두 볼 준비를 하라고 큰소리를 쳤다.

나는 그의 사무실에서 약간 떨어진 곳에 차를 주차시켜 놓았었다. 그 새로 만든 안경을 끼고 걸어나왔을 때 나는 발을 너무 높이 쳐들며 걷고 있었다. 차가 주차되어 있는 모퉁이에 이르러 차창에 비친 나의 모습을 보기 전까지 나는 그 사실을 미처 깨닫지 못하고 있었다. 나는 흠칫 놀라 사방을 두리번거렸다(당신 자신이 정말로 비정상적인 행동을 하고 있음을 알았을 때 당신은 어떤 느낌을 갖겠는가!). 아무도 보는 사람이 없음을 알면서도 내 모습이 얼마나 우스

꽝스러웠을까를 생각하면서 웃음을 터뜨리지 않을 수 없었다.

그때 문득 진지한 생각이 나의 뇌리를 스치고 지나갔다. 나 역시 일종의 검안사(檢眼士)였다. 나는 정기적으로 지방을 돌아다니며 매우 특별히 주문한 안경을 사람들에게 만들어 준다. 그것은 단순한 안경이 아니라, 부모로서의 잠재력을 일깨워 준다는 점에서 하나의 독특한 안경이며, 이 안경은 그 이상의 작용을 한다. 이 안경은 삶의 방향을 밖으로 향하게 하여 당신의 자녀가 갖고 있는 사랑과 희망, 지성, 개성, 슬기, 성실, 그리고 그밖의 긍정적인 모든 자질을 당신이 알 수 있도록 도와준다.

다시 말해서 이 안경을 통해 당신은 자녀의 대단한 잠재력을 볼 수 있게 된다. 이것이 이 책의 시작이다. 이 책을 읽고 있는 부모들이여, 당신의 소중한 자녀들이 장차 무엇이 될지 다시 한 번 생각해 보라.

긍정적인 자녀로 키우는 두 가지 원칙

자녀를 긍정적으로 기르는 방법을 말하면서, 나는 이 책의 전반에 걸쳐 두 가지의 원칙을 거듭 강조한다. 이 두 가지 원칙은 매우 중요한 것으로 우리가 그것을 잘 이해한다면 자녀에 대한 교육이나 양육과정이 수월해질 수 있기 때문에 나는 이것들을 거듭해서 강조하는 것이다.

첫번째 원칙은, 당신의 사고방식이 곧 당신의 실행방식이라는 것이다. 즉, 당신의 정신 속에 내재되어 있는 것이 바로 당신의 실재

(實在)이다. 따라서 당신의 입장이 당신 정신의 내부까지도 변화시킴으로써 당신의 실재와 상황을 변화시킬 수가 있다. 다시 말해서 당신의 생각이 곧 당신의 실행에 영향을 주는 것이다.

두 번째 원칙은, 인생은 결코 수월하지 않다는 것이다. 실제로 인생은 만만치 않고 매우 험난하다. 당신이 가정에서 일어나는 모든 일을 직접 처리하는 주부이든, 법인체의 간부이든 간에 이것은 엄연한 현실이다. 당신이 운동선수이든 코치이든 상관없이 이것 역시 현실이다. 생활 속에서 무슨 일을 하든 그것은 현실이다. 인생의 승자가 되려면 부모와 자녀 모두가 이 거친 세상에서 살아남을 수 있어야 한다. 이렇게 하기 위해서는 무엇보다 우선 극기(克己)를 배울 필요가 있다.

부모들이여, 나는 당신들이 자신에게 엄격하면 엄격할수록 당신의 인생은 훨씬 더 수월해진다는 사실을 깨달으리라 확신한다. 부모가 자신의 자녀들이 어렸을 때부터 극기를 가르치는 이유는 바로 여기에 있다. 이것을 배우지 않는다면 결코 행복해질 수 없다. 만약 부모가 사랑으로 그 과정을 가르치지 않는다면, 자녀들은 사랑이 결핍된 삭막한 세상 속에서 그 과정을 거치게 된다는 사실을 이내 깨닫기 때문이다. 극기를 위해서는 피나는 노력이 요구되지만, 그 결실은 그만한 노력의 가치가 있다.

성공에 이르기는 결코 쉬운 일이 아니다

삶이란 결코 쉬운 것이 아님을 강조하기 위하여 이따금씩 내가 사용했던 이야기가 있다. 그 이야기는 내가 참석하기로 한 연설 약속과 관계가 있다.

어느 날 나는 한 여성을 만났다. 그녀는 나와의 만남이 내키지 않는 듯, 내 눈을 쳐다보지도 않고 물어 왔다.

"연설을 하면 그 대가로 어느 정도의 보수를 받지 않나요?"

나는 미소를 지으며 대답했다.

"아, 아닙니다. 어디에서 그런 말을 들으셨는지 모르지만 그것은 사실이 아닙니다. 나는 연설의 대가로 어느 정도의 보수가 아니라 상당히 많은 보수를 받는답니다!"

그러나 나는 그녀에게 내가 예전에 라이온스 클럽이나 로터리 클럽, 청년 상공회의소, 교회, 가든 클럽 등 수많은 직장이나 영업 단체에서 무상으로 연설을 했다는 사실을 밝히지 않았다. 12명 정도의 사람들에게 연설하기 위하여 한밤중에 수마일을 운전하기도 했으며, 숙박비가 없어 그 밤에 다시 집으로 돌아온 적이 한두 번이 아니었다. 내가 왜 그런 일을 했을까? 나는 무언가 하고 싶은 말이 있었으며 결국에는 그 대가를 받게 될 것이라는 사실도 알고 있었기 때문에 웃으면서 그 일을 할 수 있었던 것이다.

만약에 이 책을 읽는 부모들에게 "당신이 인생에서 진정으로 원하는 것은 무엇인가?"라는 질문을 한다면, 대다수의 부모들은 "아이들이 살아가면서 자신의 능력을 최대한 발휘할 수 있도록 뒷바라지하여 그 분야에 최고가 되기를 원한다."고 대답할 것이다.

그렇다면 어떻게 그러한 결과를 얻을 수 있을까? 내가 앞서 언급했던 그 안경을 이용하여 아이들의 천부적인 잠재력을 간파해 낸다면 거칠기만한 인생의 터전에서 오랜 기간 동안 그들에게 고난을 견디어 낼 수 있는 능력을 길러 줄 것이다. 그리고 그들의 마음속으로 나날이 쏟아부었던 부모의 정성과 노력은 결국 강하고 긍정적인 무엇인가를 생산해 낼 것이다.

나는 다음 장에서 우리가 살고 있는 세계의 부정적인 모습들을 당신과 함께 살펴보고자 한다. 왜냐하면 우리는 그 안에서 우리가 가진 여러 문제점들과 직접 마주칠 수 있게 될 것이기 때문이다.

자기 평가의 시간

① 자녀를 긍정적으로 기르고자 하는 부모들에게 도움이 될 것이라고 지그가 말한 첫번째 중요한 원칙은 무엇인가?

② 생활 속에서 당신의 생각이 당신의 행동에 영향을 미치는지 설명해 줄 수 있는 특별한 순간을 생각하라.

③ 긍정적인 자녀를 기르는 데 있어서 역시 중요한 두 번째 원칙에 대해 설명하라.

④ 인생의 모진 풍파로부터 당신은 어떻게 자녀를 보호하겠는가?

⑤ 당신의 자녀를 인생의 모진 풍파에서 오랫동안 견디어 낼 수 있도록 준비시키기 위한 훈련과 가르침에 대해 나열하라.

⑥ 당신의 부모는 당신에게 인내를 가르쳐 주었는가? 그분들은 그 일을 어떻게 처리했는가?

제 2 장
우리는 문제를 갖고 있다

❀

부정적인 세상은 어떤 모습을 하고 있는가?

이 장에서 다음의 몇 쪽만을 읽거나, 특히 이 장의 마지막 단원을 읽지 않는 사람은 내가 가장 부정적인 사람이라는 확신을 갖고 책을 덮게 될 것이 분명하다. 그렇지만 나는 우리가 존재하는 이 부정적인 세계가 어떤 모습을 하고 있는지 확인할 때까지 상당한 노력을 계속하리라는 사실과는 별개로, 긍정적이고 단호하게 이러한 문제에는 반드시 해결책이 있다고 믿음을 미리 언급해 두고자 한다.

이런 문제들을 그럴듯하게 설명하고 단순하게 보이도록 한다면, 나는 내 스스로가 태만해질 것이라고 생각한다. 그러므로 나는 그렇게 하지 않겠다. 나는 맨 먼저, 가장 논리적이고 합리적인 문제해결 방안은 조심스럽게 그 문제를 확인하고 그것을 긍정적으로 해결해 나가도록 하는 것임을 믿고 있다.

그 첫번째 문제는 부정적인 대화와 부정적인 독백이다. 예를 들어 부모가 자녀를 학교에 보낼 때 "차 조심해라!" 하고 주의를 준다. 그리고 비만인 사람이 음식을 입에 가득 넣고 이렇게 중얼거린다. "나는 먹었다 하면 살로 간다니까!"

사람들은 대부분 괘종시계라 불리는 '전자 수탉'의 도움으로 아침에 일어난다. 이것은 당신도 갖고 있을 수 있는 부정적인 요소의 한 예이다. 은행에 강도가 들어 비상벨이 울렸다면 사람들은 그 소리에 기겁할 것이고, 빌딩에 불이 났을 때 비상벨이 울리면 또한 그 소리에 사람들은 혼비백산할 것이다. 마찬가지로 당신이 괘종시계의 도움으로 잠을 깼다면 당신은 그 소리에 놀라게 될 것이다. 하지만 실제적으로 볼 때 그것은 '기회의 괘종시계'라 할 수 있다. 그 전자 수탉 소리를 듣게 되면, 당신은 잠에서 깨어나 외출할 기회를 얻을 수 있기 때문이다. 반대로 그 소리를 듣지 못한다면 당신의 외출 계획은 차질이 생길 수밖에 없다.

우리가 쓰는 전문용어까지도 부정적인 면이 있다. 빵 조각을 칼로 잘라서 먼저 손에 든 조각에 '이것'이든 '이쪽'이든, 혹은 처음 자른 조각에 무어라고 이름을 붙인다 하더라도 사실 두 개의 빵조각은 같이 만들어진 것이기때문이다.

얼마 전 댈러스에 갈 때였다. 내가 탄 비행기의 기장은 자신이 직접 인터폰을 통하여 심상찮은 목소리로 말했다.

"우리는 지금 마지막 활주로에 진입을 시도하고 있습니다."

나는 소스라치게 놀라 하마터면 의자에서 굴러 떨어질 뻔했다. 그래서 스튜디어스를 불러 이렇게 말했다.

"아가씨, 기장님께 가서 마지막 활주로 진입은 이 다음으로 미루어 달라고 말해 주세요. 내게는 아직도 하고 싶은 일들이 산더미처럼 남아 있답니다."

나는 골프를 좋아하는데, 포섬 경기(2인 1조로 편을 나누어서 하는 골프 경기)를 할 때면 한 조의 선수가 볼을 쳐 호수에 빠뜨리고 우리에게 돌아와서 "그렇게 될 줄 알았다!"고 말하는 것을 가끔 본다. 여기에서 질문은 명백하다. 그렇게 될 줄 알았다면 어째서 공을 쳐서 호수에 빠뜨린단 말인가? 경기를 하는 목적은 결코 공을 호수에 빠뜨리는 게 아닌데, 또 그렇다고 점수가 올라가는 것도 아닌 것을!

긍정적인 사고방식을 갖고 있는 사람이라면 다시 제자리로 돌아가 마음을 가다듬은 다음, 중간 지점을 향해 정확히 치려고 노력할 것이다.

대개 보통 사람들은 그 다음날 일찍 일어나야만 할 때 마지막으로 중얼거리며 내뱉는 말이 있다. "이것 참, 내일은 무척 피곤하겠는데!" 어려운 일에 직면할 때 우리는 너무나 쉽게 "이것은 내가 할 수 있는 일이 아니야."라는 말을 한다. 일이 많을 때면 우리는 "끝마치기가 어렵겠어요"라고 말한다. 이 얼마나 부정적인 사고방식인가.

❦

최근 40년 동안 변화해 온 일들

아이들을 긍정적인 자녀로 기르는 일이 과거에 비하여 현재에 있어서 상대적으로 어려워졌음을 강조하자면, 우리는 좀더 부정적이며 끔찍한 사실들을 살펴봐야 할 것이다.

댈러스 침례회 신학교의 총장인 와트슨 박사에 의하면, 지난 시대

에 공립학교에서 가장 빈번히 일어났던 학생들의 학칙 위반 사례는
다음과 같다.

복도를 달리는 일, 껌을 씹는 일, 복장불량(여기에는 내의 끝이 밖
으로 삐져나오는 것도 포함된다), 소란을 피우는 일, 휴지를 쓰레기통
에 버리지 않는 일 등등.

반면, 현대에 가장 빈번히 일어났던 학생들의 학칙 위반 사례는
다음과 같다(이것은 발생 순서대로 나열한 것은 아니다). 절도, 강간,
폭행, 강도, 약물 남용, 방화, 폭탄을 이용한 범죄, 음주, 무기 소지,
장기 결석, 공공기물 파손, 살인, 금품 탈취 등등.

앞에 열거한 현대의 범죄는 과거의 사례와 비교할 때 사회에 물
의를 일으킬만한 중죄에 해당하므로 설명을 덧붙일 필요를 느끼지
않는다. 다만 시대와 상황이 변했다는 말 한 마디로 모든 것을 대
변할 수 있을 뿐이다. 이러한 변화들을 당연하다고 말하는 사람들
이 있는데 그것은 문제의 심각성을 모르는 무지의 소치이다.

학교에서나 사회에서 당신의 자녀들이 이러한 문제에 직면해 있
는 상황에서 자녀들에 대한 당신의 책무가 점점 더 어려워지고 중
요해지고 있음은 두말할 필요가 없다.

여기 미국 생활 속에서 나타나는 흥미 있는 현상이 하나 있다. 내
가 실제로 청중 앞에 서서 술이나 코카인, 혹은 정신을 흐리게 하
는 약물을 옹호하고 나선다면, 그들이(청중) 영업을 위한 단체이건
교육자나 애국 단체이건 또는 운동선수들이건 간에 질겁을 하고 나
를 노려볼 것이다.

더욱이 내가 저속하고 외설적인 말을 서슴없이 내뱉으며 근친상
간, 간통, 동성연애, 시간(屍姦), 수간(獸姦), 자살까지도 학생들에게

권유한다면 가만히 앉아서 내 말을 경청할 사람은 하나도 없을 것이다.

그 다음날에도 내가 어느 지방학교에서 자신의 자녀들에게 이와 똑같은 말을 할 것이 분명하다고 생각하는 부모라면, 그들은 온갖 수단을 동원해 나의 연설 계획을 취소시키려고 할 것이 분명하다.

음 악

한 가지 재미있는 사실은 위의 부모들은 알게 모르게 자녀들에게 돈을 주어서, 내가 언급했던 그 외설을 공개적으로 옹호하는 레코드판이나 테이프를 사도록 한다는 것이다. 이러한 가사와 음조로 구성되어 있는 음악은 오늘날의 가정에 또다른 심각한 문제를 야기시키고 있다.

만일 내가 사실을 너무 과장되게 말한다고 생각하는 사람이 있다면, 나는 그에게 지방의 레코드 가게에 가서 로큰롤이나 컨트리나 웨스턴 음악의 상위 10곡을 골라 그 가사에 무슨 말이 씌어 있는지 살펴보라고 말하고 싶다. 그 노래가 무슨 주장을 하고 있는지 안다면, 당신은 그 충격에 아마 말문이 막힐 것이다.

더욱 심각한 것은, 이러한 외설적 주장이 강한 노래들이 수없이 반복되는 동안 어린아이들의 뇌리 속에 심어져, 그와 같은 말들이 나의 연설을 단 한 번 듣는 것보다는 훨씬 더 깊은 충격을 준다는 사실이다.

귀여운 자녀를 둔 부모들이여, 사실 당신의 자녀가 이러한 많은 노래의 가사를 외우고 있을 가능성이 크다. 마음속에 품고 있는 말이나 생각이 그 그림을 완성시킬 때 당신은 왜 자살, 약물 남용, 폭행, 문란한 남녀의 성관계 등이 점점 심해지고 있는가를 이해하기가 훨씬 쉬워질 것이다. 특히 당신이 젊고 감수성이 예민할 때 무엇에 대한 믿음을 쉽게 가질 수 있다는 것은 매우 놀라운 일이다.

"당신에게 어리석은 행위를 믿도록 할 수 있는 사람은 당신에게 잔인무도한 짓을 행하게 할 수도 있다."는 볼테르의 말은 지극히 당연한 것이다.

음악은 얼마나 충격적인가?

1703년 스코틀랜드의 위대한 애국자 앤드류 플레처는 이미 다음과 같이 갈파했었다.

"법은 당신이 만들고, 나는 음악을 작곡하게 해 주시오. 그러면 결국 나는 당신의 나라를 지배하게 될 것이오."

당신이 그러한 음악의 가사를 구할 수가 없었다면, 수많은 사례 가운데 몇 가지를 소개하겠다. 어떤 노래는 참된 신앙을 비웃으며 아무 거리낌 없이 하느님을 모독하고 있다. 한 그룹은, 부모는 물론 어떤 권위에도 귀 기울이지 말고 남을 이용하여서 '제멋대로 행동하라'고 노래하고 있다. 그리고 잘 알려진 한 히트곡은, 술을 먹어 보아도 소용 없고 마약을 먹어도 소용 없고 섹스를 해 봐도 소용 없는데, 사람들은 어째서 자살은 해 보지 않느냐고 노래하고 있다.

이뿐만이 아니다. 심지어 어떤 그룹이 연주한 음악은 교육, 직업,

책임, 그리고 가정적인 면에서 그 가사가 국민들에게 미칠 충격을 두려워하는 그들 정부에 의해 22개의 국가에서 금지되었다는 소리를 들었다. 우연의 일치일지는 모르지만 컨트리 음악과 웨스턴 음악의 대다수가 자녀들에게 나쁜 영향을 주며, 음악 속에 스며든 외설문학일 경우도 종종 있다는 것이다.

좋은 음악은 유익하다

이러한 부정적이며 부도덕한 것들의 유입을 막기 위하여 나는 무엇인가 긍정적인 것을 말하지 않을 수가 없다. 부모들은 자녀들이 어려서부터 좋은 음악을 듣는 습관을 길러 주어야 한다. 왜냐하면 어린아이의 음악적 선호가 이미 결정된 후에는 부모가 좋은 음악을 권해도 효과가 적을 뿐만 아니라, 그것을 어린아이도 원하지 않기 때문이다. 좋은 음악을 들으면 사람들은 작업에도 최대한의 성과를 얻을 수 있고 또한 사회에도 크나큰 기여를 할 수 있다. 또한 아름다운 멜로디는 독창성을 높일 뿐만 아니라, 그것을 듣는 사람에게도 상당한 즐거움을 제공해 주기 때문이다.

가치관의 파괴자, TV

나는 오늘날 TV가 존재해야 한다는 점을 현실적으로 부정하지는 않는다. 그러나 문제는 그것이 선인지 악인지, 나아가 우리에게 유

익한지 아니면 해를 주는지에 상관없이 피할 수 없는 오늘날의 현
실인 것이다. 그런 생각 때문에 많은 가정에서는 텔레비전의 추방
을 간절히 원하고 있지만 사실은 남들이 비웃거나, 자신들의 아이
들이 집에 TV 하나 없는 것을 부끄러워할까 봐 그 생각을 실천하
지는 못하고 있다.

　만일 내가 새로 살림을 시작하는 젊은 사람이라면 결코 집에다
텔레비전을 들여놓지는 않을 것이다. 물론 텔레비전에도 훌륭한 프
로그램이 적지 않게 있다. 그리고 나 역시 TV로 중계되는 골프나
축구, 테니스와 같은 운동 경기를 굉장히 좋아한다. 그렇지만 TV에
서 방영되는 프로그램은 전체적으로 부정적인 측면이 짙기 때문에
내 아이들에게는 보여 주고 싶지 않다.

　TV의 부정적인 영향에 대한 실제적인 증거를 보면 매우 심각하
다. AP통신은 사상 처음으로 미국 심리학회가 TV의 아동용 프로와
아동들의 공격적 행동 사이에는 어떤 상관관계가 있다는 사실을 포
함하여, 텔레비전 폭력의 잠재적인 위험 수위를 점검했다고 보도했
다. 미국 심리학회는 이에 대한 해결책으로 어린아이들의 TV 시청
을 부모들이 수시로 모니터하고 조절해야 한다고 역설하고, '실재적
허구'의 아동용 프로 속에서 이를 본 아이들이 모방 가능한 폭력
장면은 축소 조정하라고 TV산업에 요청했다.

　이러한 진단들은 긍정적인 반응을 불러일으켜, 미국 소아과 학회
의 '아동과 TV대책본부'에서 발행하는 한 보고서에 보충 발표되었
으며 같은 달 《투데이(Today)》지에도 공개되었다. 소아과 의사들은
앞서의 연구자들과 마찬가지로 아동이 TV의 폭력물을 계속적으로
시청하게 되면 폭력을 받아들일 뿐만 아니라, 그들 스스로 더욱 폭

력화될 수 있다는 결론을 내렸다.

당신의 자녀들이 지금 텔레비전이나 영화를 보고 있다면, 당신은 이 세상에서 가장 영향력 있고 설득력 있는 교육용품에 의해 당신의 자녀들이 교육받고 있음을 인정하는 셈이다. TV를 통해 우리는 믿을 수 없는 어처구니없는 것까지 믿게 되는 상황에 놓인다.

시청률이 높다는 TV의 여러 프로를 보면서 우리는 '의미 있는 관계'라면 혼전, 혼외의 성관계까지도 전혀 문제될 것이 없다는 환경 속으로 이끌리게 된다. TV 속에 나타난 성관계의 74퍼센트는 미혼자들의 성관계이다. TV는 정상적이 아닌 혼외 성관계가 바람직할 뿐만 아니라 흥미 넘치며, '아름답기까지 하다'고 가르쳐 주고 있다. 그리고 우리의 자녀들은 이러한 충격적인 사실을 TV로부터 배우고 있는 것이다!

우리는 음주가 좀더 나은 생활방식이라는 분위기 속에 살게 되었다. 예컨대 TV에서는 단 몇초에 한 번씩 술을 권하며, 그것을 대수롭지 않게 생각한다. 더욱 재미있는 것은 TV에 나오는 선한 사람이든 악한 사람이든 간에 그러한 비율은 마찬가지이다. TV를 보노라면 우리가 조금이라도 재미있는 것을 원한다면 술을 마실 필요가 있다는 생각이 깊어진다. 또 어려운 결정을 내려야 할 상황이라면 더욱 술을 마셔야 한다. 현실적인 문제에 부딪쳐 정신을 가다듬을 필요가 있을 때도 역시 술을 마셔야 한다. 말할 것도 없이, 결국 10대 청소년들의 음주를 만연시키고 심각한 사회문제로 만든 원인이 어디 있는지 알 수 있다.

❇

TV는 많은 희생을 강요한다

당신은 TV에 빠진 젊은이들이 그들의 잠재능력과 생산성에 대해 치러야 할 희생을 아마 거의 알지 못할 것이다. 나는 지금 인간의 창조력을 무력화시키고 인간관계까지도 해치는 탐닉에 대하여 말하려 한다.

몇 년 전 《메디칼 소사이어티 저널》지에도 실린 'TV 화면의 가장 큰 위험성은 그것이 유도해 내는 행동보다 오히려 그것으로 인하여 방해받는 행동 속에 존재한다.'는 말에 나는 공감한다. 개인적 동기부여나 정신적인 창의력, 생활 속에서 다른 사람과의 교제에 투자되는 시간이 TV를 보면 볼수록 훨씬 적어지고 있다는 것이다.

이 분야를 연구하는 사람들의 연구결과에 따른 TV가 주는 독성의 또다른 특징들을 살펴보면, (1) 무언적(無言的) 교류의 증가, (2) 젊은 청년들이 갖고 있는 자발성과 이상적이고 혁신적인 태도의 감소, (3) 자신들이 유일한 예술이라고 생각하는 자극적이고 강렬한 멜로디의 음악에 대한 비이성적이며 거의 무조건적인 의존, (4) 끊임없이 존재하는 마약 사건, (5) 정신적인 상호교류와 능동적인 관계를 필요로 하는 경험보다는 과거의 경험에 대한 지대한 관심, (6) 젊은이들 사이에서 문제점들을 창의적으로 해결하는 상황은 한정되고 찾아보기 힘들게 되었다는 것 등이다.

텔레비전을 켠다면 과거의 시청자들처럼 사려 깊고 조심성 있는 사람으로 아이들을 전인적이고 합리적인 사람으로 변화시키는 것은 사실상 불가능해진다. 가치관은 묘한 모습으로 왜곡되고 혼란까지 겪게 될 것이다.

메리 엘리슨은 자신의 저서에서 텔레비전의 탐닉에 대하여 이렇게 썼다.

샌프란시스코의 아홉 살 된 어린아이는 이렇게 말한다.

"나는 밖에 나가서 노는 것보다 TV를 보는 것이 훨씬 더 좋아요 밖에서 노는 것은 따분해요 몸을 흔들며 나아가기, 미끄럼 타기, 그리고 다른 것들도 모두, 그것들은 언제나 같은 기분뿐이거든요"

"나는 TV로부터 도망칠 수가 없었습니다."라고 열한 살인 모니카 펭크즈는 고백했다.

"숙제를 할 수가 없었어요. 친구들에 대해서도 아무런 생각이 들지 않았어요. 어느 쇼 프로를 보고 있었거든요"

역시 열한 살인 데이비드 칸의 말이었다. 데이비드와 모니카는 텔레비전 상습 시청자였다. 데이비드는 텔레비전을 하루에 10시간을 보며, 모니카는 5시간을 본다.

시카코 드 폴 대학교의 심리학 프로그램 책임자인 패티 레베카는, 어린아이들이 때로는 TV를 학교 문제나 가정 문제, 그리고 사회 문제의 탈출구의 하나로 보고 있다고 말한다. 지나칠 정도로 TV를 보는 어린아이는 행동이 위축되는 경향이 있다는 것이다.

"그와 같은 TV의 과거지향적인 행동 때문에 TV를 보는 어린아이들은 진취적인 정신을 발전시키지 못합니다. 더 큰 문제는 그들이 TV 시청 이외의 일을 하지 않을 때, 다시 말해서 TV로 인하여 다른 일을 할 기회를 놓칠 때 생기는 거지요"

어떤 어머니는 자녀들이 TV를 볼 때는 생각을 하지 않는다고 투덜댔다.

"학교에 자신의 이야기를 써내야 할 때조차 그들은 TV에서 무엇인가를 얻습니다."

레베카 씨도 그 말에 동의를 표하면서 부모와 어린아이들에게 말했다.

"기억하십시오, 어린아이들이라고 항상 보호받고 도움받을 필요는 없습니다. 그들이 자신의 문제에 스스로 대처해 나가는 그 조용한 순간들이 가장 건설적이고 뜻깊은 시간이지요. 어린아이에게도 즐거울 수 있는 최고의 자원은 그가 갖고 있는 상상력인 것입니다."

끝으로 한 가지의 예를 더 들어보자. TV에서 방영된 '디어 헌터'를 보고 최소한 38명이 죽었다. 그들은 영화 속의 러시안 룰렛(권총의 어느 한 구멍에만 총알을 장진한 후 머리에 권총을 대고 방아쇠를 당기는 아슬아슬한 묘기)을 흉내내다가 죽어 갔다. 투입된 만큼 결과에 영향을 미치는 것이다.

❀

자녀들은 어느 정도 TV를 보아야 하는가?

당신은 얼마나 TV를 보는가? 물론 TV에서 방영되는 것 중에는 때때로 우수한 프로그램도 있다. 다른 나라의 지리나 역사, 그리고 문명, 나라의 일화 등 우리가 잘 알지 못했던 것을 광범위하게 배울 수가 있는 온 가족에 유익한 특집프로도 있다. 어떤 프로에서는 우리에게 필요한 휴식과 오락을 얻을 수가 있다. 예를 들어 '빌 코스비 쇼'는 매우 유쾌하고 재미있는 데다 긍정적인 '전통 가정'을 효과적으로 소개하고 있다. 이 프로에선 부모들이 견실한 가치관을 갖고 이를 자녀에게 가르치는 현명한 사람으로 묘사되고 있다.

또 노인이나 젊은이를 막론하고 영적인 감흥과 마음의 위안을 주는 뛰어난 종교 프로와 예배 프로도 있다.

하지만 나는 프로들을 보면서 TV에 방영되는 프로가 전체적으로 볼 때 유익하다고 하는 데에는 매우 회의적이다.

물론 집에 텔레비전 세트가 없다면, 아이들이 이를 이상하게 여길 것임엔 틀림이 없다. 그러나 2주일이 지나면 달라질 것이다. 그들은 전보다 더욱 행복해하고 더욱 대화적이며 정치적으로 바뀔 것이다. 또한 애정적으로 안정되고 도덕적으로 책임감이 있으며, 나아가 사회적으로도 환영받을 만한 사람이 될 것이다. 그렇다면 어떻게 해야 하는가? TV의 해독을 막는 많은 해결방안이 제시되어 있지만 현실성이 있는 절충안은 다음과 같다.

부모들은 자녀들과 자리를 같이해서 자녀들의 나이를 염두에 두고 그들 나이에 적당한 TV 프로의 제목을 살펴본다. 그 다음, 하루하루의 프로에 따라 날짜와 시간을 맞추어 그 프로의 제목을 적는다. 그런 뒤에, 자녀들이 볼 프로를 티켓이나 카드로 만들어 10개의 번호를 적어 놓은 공책을 한 권씩 나눠 주고, 자녀들에게 이를 지켜야 할 책임이 있다는 것도 주지시킨다. 부모는 그 종이나 혹은 카드에 구멍을 뚫어 주며, 아이들이 부모가 권하는 10개의 프로를 다 보았다면 그들은 텔레비전을 충분히 본 것이다. 이러한 과정을 통하여 아이들은 무엇을 볼 것인지 선택할 수 있게 되고, 자제력뿐만 아니라 책임감도 배우게 된다. 부모가 권하는 프로 외에 분명 자녀들이 보고 싶은 다른 프로가 있을 것이기 때문이다. 이로 인하여 어린아이는 판단력과 가치관을 정립하는 데에도 많은 도움을 얻게 된다. 이외에 시가행진, 추수감사절이나 크리스마스 특집, 독립기념일 축하행사나 온 가족이 함께 보는 프로를 '보너스'로 볼 수 있게 될 것이다.

TV의 독성을 막는 더 훌륭한 방법이 펜실베니아의 어느 한 학교에서 시도되었는데, 그 학교에서는 비정상적 행동, 신경과민, 반(反)사회적 행동을 제거하기 위한 노력의 일환으로 텔레비전 시청을 엄격히 제한하는 지침안을 마련했다.

"TV를 많이 보는 국민학교 수준의 아이들에게서 비정상적인 행동자 반사회적인 경향이 많이 나타납니다."

펜실베니아 주(州) 피닉스빌에 있는 캠버튼 농업학교의 교원단장인 헨리 블랜차드 씨의 말이다. 기숙사에서 국민학교, 중·고등학교에 이르기까지 320여 명의 학생이 재학하고 있는 캠버튼 농업학교는, '초등학교 1학년 과정을 거치는 학생들을 위한 반(反) TV'로 불리는 지침안을 작성했다.

초등학교 2학년 이상의 고학년 학생들은 학교에서 지내는 저녁시간에 텔레비전과 떨어져 생활하도록 되어 있었으며, 주말에도 두세 시간 이상은 보지 못하도록 엄격히 제한하였다. "어린아이들에게서 나타난 효과를 관찰할 수 있을 겁니다." 잡지《페어런츠 매거진(Par-ans Magazine)》에서 블랜차드 씨는 말했다.

"TV를 끈 3일 뒤에 그들의 행동에서 전보다 눈에 띄게 개선된 점을 당신은 쉽게 볼 수 있을 겁니다. 좀더 집중력이 높아지고 선생님의 가르침에 잘 따르며 이웃과도 더 잘 지내고 있습니다. 그러나 아이가 다시 TV 앞에 앉으면 이전의 상태로 되돌아감을 또 알 수 있을 것입니다."

여러분들의 가정도 TV를 보고 있다면 한번 깊이 생각해 보길 바란다. 여건이 된다면 비디오를 들여놓으라. 그것은 가족들을 위해 편리한 시간에 볼 수 있도록 프로그램을 선택해서 녹화해 둘 수 있으며, 아이들에게 인생사의 중요한 것들을 효과적으로 교육할 수 있는 많은 비디오 프로그램을 잘 이용할 수가 있다.

우리는 부모로서 자녀들의 마음에 심어 줄 것을 대부분 선택할 수가 있다. 우리가 아이들에게 긍정적인 것을 심어 주면 긍정적인 결과를 얻고, 부정적인 것을 심어 주면 부정적인 결과를 얻게 된다.

아동 외설물

오늘날 어린이를 키우는 부모들이 직면해 있는 또 하나의 심각한 문제는 아동 외설물이다. 멜린다 헨네버거 씨 는 《달라스 모닝 뉴스(Dallas Morning News)》지(1985년 3월 21일자)에 기고한 글에서 놀랄만한 사실을 밝히고 있다. 그 기사는 왜 부모들이 어린 자녀들에게서 시선을 떼면 안 되는지를 명확하게 밝혀 주고 있다.

댈러스 출신의 두 소년이 수요일에 여섯 살 난 소녀에게 성적 폭행을 가한 혐의로 붙잡혔으나, 텍사스 법에 의하면 이들이 나이가 어린 관계로 그 고소를 제기할 수 없기 때문에 곧 석방되었다.

두 소년의 나이는 불과 여덟 살과 아홉 살이었으므로, 그 부모들은 그러한 일이 일어난 것을 믿을 수 없다고 말하고 있으나, 두 소년들은 자신들이 여섯 살 난 그 소녀를 처음엔 뒤뜰에서, 나중엔 테이블 밑에서 추행했음을 자백했다고 경찰은 밝혔다.

전하는 바에 의하면 아홉 살짜리 소년은 외설적인 영화를 보고 난 후 이웃의 소년·소녀들을 욕보이기 시작했다고 증인들과 피해자의 부모는 말했다.

《새터데이 리뷰(Saturday Review)》지에서 노만 카슨즈 씨는 그것에 대해 잘 설명해 주고 있다.

손쉽게 구해 볼 수 있는 외설물은 그것이 퇴폐적이라는 것보다는 사람의 감정을 마비시킨다는 데 문제가 있다. 욕망을 유발시키는 것이 아니라 감정을 불구로 만든다는 것이다. 성숙한 자세를 북돋우는 것이 아니라 유아기적 집착으로 되돌아가게 한다. 즉, 눈가리개를 열어 주는 것이 아니라 볼 것을 왜곡하는 것이다. 충동적인 용기는 자극되지만, 사랑은 부정된다. 결국 우리가 얻게 되는 것은 해방이 아닌 인간성의 말살이다.

범국가적으로 아동 외설물에 대한 일제 단속령이 내려졌을 때, 19개 주에서 외설물을 우편으로 받는 대학 교수, 공군 장교, 소아 정신과 의사, 고등학교 교사 등을 포함한 3, 4백 명의 사람들의 신원을 확보해 놓았다.

소비자 보호협회의 지역장인 앨런 윌릭크 씨는 이렇게 말했다.

"사람들은 대개 아동 외설물에 빠져 있는 이들을 사회의 그늘 속에서 살아가는 '병자'라고 생각하는 경향이 있습니다. 그러나 이러한 생각은 일부 사람들에게만 어울릴 뿐, 외설물을 탐닉하는 사람

중에는 우리 사회에서 대단히 중요한 역할을 수행하고 있는 사람들 중에서도 많이 찾아볼 수 있습니다."

"성폭행의 경우 모두가 외설물과 관련되어 있는 것은 아니지만, 어린이에게 이상성욕(異狀性欲 ; *pedophiles*)을 갖는 사람은 거의 언제나 아이들에게 아동외설물이 일반적인 일이라는 사실을 보여 주기 위하여 그것을 수집한다"고 FBI의 어린이 성(性)폭행 문제 전문가인 케네츠 V. 래닝 씨는 말하고 있다. 그들은 언제나 개인의 성욕 유발을 위하여 외설물을 사용한다고 한다. 폭행자는 어린이를 유인, 필요할 경우 어린이를 협박하여 성관계를 가지며, 그런 경우 외설물은 필수적이 된다.

폭력이 어린아이에게 사용되는 경우는 극히 드물다. 폭행자는 거부할 것 같지 않은 어린아이를 선택한다. 어린아이가 반항한다면, 거의 대개의 경우 폭행자는 자기의 의도를 포기할 것이다.

먼저 폭행자는 어린아이(폭행 대상)를 유혹할 적당한 상황을 찾는데, 그 접촉은 대개 개인의 직업이나 혹은 지원 단체를 통하여 이루어진다.

피해 어린이의 약 8퍼센트는 자신들을 폭행한 자를 알고 있다. 즉, 낯선 사람이 아니라는 것이다. 폭행자는 어린아이를 사탕이나 장난감으로, 혹은 공원이나 극장 구경을 가자는 말로 유혹한다. 어린아이가 좀 안심하고 있다고 생각되면 '좋은(?) 아저씨'는 아마도 귀여워서 쓰다듬는 것처럼 다소 간지럼을 태우기도 하고, 어린아이와 함께 엎치락뒤치락하며 놀려고 할 것이다.

"외설물은 어린아이를 유혹하는 과정에 있어 그 다음 순서에 이용된다. 외설물은 어린아이의 자제력을 감소시키는 실제적 역할을 한다"고 FBI의 래년은 말한다.

"아이들은 모두 호기심이 많아요. 그들은 외설물을 보고 어떻게 이 아이들이 발가벗게 되었느냐고 물을 겁니다. 이때 아이에게 믿음을 얻은 그 사람은 설명합니다. '좀 나쁜 일을 해도 되겠니? 이 애들은 지금 즐거운 시간을 보내고 있는 거야. 이 애들만큼 너도 예쁘고 귀엽구나. 네 사진을 좀 찍게 해 주겠니?' 하고"

아이들이 외설물에 호기심을 가질수록 폭행자로부터 빠져 나가기는 더욱 어려워진다고 전문가는 말한다. 문제는 여전히 지금도 누군가가 이걸 시도하고 있다는 것이다. 협박이 사용되는 것은 사진을 찍고 난 바로 이때이다. 폭행자는 사진을 부모에게 보이겠다고 어린아이를 위협할 것이다.

성적 폭행자로부터 당신의 자녀를 보호하려면 당신은 항상 자신의 자녀가 어디에서 무엇을 하고 있는지 알고 있어야만 한다. 당신의 자녀를 친절하고 마음씨가 좋은 이웃에게 맡기는 경우라 하더라도, 당신은 먼저 그 사람에 대한 많은 것을 알고 있어야 한다. 덧붙여 말한다면 당신의 자녀가 이웃집에서 무슨 놀이를 했는지, 무슨 그림을 보았는지에 대하여 신경을 써야 되고 관심을 가져야 한다.

또한 당신은 어린아이에게 몸의 어떤 부분을 만지면 안 되는지를 어릴 적부터 가르쳐야 한다(어떤 전문가는 어린아이의 수영복을 살 때에도 비키니나 허리와 히프가 드러나는 수영복이 아닌 '수수한' 수영복을 사고, 감추어져 있는 부분은 부모의 허락 없이 어느 누구도 만지거나 겉으로 드러내 볼 수 없도록 어린아이를 가르치라고 제안한다). 그리고 또 하나의 훌륭하고 안전한 예방조치는 당신의 자녀를 맡고 있는 사람을 정기적으로 '불쑥' 찾아가 보는 것이다.

마약이 제일 심각한 문제인가?

오늘날 미국의 많은 사람들은 마약이 제일 심각한 문제라고 생각하고 있다. 마약을 복용한 후에 발생하는 불행은 너무 엄청나서 깜짝 놀랄 지경이다. 또한 많은 사람들이 그 문제에 대해 해결책이 없다고 믿는다는 것을 깨달으면 끔찍하기까지 하다. 그러나 말할 필요도 없이 나는 그러한 생각을 완전히 배척하며, 이 문제에 대한 해결책을 이 책에서 찾게 되리라 믿는다.

마약, 폭력, 음란행위나 그밖의 것들이 문제는 아니다. 그것들은 문제의 외적인 징후일 뿐이며, 근본적으로 문제를 해결하려면 우리는 우선 그 원인을 다루어 나가야 하며 또 이것만이 유일한 방법이다.

UCLA의 포리스트 테난트 박사는 세계적으로 유명한 마약 치료의 전문가이다. 그는 흡연 문제를 해결한다면 마약 문제의 대부분을 해결하게 될 것이라고 굳게 믿고 있다. 그의 추리는 단순하나 논리는 반박할 여지 없이 완벽하다.

마리화나를 피우는 사람들 가운데 95퍼센트가 처음으로 손댄 것은 담배였다(마리화나를 피우려면 빨아들이는 방법을 알 필요가 있는데, 그 방법은 담배를 피우면서 알게 된다). 헤로인이나 코카인을 복용하는 사람의 95퍼센트가 그러한 방법으로 마리화나를 피운다. 그는 담배를 피우는 모든 사람이 결국은 헤로인이나 코카인을 복용하게 된다고는 말하지 않고, 그 95퍼센트의 사람들이 코카인이나 헤로인을 먹게 된 시초가 담배였다고 말했다.

테난트 박사는 또한 먼 앞날에는 흡연자로서 직장을 잡으려는 청
년들은 직업을 얻기가 거의 불가능하리라 믿었다(그들 중에 15퍼센
트만이 직업을 갖게 될 것이기에). 왜냐하면 비흡연자보다 흡연자를
고용하는 데는 4,611달러(1982년 기준)가 더 소요되기 때문이다. 만
일 담배와 함께 약물 사용을 중지하려 한다면 고용 기회가 막힌다
는 하나만의 이유만으로도 금연에 큰 도움이 될 것이다.

금연을 해야 하는 또 하나의 좋은 이유는 담배를 피우면 안 피울
때보다 개비당 14분이나 수명이 단축된다는 사실이다. 오늘날 미국
에서는 사망자의 19퍼센트가 직·간접적으로 흡연의 결과로 죽어
간다. 그러한 사망자 수가 매년 36만 명(어떤 전문가는 50만명으로
추정)에 이른다(생각해 보자. 36만 명이 매년 자동차의 결함이나 불안
전한 약품, 오염된 식수로 인하여 죽는다면, 정부는 어떤 조치를 취할
것이 분명하다. 그렇지 않은가?).

마리화나를 피움으로써 야기되는 상상할 수 없을 만큼의 엄청난
손실은 나에게 매우 충격적이었다. 나는 사람들에게 그 문제에 관
심을 가지라고 권유한다. 아니, 사정한다. 미국 사람들은 다른 어떤
약품보다도 마리화나에 대하여 훨씬 더 잘못 알고 있다. 테난트 박
사는 마리화나가 현재 미국에서 손쉽게 구할 수 있는 단 하나의 가
장 위험한 물건이라고 말한다.

만일 당신이 마리화나 중독자이거나, 혹은 당신의 자녀가 마라화
나 중독자일 경우에는 두 권의 책을 반드시 읽어야만 한다. 이 책
의 저자는 페기 만(Pegey mann)이라는 사람인데, 그녀는 독자의 흥
미를 유발시키고 실체를 파악하는 방법을 통해서, 과학적인 예시와
함께 독창적인 해결 방법과 실천적 행동의 가능성을 제시하는 글을

쓰고 있다.

첫번째 책은 일찍이(1985년 2월 26일) 미국의회 상원에서 '폐기 만이야말로 미국에서 가장 먼저 약물 중독에 대한 방지책에 주목한 작가'라는 영예를 받았던 책으로, 낸시 레이건 여사가 부모를 위해서 최초로 서문을 쓰기도 했던 《마리화나 경보(*Marijuana Alert*)》라는 책이다.

상원의원이면서, 알콜중독과 마약중독에 대한 상원 분과위원회의 장이기도 한 파울라 하킨스 씨는 그가 주최한 리셉션에서 "이 책이야말로 전진을 위한 위대한 첫걸음이며 하나의 전환점이 될 것이다."라고 했다.

이 책은 각급 학교, 즉 중·고교와 대학에서 읽혀지도록 추천되었다. 《마리화나 경보》는 위험스런 문제를 다룰 뿐만 아니라 마약중독의 문제 해결도 같이 다루고 있다.

두 번째 책은 《마리화나 사파리(*Pot Safari*)》라는 책으로 초등학생과 10대 청소년을 위해서 씌어졌다. 나는 어떤 사람이건 섹스와 원치 않는 임신, 폐병, 뇌질환 등에 미치는 마리화나의 중독으로 인한 장·단기간의 여파나 분명한 해독을 알고자 하는 사람이라면 이 두 권의 책을 읽도록 권한다. 하지만 이미 이상적인 사고능력이 마비된 중증의 마리화나 중독자는 예외일 것이다.

우리가 처한 부정적인 환경에 대한 긍정적인 시도

조쉬 맥도웰의 한 정기 간행물은 다음과 같은 통계치수를 예견한 바 있다. 미국에서는 다음 한 해 동안 5만 명의 어린아이들이 자살을 기도할 것이다. 1백만 명 이상의 아이들이 가출하고, 27만 5천 명의 10대 소녀들이 원치 않는 아이를 낳을 것이며, 41만 8천 명의 19세 이하의 소녀들이 원치 않은 임신을 중지시키기 위해서 낙태수술을 받을 것이다. 그리고 1천 2백만 명의 10대 청소년들이 일종의 마약중독자로서 약물을 상습적으로 복용할 것이며, 3백 30만 명의 젊은이들이 심각한 음주 문제를 경험하게 될 것이다. 또한 5백만 명의 어린아이들이 깨어진 가정의 희생자가 될 것이며, 4백만 명의 어린아이들은 자신의 부모에게 매질과 폭행, 그밖의 다른 방법으로 악용될 것이다.

미국의 15세에서 19세 사이의 10대 청소년 2천 1백만 명 가운데 50퍼센트 이상은 적극적인 성행위를 하고 있으며, 13세에서 15세 사이의 청소년들 중 2백만 명은 적극적인 성행위를 하고 있다고 믿어진다. 10대들의 결혼 중 60퍼센트가 5년 이내에 이혼으로 끝난다. 1973년 이후 10대의 임신은 해마다 두 배로 증가했으며, 현재 합계를 내면 1백 10만 명에 이른다. 매년 10대 소녀 10명 중 1명이 임신을 한다. 모든 10대의 임신 가운데 3분의 2, 그리고 10대의 출산 가운데 2분의 1은 원치 않는 출산이다.

그렇다. 우리는 정말 부정적인 세계에서 살고 있으며, 때로는 우리가 극복해야 할 장애가 넘을 수 없는 것처럼 보인다. 장애물에 대하여 했던 말을 살펴보자.

잡지 《인적 판매능력(Personal Selling Power)》의 편집자인 게르하르트 그슈반트너는 현명한 어떤 철학자의 말을 지적했다. 독수리가 빠른 속력으로 하늘을 자연스럽게 날기 위해서 극복해야 할 장애요소는 공기이다. 그런데 만일 공기가 없어져 그 자신만만하던 새가 진공속을 날게 된다면 잠시도 날지 못하고 곧 땅으로 곤두박질할 것이다. 비상하는 데 방해가 된 바로 그 요소가, 동시에 독수리가 하늘을 날기 위해 필요한 요건이었던 것이다.

동력선(動力船)이 극복해 나아가야 할 주된 장애물은 바로 프로펠러를 방해하는 물이다. 그러나 그와 같은 방해요소가 없다면 배는 조금도 움직이지 않을 것이다.

장애요소가 성공의 요건이 된다는 원칙은 인간사에서도 그대로 적용된다. 모든 장애요소와 어려운 여건, 현실과 동떨어진 생활은 모든 가능성과 능력을 최하위 수준으로 떨어뜨린다. 장애물과 마주치면 그때부터 우리의 능력은 개발될 것이다. 어려움 속에서 새 힘이 탄생되는 것처럼 우리는 노력을 통하여 새로운 능력을 얻게 된다. 장애를 극복하면서 의지가 생기며, 인간은 절망을 통하여 성장을 배우고, 뼈아픈 손실을 통하여 욕망을 배우게 되는 것이다.

자녀를 긍정적으로 기르기 위해서라도, 우리는 어린아이에게 우리가 해 줄 수 없는 것이 있음을 이해해야만 한다. 상처를 받지 않도록 보호해 주려 해도, 어린 자녀를 세상의 부정적인 영향권에서 완전히 벗어나게 할 수는 없다. 우리는 악으로부터 그들을 완전히 지킬 수는 없다. 그들이 발목을 삐었거나 손가락을 부러뜨렸거나 베었을 때에도 우리는 그들의 고통을 대신 받을 수는 없다. 시험을 대신 치러 줄 수도, 직업 세계로 들어갈 준비를 하고 있는 그들을 위하여 대리 시험을 치러 줄 수도 없다.

그러나 만약 그렇게 해 줄 수만 있다면 그것은 정말 굉장한 일일 것이다. 요컨대 우리가 자녀를 대신하여 아플 수 있다면, 우리는 분명 아이가 성장해 나감에 따라 아이의 수많은 고통을 당연하게 대신했을 것이 분명하다.

  그러나 그렇게 함으로써 생기는 단 하나의 심각한 문제점은 아이들이 자라지 않고 만년 어린아이로 남아 있게 된다는 점이다.

  우리의 자녀들이 어려운 일이나 고통을 당할 때는 우리가 함께 있으며 이해하고 사랑하고 후원한다는 사실을 그들에게 알려 줄 필요가 있다. 그와 같은 상황에 있다면 그들의 마음에 공감을 표시하는 것이 무엇보다 중요하다는 사실을 우리는 알 필요가 있다. 일반적으로 자녀에게 동정으로 대하는 사람은 자녀를 위해서라면 무슨 일이든 하려고 하기 때문에 마침내는 어린아이를 망치게 될 것이다. 더욱 의미심장한 것은 아이들이 원한다면 그들은 무슨 요구든 따라 준다는 것이다.

  '동정'은 타인의 느낌을 단순히 내 것으로 받아들인다는 말일 뿐이다. '공감'은 타인의 느낌을 이해는 하지만 그것을 내 것으로 느끼지는 않는다는 의미이다. 타인의 감정대로 느끼지 않기 때문에 당신은 그 문제에서 한 걸음 물러나 객관적인 해결방안을 아이에게 제공해 줄 수가 있다. 이것이 긍정적인 자녀를 기를 때 부모로서 맡아야 할 역할이다. 당신은 그러한 문제나 역경과 거리를 두도록 자신에게 채찍질할 필요가 있으며, 당신이 당신 자녀들에게 제공해 줄 수 있는 해결방안을 검토할 필요가 있다. 당신이 바로 그러한 일을 할 때 나의 '긍정적인 자녀를 기르는 법'은 유용한 방법이 될 것이다.

자기 평가의 시간

① 당신이 아이들과 나누었음직한 부정적인 대화의 예를 들고 그것을 긍정적인 것으로 바꾸어 보라.

② 일상적인 이유로 자기 자신과 나눈 대화는 어떠했는가?

③ 지그 지글러는 우리가 살고 있는 세계가 얼마나 부정적인가에 대하여 중요한 몇 가지 범위를 설정해 놓았다. 그것들에 대하여 기술하라.

④ 그것들 중 당신과 가장 관계가 있는 것은 무엇인가? 또한 당신의 자녀들과 가장 관계 있는 것은 무엇인가? 어떻게 할때 이 부정적인 힘들을 긍정적인 것으로 바꿀 수가 있는가?

⑤ 당신은 TV 시청과 라디오 음악 청취에 관한 가족들의 대책을 세워 놓고 있는가? 이 글을 읽고 난 뒤에도 당신의 기존 대책이 옳았다고 느끼는가?

제 3 장
진정한 성공의 자질

❀

진정한 성공이란?

우리는 현실적으로 부정적인 세상에서 살고 있다. 그렇기 때문에 긍정적인 자녀를 기르는 과정에서 만나게 될 장애 요인들을 확인해 보았다. 그럼 그 해결책을 찾아보자. 당신은 성공을 정의를 어떻게 내리고 있는지 모르지만, 나는 기회가 있을 때마다 완전한 성공을 말하고 있다.

내가 엄청난 돈을 벌었으나 건강하지 못하다면 나는 성공했다고 생각하지 않을 것이다. 내가 나의 분야에서 정상에 오르고 세계 최고가 되더라도 나의 네 명의 자녀들 중 한 아이라도 "있잖아요 아버지, 제가 자랄 때 아버지가 저를 위하여 시간을 내어 주셨으면 하고 얼마나 바랐는데요 남들에게 아낌없이 해 주시는 그 충고의 몇 마디라도 저에게 해 주셨더라면 제 인생이 이렇게 엉망진창이 되지는 않았을 텐데요"라고 말한다면, 나는 분명 아이의 그 말에 가슴이 천 갈래 만 갈래 찢어지는 듯한 아픔을 느끼게 될 것이다. 그것은 아이들을 너무도 깊이 사랑하기 때문이다.

성공을 향한 과정에서 필수적으로 수반되는 이러한 위험은 당신에게도 마찬가지이다. 당신의 나이, 성별, 직업에 관계없이 가족들과 사랑으로 안정된 관계를 이루고 있다면 당신은 직장이나 사업에 더욱 효율적으로 대처할 수 있다. 따라서 당신의 생활은 더욱 생산적이며 성공적일 것이다.

당신의 생활 태도는 당신의 가족이나 직장 동료들에게 직접적으로 영향을 미치기 때문에 이 책은 결국 인간의 생활태도 고양을 목적으로 구성된 것과 같다. 따라서 당신은 생활 태도와 장래성의 손상됨이 없이 어린 자녀를 긍정적으로 기르는 데 필요한 모든 자격 요건들을 향상시킬 수 있음을 알 수 있을 것이다.

🏵 성공의 요건

성공은 모두가 원하지만 상대적으로 소수만이 차지하게 되는 것, 그것을 차지하려면 어떻게 해야 하는가? 나는 강연회를 가질 때마다 청중들에게 자신이 알고 있는 사람 중 제일 성공한 사람들에 대해 생각해 보라고 요청한다. 매우 흥미롭게도 그곳이 어떤 지역이든, 그리고 청중들이 치과 의사든 영업사원이든 교육자든 성직자든, 아니면 일반인이든, 그들의 대답은 매우 유사성이 많음을 알 수 있었다.

그들이 말하는 성공의 자격 요건은 다음과 같다.

관심	동정심
긍정적 정신 자세	노력
실행력	목표 지향성
남의 말에 귀를 기울여 줌	상상력
신념*	자부심
신뢰감*	정열
애정(사랑)*	정직*
연민	조직력
열정*+	지속성*
성실	지혜
유머 감각*	책임감
의무*	청렴
이해심	총명
인격	충성심
인내*	친근감

이 도표는 시시각각 변화한다. 그러나 청중들이 성공의 자격 요건으로는 참조 표시※를 한 9개의 요건을 언급한다.

※

생활 자세인가, 기교인가?

다음으로 나는 청중들에게 이 요건들을 각각 '생활자세'와 '기교'로 구분하기를 원한다. '생활 자세' 쪽에는 A, '기교' 쪽에는 B라고 단어 뒤에 표시하라.

당신의 대답이 청중들의 전형적인 생각과 같다면 당신은 30개의 요건들 중 '생활자세'에 24개 내지 26개, '생활 자세'와 '기교'의 혼합에 1개 내지 2개(조직력과 남의 말을 잘 들어 주는 것이 이에 해당한다), '기교'에 1개 내지 2개로 확인했을 것이다. 상상력과 지혜와 같은 요건들은 천부적으로 타고난 것이라고 생각된다.

당신은 이제 당신이 어떤 일을 하거나 무슨 계획을 갖고 있거나 관계없이 인생에서 생활 태도의 중요성을 새삼 느꼈을 것이다.

질문 : 당신은 언제, 어떤 장소, 어떤 상황하에서 이러한 요건들의 개발 방법에 대해서 배운 적이 있는가?

나는 세계를 돌아다니며 청중을 대해 온 경험으로 미루어 볼 때 성공하는 사람들의 특질인 성공의 자격 요건에 대한 개발 방법의 교육과정을 마친 사람들은 불과 1~2퍼센트에 지나지 않는다는 사실을 알았다.

누구의 책임인가?

그런 경우, 나는 청중에게 묻는다.

"우리가 교육의 배(船)를 놓치고 있다고 생각합니까?"

교육자들의 경우를 제외하면, 모든 청중들은 이 말에 큰 소리로 "예"라고 대답한다. 그들은 자신들에게 닥친 어려움의 책임을 묻는 사람이 있기에 어떤 안도감마저 느낀다.

"그게 교육자야? 그들은 남을 망치고 있어. 이것은 그들의 잘못이야. 그들에게 무언가 본때를 보여 줘야 해!"

이렇게 말하면 교육자 이외의 모든 사람들은 기분이 매우 좋을 것이다. 그러나 나는 남에게 손가락질을 하고 자신의 문제를 타인의 책임으로 전가시키는 것은 결코 올바른 행동이 아니며, 결국에 그 손가락질은 자기 자신을 향하여 되돌아올 것이라고 청중에게 주의를 준다.

다음으로 나는 아이들이 하루에 몇 시간을, 그리고 일년에 몇 시간을 학교에서 보내고 있는가 청중에게 묻는다. 실제로 거의 모든 아동의 경우 하루에 6시간씩을 학교에서 보내고 있다. 1년의 수업일수는 180일이므로 아이들은 학교에서 일년에 1,080시간을 보낸다고 볼 수 있다. 다시 말해서 일년은 8,760시간이므로 학교에서 1,080시간을 보내며 집에서 7,680시간을 보낸다는 사실을 의미한다.

다음으로 나는 "적으나마 이러한 요건들을 가르치기 위한 책임의 일부를 부모들이 져야 한다는 사실을 믿는 사람이 당신들 가운데 얼마나 됩니까?"라고 물어본다. 그러면 모든 사람들은 힘 주어 그러나 다소 부끄러운 듯 부모에게도 다소의 책임이 있음을 인정하는 대답을 한다. 당신도 그들과 같은 생각이기를 바란다.

청중을 향해 나는 다음 질문을 한다.

"집에서 이러한 특질을 가르치고 학교에서 장려했다면, 이로 인하여 행복하고 성공적이며 환경에 순응할 기회가 있는, 그러한 우수한 시민을 우리가 얻게 된다고 믿는 사람들이 당신들 중에 얼마나 됩니까?"

그러면 모두들 이 질문에 큰 소리로 공감을 표시한다.

이어서 또 이렇게 묻는다.

"어린아이에게 이러한 특질들을 가르치기 전에 부모들이 먼저 교육 받으면 이것이 자녀에게도 도움이 된다는 사실을 믿는 사람이 당신들 가운데 얼마나 됩니까?"

다시 한번 청중들은 이 말에 큰 소리로 응답한다. 그때 나는 말한다.

"자, 이제 이 특질들을 배울 수 있는지의 여부를 검토해 봅시다."

이제 나는 당신들에게 자격 요건 목록표로 다시 되돌아가라고 장려한다. 그리고 당신이 체크한 이러한 특질들을 배워야 한다.

성공의 자격요건들은 배울 수 있다

목록을 검토해 보면, 당신은 그 모든 요소들이 배울 수 있는 것임을 알게 된다. 배울 수 있는 것이라면 그것들은 '기교'에 속한다. 이 말은 성공에 필요한 모든 요건들을 당신이 습득할 수 있음을 의미한다. 더 나아가 그것을 습득할 수 있고 그것을 이용할 수 있다면, 당신은 성공하게 된다는 의미이다. 그뿐만 아니라, 그것은 또한 당신의 자녀를 성공시킬 수 있음도 의미한다.

더욱이 당신들 대부분은 자격 요건 중 어떤 것은 당신이 아는 사람 가운데 가장 성공한 사람들에게 존재함을 이미 간파하고 있다. 즉, 당신이 이 요건들을 더욱 발전시키기 위해서 이미 지니고 있는 것도 이용할 수 있음을 의미한다. 다음 이야기는 이러한 점을 실례로 보여 줄 것이다.

가치관을 이용하라

텍사스 주(州) 버몬트 시 접경지에 사는 한 농부는 근근히 생계를 이어나가고 있었다. 넓은 토지를 갖고 있었지만 불황에 가뭄까지 겹쳐 작황은 엉망이었다. 가족들의 식량과 생활 필수품을 구입하기 위하여 농부는 토지를 팔기 시작했다. 그러던 어느 날 농부에게 석유회사의 간부가 찾아와서는, 당신의 땅 밑에 석유가 있을지도 모른다고 말하면서 시추권의 사용료를 지불하겠으니 합의해 달라고 했다.

농부는 잃는 것보다는 오히려 얻을 것이 많다고 생각했기 때문에 그 계약을 체결했다. 그 당시 유정탑(油井塔)은 나무로 만들어져 있어서 상당한 양의 기름이 발견될 때마다 폭발적으로 분출되어 나오는 기름의 힘 때문에 이따금씩 부서지곤 했다. 그러나 유정탑이 크게 박살이 나면 날수록 그는 좋았다. 그것은 유전의 매장량을 직접적으로 나타내는 확실한 증거이기 때문이었다.

하루는 농부의 그 유정탑이 완전히 박살이 났다. 그들이 진짜 유정을 건드렸기 때문에 기름 구멍을 막고 조절할 수 있을 때까지 사실상 10만 배럴이 넘는 기름이 흘러나가 버렸다. 그래서 그들은 기름의 헛된 유출을 막고 조절할 수 있는 역사상 가장 유명한 스핀들톱(땅 속으로 굴대를 박아 팽이처럼 회전시키는 기계)을 도입했다.

농부는 갑자기 벼락 부자가 되었다. 정말 갑자기 벼락 부자가 되었을까? 사실상 그 농부는 석유가 묻혀 있는 그 땅을 소유하게 되었을 때부터 부자였다. 그러나 석유를 발견하고 그것을 땅 위로 끌어올려 시장에 내다팔아 돈으로 바꾸기까지, 그 석유는 아무런 가치가 없었던 것이다.

사람들은 모두 그런 식이다. 자신의 능력과 가치를 인정하지 않으면 시장에 그것을 내다팔아 돈으로 바꿀 수가 없다. 또한 우리가 어린 자녀들의 가치와 능력을 인정하지 않는다면, 그들이 자신의 잠재력을 인식하고 개발하도록 적극적으로 도울 수가 없다.

인생 소유권의 주장

몇 년 전, 나는 내 사위인 체드 위트마이어와 세미나를 열기 위해 비행기편으로 세크라멘트로 갔다. 우리를 초청한 주최측의 내외가 공항으로 마중나와, 함께 차를 타고 캘리포니아 주의 어번으로 향했다. 가는 도중, 그들은 내가 강연할 장소에서 바로 30분 거리에 샤터의 방앗간이 있다고 말해 주었다. 샤터의 방앗간은 제임스 W. 마샬이 '1849년 대황금기'의 시발점이 된 샤터의 샛강에서 황금을 발견했던 곳이다.

사람들은 행운을 잡기 위하여 미국 전역과 세계 도처에서 캘리포니아의 황금밭으로 몰려들었다. 그러나 대부분의 사람들이 모르는 사실이 있었다. 1880년대가 저물 무렵 어번에서 두 시간도 못 미친 거리에 있는 한 폐광 갱도 안에서 떠돌이 금광업자의 시체 한 구가 발견되었는데 그가 바로 제임스 마샬이었다.

바로 이 사람이 황금을 최초로 발견해 수많은 사람들의 캘리포니아로의 이주를 촉발시켰으며 이로 인해 많은 사람들에게 행운을 안겨 주었던 바로 그 장본인이었던 것이다. 그러나 그는 자신의 권리를 주장할 시간이 없었으므로 무일푼의 폐인으로 죽음을 맞이했다.

우리는 부모로서 긍정적인 자녀를 기르기 위하여 성공에 필요한 요건들을 인지해야 한다. 아이들에게 성공의 잠재력이 있음을 믿게

해야 하며, 인생 소유권을 주장하는 방법도 가르쳐야 한다. 그것은
매우 어려운 요구이겠지만 결코 힘든 일은 아니다. 이제부터 이러
한 목적들을 성취하기 위하여 개발할 필요가 있는 성공의 필수 요
건들 몇 가지를 살펴보도록 하자.

성공의 기초

　학교를 졸업하고 직장을 가질 때 우리의 직업 인생이 시작된다는
것은 이미 상식에 속한다. 그러나 단순히 그렇지만도 않다. 우리의
직업 인생은 이미 직업이란 생각을 마음에 품은 그 순간부터 시작
되고, 학교에 들어가기 전부터 진행되어 왔다고 보아야 한다.

　우리가 어머니의 태내에 있는 동안에도 여러 가지 요인들이 앞날
에 어떤 영향을 미친다. 과학적으로 증명된 바와같이, 출생 4개월
전부터 태아는 외부의 영향을 받고 있다. 출생시부터 우리가 투자
한 것과 주위 환경은 우리의 앞날에 커다란 영향을 주는 것이다.

　나는 몇 년 전, 캐나다의 캘거리에 가서 캘거리 타워의 꼭대기에
서 저녁식사를 할 기회가 있었다. 캘거리 타워는 그 높이가 축구장
의 2배 이상 되는 길이로 190킬로미터나 됐다. 정말 아찔했다. 엘리
베이터를 타고 올라갈 때 방송으로 타워의 높이와 그밖의 중요한
자료에 대하여 설명해 주었다. 그 탑의 전체 무게는 1만 2천 톤으
로, 그중 7천 톤은 땅 밑에 묻혀 있었다. 그렇게 깊고 견고하게 기
초가 되어 있었기 때문에, 우리가 그렇게 높이 올라갈 수 있음은
당연했다. 훌륭한 기술자라면 건축물 기초 공사시에 땅파기의 규모

를 계산해 완성된 건물의 한계점을 계산해 낼 수 있을 것이다.

기초의 크기는 건축물의 크기를 결정한다. 기초가 깊고 넓을수록 건축물의 규모도 높고 커질 수가 있다.

🏵 나의 행동을 본받아라

어린아이의 탄탄한 기초에는 도덕의 탄탄한 기초가 포함된다. 자녀에게는 정직을 가르치면서도 스스로 그것을 실행하지 못하는 부모는 자녀에게 올바른 교육을 시킬 수 없을 것이다.

예를 들어 부모가 아이들에게 정직해야 된다고 말해 놓고 전화가 왔을 때 아이를 불러 "나를 찾으면 집에 없다고 해라."라고 말한다고 가정해 보자. 어린아이가 받아들이는 메시지는 분명하다. 자녀가 부모를 위한 거짓말을 배운다면, 부모를 향한 거짓말을 배우게 되는 것은 어렵지 않다.

또다른 예로서 준법 정신의 중요성을 아이에게 강조하면서, 과속주행의 단속을 피하기 위해 레이더 탐지기를 차 안에 설치했다고 가정해 보자. 그러한 행동 역시 자녀에게 주는 메시지는 분명하다. '법을 위반하려거든 잡히지 말고, 어머니나 아버지처럼 재빠르게 행동하라.'는 것이 아닌가?

아이에게는 훌륭한 시민이 되라고 가르치면서 자신들은 세무소에 소득세 신고를 제대로 안 한다고 하자. 그 메시지는 어떠한가? 세금에 관해서라면 성실치 못해도 좋다. 왜냐하면 그래도 정부는 돈을 쓸 것이기 때문에 이렇게 행동하는 부모는 성실하지 못하다. 따라서 그들은 자녀들에게 올바른 교육을 할 수 없게 된다.

도덕적 가치 평가를 위한 시장(市場)

가정은 그 기초를 높은 도덕적 가치에 두는 곳이다. 그러나 과정은 교육제도와 연결성이 있어야 한다. 프랭클린 루즈벨트는 "인간의 도덕성이 아닌, 머리만을 훈련하는 것은 사회의 골칫덩어리를 훈련시키는 것이다."라고 말했다. 또 존 홉킨스 대학교의 총장인 스티븐 뮬러 씨는 이러한 가치관의 혼재를 "학생들이 의미 있는 가치관을 중심으로 모일 수 없다는 것은 대학교가 잠재적으로 고도의 기술화된 야만인들의 집단으로 판명되고 있음을 의미한다"고 요약해서 말하고 있다.

정직은 참으로 인기 있는 품목이다. 1982년 메사추세츠 주 보스턴의 포룸사(社)는 최고 생산자와 평균 생산자의 차이점을 규명하기 위하여, 5개 산업 11개 회사의 영업사원 341명을 대상으로 연구했다. 이중 173명은 최고 판매자, 168명은 평균 판매자였다.

연구 결과를 보면, 최고 판매자와 평균 판매자라는 두 그룹간의 차이는 기술이나 지식, 혹은 능력 때문이 아님이 명백해졌다. 그 차이는 정직이었다. 최고 판매자로 구분된 사람들은 고객들이 그들을 신뢰하기 때문에 더욱 생산적이었다. 고객들은 믿기 때문에 그들에게 물건을 산다.

이와 마찬가지로 능력 있는 부모인지의 여부는 신뢰성에 있다. 자녀들이 부모의 가르침에 신뢰성이 있다고 느낀다면(부모가 자녀에게 가르치는 교육과 부모의 생활이 일관성이 있음을 안다면), 자녀들은 부모를 믿고 잘 따를 것이다. 오늘날 부모의 위선은 아이들에게 하나의 큰 흠이 된다. 당신이 장녀에게 "내 행동은 따르지 말고 내가 하는 말을 따르라"고 말한다면, 당신은 자녀 교육에 실패할 수밖에 없다.

책임을 인정하라

식구가 많은 가정에서는 책임에 대한 갈등이 항상 있기 마련이다. 도덕적 가치관을 가르치기 위한 가장 좋은 기회의 하나는 가정의 일상적인 기능에 있다. 다소 과장된 이야기지만, 날마다 가정에서 해야 할 필요가 있는 일이 약 4천 가지나 된다고 한다. 하지만 불행하게도 수많은 가정에서는 가족들이 '그것은 내가 할 일이 아니야'라고 임의적으로 생각한다. 누구라도 할 수 있는 일을 다른 사람에게 서로가 미룬다면 결국엔 모두가 서로를 비난하게 된다. 아울러 가족의 화목도 깨지고…….

또한 어린아이를 키우는 데 있어서 가정 환경은 매우 중요하다. 실내가 깨끗이 정돈되어 있으면 기분이 상쾌할 것이다(그렇다고 '병원식 위생'을 말하는 것이 아님에 유의하라). 더구나 가정 환경은 가족 모두에게 영향을 미치므로 책임 지어야 할 일과 책임지지 않아도 될 일을 명확하게 구분지을 필요가 있다.

예를 들어 신문지 스크랩이 마루 위에 떨어져 있다면, 그것을 정돈하는 것은 어느 특정한 사람이 해야 할 일이 아니라 가족 모두가

해야 할 일이다. 그렇기 때문에 그 일은 처음 본 사람이 해야 할 일이다. 누구 한 사람이 서슴없이 그렇게 한다면 가족 모두에게 이익이 돌아간다.

인격은 보증 수표이며 현찰이다

부언하자면 인간성, 가정에서의 생활습관, 생활태도, 책임, 단체 정신 등이 개인의 책임의식을 분명히 비추어 볼 수 있는 상업 세계로까지 연장되는 것 같아 다음과 같은 예를 든다.

지금은 고인이 된 J. P. 모르간은, 가장 좋은 은행 담보물이 무엇이냐고 질문받았을 때 주저없이 '인격'이라고 대답했다. 윌리엄 레이크는 그것을 이렇게 표현했다.

"경험에서 배울 수 있는 가장 훌륭한 교훈들 중의 하나는, 대체로 성공은 지식이나 운보다는 인격에 좌우된다."

25, 6년 전 댈러스의 카우보이 팀(미식축구)이 창단되었을 때 그 팀의 감독은 새로운 시도를 했다. 그는 명문 구단을 찾아가 운영을 어떻게 해 나가는지 알아보는 대신 제네럴 모터스, IBM, 제록스, 그 밖의 다른 큰 회사의 중역실을 찾아가 고위급 관리들에게 그들은 자신의 지도자들에게서 무엇을 요구하는지를 물었다. 이 나라에서 가장 뛰어나고 성공적인 사람들은 예외 없이 인격, 즉 개인의 성실성을 요구한다는 대답을 들었다. 인격을 기초로 시작할 때 우리의 선택의 폭은 실질적으로 무한하다.

홀륭한 이름은 보호할 가치가 있다

우리가 살아 나가는 과정은 확실히 이름과 깊은 관계가 있으며, 그것은 지극히 중요하다.

2년 전 나는 가족들과 만나기 위하여 고향을 찾아 미시시피 주의 야주 시에 갔다. 고향을 찾을 때 보통 다른 가족들은 손수 만든 음식을 몇 가지 준비해 온다. 그렇지만 우리의 경우엔 주로 잭슨 시까지는 비행기를 타고 야주 시까지는 차를 빌려서 타고 간다. 그래서 우리가 준비해 갈 수 있는 것은 다소 제한되어 있다. 그런 까닭에 우리는 차를 식료품 상점 앞에 세우고 얇게 썰어 놓은 햄과 칠면조 고기, 그밖에 몇 가지 먹을 것들을 산다.

물건을 살 때 아내는 수표를 끊어 금전 출납원에게 건네주고 지갑을 살피면서 말했다.

"운전면허증과 신용카드를 보여 드릴까요"

금전 출납원은 수표를 흘끗 한번 보고는 말했다.

"아니에요. 야주 시에서 이 이름만으로도 충분해요"

나의 어머니를 본보기로 우리 가문은 타인에게 신뢰감을 주는 그러한 유산을 우리에게 물려 주었다. 그 사실 앞에 우리 부부는 두려운 마음이었지만, 그 당시에는 매우 기분이 좋았다는 점은 밝히고 싶다.

신용할 수 있는 이름의 중요성은 우리가 우리의 자녀들에게 물려줄 수 있는 가장 중요한 일들 중의 하나이다. 우리들의 이름은 우리의 존재, 우리의 직업, 그리고 우리의 의미와 동일시된다. 우리는 자신이 한 말은 지켜야 하기 때문에 자신을 스스로 다스리며, 한 장의 종이 위에 자신들의 이름을 적었다 할지라도 그것이 얼마나 귀중한 것인지 자녀들에게 가르쳐야 한다.

학교에서 시험지에 자신의 이름을 적었을 때 그것은 자신이 부정 행위자이거나 정말 열심히 노력한 학생임을 나타낸다. 우리는 자녀에게 훌륭한 이름의 가치에 대하여 가르침으로써 오늘 하고 있는 일로 해서 생산적이며 성공적인 내일의 기초를 다지고 있음을 그들에게 알리고 있다.

자신들의 이름이 자신들의 사회적이고 업무적인 이미지와 연관성이 있는 만큼, 우리는 아이들에게 자신들의 이름의 중요성을 가르쳐야 한다. 우리는 타인과 더불어 살면서, 자신의 이미지에 먹칠을 하거나 아니면 빛을 내거나 한다.

이름은 사람이 사회생활을 시작할 때 삶의 이야기로 가득 채워지기를 기다리는 책의 빈 공간과도 같다. 그런 삶의 이야기는 책의 전체적 이미지를 아름답게 부각시킬 수도 있고, 혹은 손상시킬 수도 있기 때문이다. 이름을 훌륭하게 지킨다는 것은 긍정적인 미래에 있어 가장 중요한 일들 중의 하나이다. 그래서 다음과 같은 격언도 있지 않은가.

"진실로 선택되는 것은 거대한 재물이 아닌 훌륭한 이름이다."

황금을 찾아서

한때 앤드류 카네기는 미국 제일의 갑부였다. 그는 조그마한 소년이었을 때 자기의 고향인 스코틀랜드를 떠나 미국으로 왔다. 그는 다양한 여러 가지 일들을 하다가 마침내는 미국 최대의 강철 제조 업자가 되었다. 그는 한때 그의 휘하에 47명의 백만장자를 거느리고 있었다. 백만장자는 그 당시만 해도 극소수였다. 그때의 백만 달러는 오늘날에는 적어도 2천만 달러와 같은 거액이었다.

기자 한 사람이 당신은 어떻게 해서 47명의 백만장자를 거느리게 되었느냐고 카네기에게 물었다. 카네기는 대답했다. 그들이 처음 자기를 위해서 일을 할 당시는 백만장자가 아니었는데 결과적으로는 백만장자가 되더라고 기자는 다시 질문했다.

"당신은 이 사람들의 능력을 어떻게 개발했기에 그처럼 보수를 많이 받는 사람이 되게 하였습니까?"

카네기는 황금을 캐내는 것처럼 그들의 능력을 개발했다고 대답했다. 광산에서 황금을 캐낼 때는 1온스의 황금을 얻기 위하여 몇 톤이나 되는 흙덩이를 파내야 한다. 그러나 광산에 들어가는 목적은 흙을 파내기 위해서가 아니라 황금을 찾기 위해서라는 것이다.

부모들은 바로 이런 방식으로 긍정적이고 성공적인 자녀를 개발해 내는 것이다. 잘못된 점만을 찾지 말라. 흙덩이를 찾지 말고, 황금을 찾으라. 나쁜 면을 보지 말고, 좋은 면을 보라. 인생의 긍정적인 면을 찾으라. 다른 모든 경우와 마찬가지로, 찾으면 찾을수록 우리는 더욱 훌륭한 자질을 자녀에게서 발견하게 될 것이다.

잘한 일을 찾아서 칭찬하라

　자녀가 잘한 일이 있으면 마음껏 칭찬해 주라. 종종 그렇게 하라. 대부분의 부모들은 자신의 자녀를 사랑하지만, 불행히도 그들을 칭찬해 주는 데는 인색하다. 그것은 결코 바람직스러운 일이 아니다.

　칭찬은 사람에게 자신감을 심어 준다. 사실 칭찬은 매우 효과적인 교육 방법으로, 세계적으로 유명한 스즈키 바이올린 교습법에 따르면 두 살이나 세 살, 네 살짜리 아이들에게 가르쳐야 할 것은 청중들의 칭찬에 답례하는 방법이다.

　연주가 끝난 후 아이가 인사를 하면 청중은 반드시 박수갈채를 보낸다는 사실을 교사는 알고 있다. 교사는 이렇게 표현한다.

　"아이에게 연주와 자기 자신에 대하여 만족을 느끼게 하는 최고의 동기유발 요인이 박수 갈채라는 사실을 우리는 알게 되었다."

　그렇지만 이러한 사실에도 불구하고 국립 교사·학부모 기구의 연구에 의하면, 미국의 보편적인 학교에는 긍정적인 면이 하나 있으면 부정적인 면은 18개나 있다고 한다. 위스콘신 주의 한 연구소에서는 아이들이 초등학교에 입학할 때 자기 자신에 대해서 만족을 표시한 아이들은 80퍼센트에 달했으나, 6학년에 이를 때쯤에는 자기 자신에 대한 좋은 이미지를 갖고 있는 학생은 단지 10퍼센트뿐이었다는 조사결과를 밝혔다.

　칭찬도 훌륭한 격려 요인이지만, 진정한 격려는 어깨를 두드려 주거나 응원단을 이끄는 그 이상의 것이다. 칭찬과 격려는 부모로부터 자녀에게 투입되는 긍정적인 요인이며, 또한 그것은 가장 긍정적인 방법으로 부모의 권위를 받아들이게 한다.

고등학교 교장인 프랭크 레이널디 박사는 아이들에게 잘한 일이 있으면 계속 그 이야기를 그들에게 들려 줄 필요가 있다고 말한다. 아이가 착한 행동이나, 착한 일을 했을 때는 부모가 언제든지 그것을 기뻐한다는 표시를 아이에게 할 필요가 있다. 이때 부모의 칭찬과 격려는 보다 명확히 표현되어야 한다. "오늘 아침엔 정말 말쑥해 보이는구나."라는 표현보다는 "윗옷과 바지가 잘 어울려 정말 보기가 좋구나."라고 명확하게 말해 주도록 하라. 또한 훌륭한 격려를 해 주기 위해서는 아이의 말을 열심히 들어 줄 수 있어야 한다. 즉, 아이들이 우리에게 하고자 하는 말을 들어 줄 필요가 있다.

모든 사람, 모든 상황에서 장점을 찾아내는 일은 노력과 숙련된 기술이 필요하다. 그러나 그 일이 힘들더라도 자녀를 사랑하기 때문에 우리는 노력을 해야만 한다. 우리는 부모로서 장점 찾기, 즉 성공의 특성을 찾아 그것을 실천에 옮기는 모범을 보여야 한다.

❦

장점 찾기의 이점을 수확하라

1984년 9월, 가정문제연구소는 60명의 학생들을 대상으로 20명씩 3그룹으로 나누어 4일 동안 수학시험을 실시했다. 시험이 끝날 때마다 한 그룹에겐 그 전날의 성적을 칭찬했고, 또 한 그룹에겐 꾸중을 했으며, 나머지 한 그룹은 아예 무시했다.

칭찬받은 그룹은 점차 눈에 띄게 성적이 좋아졌으며, 꾸중을 들은 그룹은 그만큼은 아니지만 역시 성적이 좋아졌다. 그러나 아예 무시켰던 그룹은 조금도 좋아진 것이 없었다. 이 사실은 무엇을 뜻하는가.

찰스 슈와브는 "나는 이제 지위의 고하를 막론하고 비판적 정신보다는 찬성의 정신 아래서 일을 더 잘해 왔으며, 또한 그럴 때 노력을 많이 해 온 사람을 찾아야 한다."고 말했다. 이와 같이 칭찬과 찬성의 정신 아래에서 자란 어린 자녀들은 계속 비판만 받고 자란 아이들보다 더 행복하고 능률적이며, 보다 부드러운 성격을 갖게 된다.

목표를 달성하라

완전한 성공은 우리 자신과 우리의 자녀들이 실천에 옮길 수 있는 목표이다. 양적인 면에서나 질적인 면에서의 완전한 성공은 전적으로 우리에게 달린 문제이다. 성공한 사람들이 갖고 있는 자격 요건을 인식하는 것이 바로 우리의 당면 문제이다. 그런 뒤에 우리는 생활 속에서 이러한 요건을 키우고 변화시키고 적용하고 양분을 주어야 한다. 우리는 우선 우리의 마음속에 들어온 성공의 요건을 마음 그 자체로 변화시킨다. 그러면 그 새롭고 긍정적인 마음은 더욱 성공적인 결과로 나타날 것이다.

당신에게 아주 중요하고 귀중하게 생각되는 일을 하는 시기가 하루에 두 번 있는데 하나는 이른 아침이고, 또 하나는 늦은 저녁이다. 매일 이루어지는 인간의 중요한 자질과의 만남은, 당신의 사고 방식과 생활태도에 관한 한 다음의 5개의 만남보다도 더 큰 효과가 있다는 것을 많은 심리학자들이 밝혀냈다. 그러므로 긍정적인 마음으로 하루의 일과를 시작하는 것은 매우 중요하다.

긍정적인 마음과 태도를 갖게 하는 것은 책이나, 성경의 말씀, 동기유발적 기록, 혹은 동기유발적 음악일 수도 있다. 이것들을 생활화하기 위해 일어나자마자 제일 먼저 이러한 방법을 이용하거나, 일하는 중에 카세트 테이프로 듣는 방법도 있다.

두 번째로 중요한 시간은 늦은 저녁이다. 나는 여러 해 동안 침실에 들 때 긍정적인 특질에 대한 것들을 읽었다. 그럼으로써 나의 잠재의식은 저녁 동안 긍정적인 방향으로 작용하게 되며, 나의 상상력은 사고의 양식을 얻게 된다. 그럼으로써 그것은 긍정적으로 발전될 수 있다. 나는 이 방식을 꼭 시도해 보라고 당신에게 권하고 싶다.

나는 테네시 주 멤피스에 살고 있는 랜더 플래트의 가정이 우리가 만든 동기유발 테이프의 긍정적인 이야기들을 들어 온 이후 그 가정의 일상 생활에서 일어났던 사실을 말함으로써 이 단원의 이야기를 마치고자 한다.

어느 날 아침, 그들은 11세 된 아들 제이슨이 중얼거리는 소리에 잠이 깼다고 한다. 산드라의 말에 의하면, 그 아이는 이렇게 말했다.

"이 얼마나 멋진 하루인가! 이 얼마나 기회가 많은 하루인가!(나는 테이프에서 괘종시계가 아니라 '기회의 시계'임을 강조했다. 그 시계소리를 들으면 '일어나서 나아갈 기회'를 갖게 되기 때문이다) 나는 오늘 하루 최고 점수를 받겠다! 나는 언제나 최고 점수를 받을 것이다. 정말 기분이 좋다! 나도 할 수 있다! 그래요 오늘은 정말 멋진 날이에요!"

그들 부부는 이렇게 회고한다.

"랜디와 나는 폭소를 터뜨렸습니다. 나는 지그 지글러 당신이 나의 아들에게 훌륭한 방법을 가르쳐 준 것에 대해 매우 자랑스럽게 생각합니다. 우리 부부는 침대에 누워 제이슨이 당신의 테이프를 듣고 계속 인용하는 말을 들었습니다.

마침내 제이슨은 학교에서 최고 점수를 받아 오기 시작했으며, 다른 사람이나 자기 자신에 대한 태도가 전보다 크게 좋아졌다는 담임교사의 편지도 집으로 날아들기 시작했습니다. 그는 학교에서 평균 A점수를 얻어 전기 기타를 사겠다는 목표를 세웠습니다. 결국 그는 자신의 목표를 이루었고, 사랑스런 아들 제이슨에게 우리는 기꺼이 새 기타를 사주었습니다."

이것에 대해 당신은 어떻게 생각하는가? 제이슨은 성공의 요건을 배우고 있는 중이었으며, 그것을 실생활 속에서 실천하고 있었다. 그러면 다음 장에서 우리는 동기유발의 비경적 개념과, 그 다른 한 쪽인 긍정적인 사고방식에 대하여 좀더 자세히 살펴보기로 하자.

🏵 자기 평가의 시간

① 지그의 도표에서 성공한 사람의 명백한 특징이라고 느끼는 요건들을 들어 보라.

② 우리가 자녀들에게 동기를 부여하기 위하여 그들에게 보여 준 본보기는 얼마나 중요하다고 생각하는가?

③ 자녀의 장점을 발견하고 칭찬하는 것이 자녀들이 자기 자신에

대한 사고방식을 어떻게 변화시키는지 설명하고, 당신의 자녀들을 칭찬해 줄 수 있는 것 두 가지를 들라.

④ 당신은 긍정적인 생활태도가 학습될 수 있다는 지그의 말에 공감하는가? 그렇다면 자녀들이 긍정적인 태도를 갖도록, 당신은 그들을 위하여 특히 무엇을 할 수 있는가?

⑤ 당신의 자녀가 갖고 있는 탁월한 자질을 한 가지 말하라. 자녀를 위하여 이것을 가르친다면, 그것은 자녀에게 어떤 도움을 줄 수 있는가?

제 4 장
동기유발과 긍정적 사고방식

❦
이 젊은이는 동기가 유발되었는가!

　동기유발에 대해 생각할 때면, 나는 서부 텍사스에서 있었던 일을 떠올리곤 한다. 텍사스 최대의 갑부에 속하는 어떤 사람에게는 결혼 적령기에 접어든 딸이 한 명 있었다. 그래서 그는 딸을 소개하기 위하여 성대한 파티를 열었다. 이 텍사스 갑부는 100마일 이내의 젊은이들을 자신의 대규모 파티에 초대했다. 그는 20만 에이커가 넘는 땅을 소유하고 있었으며, 그 토지 안에 석유를 생산하는 12개의 유정과 수만 마리의 소떼를 키우고 있었다. 오래 된 그의 저택은 엄청난 규모의 대저택이었으며, 거기엔 올림픽 경기장 규모의 수영장도 있었다.

　그날 저녁 그 갑부는 자기가 초대한 모든 젊은이들을 물뱀과 악어들을 놓아 기르는 멋진 풀장으로 안내했다. 그는 젊은이들에게 제일 먼저 악어들이 득실대는 풀장에 뛰어들어 헤엄쳐 나오면 다음

세 가지 중에서 하나를 선택할 수 있는 권한을 주겠다고 했다. 그 세 가지는 현금 백만 달러, 좋은 땅 1만 에이커, 자신의 아름다운 딸과의 결혼이었다. 그는 이어서, 자기의 딸은 자신의 유일한 상속 자이기 때문에 자기의 모든 토지는 자신의 딸과 그 남편되는 사람의 소유가 될 것이라고 말했다.

그 말이 끝나기가 무섭게 풀장의 한쪽 끝에서 풍덩 소리가 나는 듯하더니, 어느새 물을 건너 풀장 맞은편으로 한 젊은 청년이 걸어 나오고 있었다. 아무도 시도할 수 없고, 깨질 수도 없는 세계 신 기록이 순간적으로 세워진 것이다.

그 젊은 청년이 풀장에서 나오자마자 갑부는 흥분을 감추지 못하고 그에게 달려가 말했다.

"자, 젊은이 선택권은 자네에게 있네. 현금 백만 달러를 택하겠는가?"

젊은이는 대답했다.

"아닙니다."

그러자 갑부가 다시 물었다.

"좋은 땅 1만 에이커를 갖고 싶은가?"

"아닙니다."

마지막으로 갑부가 물었다.

"그러면 나의 딸과 결혼하고 싶은 마음인 것 같은데?"

다시 젊은이는 대답했다.

"아닙니다."

그 말에 다소 어리둥절하고 실망하기도 해서, 갑부는 청년에게 다시 물었다.

"그러면 젊은이, 무엇을 갖고 싶은가?"

"나를 밀어 수영장에 빠뜨린 놈이 누구인지 알고 싶습니다!"

말할 필요도 없이 이 젊은이는 가능한 한 빨리 풀장을 빠져나올 수밖에 없는 동기가 부여되었던 것이다. 무슨 일을 하더라도 최선을 다하고, 특히 긍정적인 자녀로 키울 생각이라면 일상적인 동기유발이 필요하다.

어떤 사람들은 유별나게 부정적이다

이 세상의 다른 어떤 주제보다도 동기와 긍정적인 사고방식은 더욱 혼동된다. 몇 년 전 하버드 대학교에서 실시한 연구에 의하면, 사람들이 직업을 얻고 그 직업으로 출세하는 이유의 85퍼센트는 그들의 생활태도 때문이라는 사실이 밝혀졌다. 이 사실은 결론적으로 아이들에게 인생살이 준비를 시키고 싶은 부모라면 삶을 성공적으로 살아가는 한 방법으로 아이들에게 '승리의 생활태도'를 계발하는 법을 가르치라는 것이다.

동기유발과 긍정적인 사고방식은 당신이 갖거나 버릴 성질의 것이 아니며, 당신 생활의 특별한 사건이나 환경에 이용할 성질의 것도 아니다. 그것은 생각과 행동의 하나의 방식, 즉 당신과 당신 가족에게 이루 말할 수 없는 많은 유익을 가져다 주는 존재의 한 방식이다. 물론 모든 사람(특히 대중 매체)이 그런 방식으로 느끼는 것은 아니다.

몇 년 전, 나는 미국 전역으로 방송되는 뉴스 프로그램에 출연한 적이 있다. 그 프로그램의 아나운서는 전형적인 중재자라고 칭하는 사람이었다. 왜냐하면 그는 너무나 회의적이었으며 인간의 호의라는 우유에서도 박테리아 숫자나 세고자 하는 사람이었기 때문이다. 그는 아주 냉소적이었고 실제로 누군가가 자신을 넘어뜨려 다시는 일어나지 못하게 밀었다고 믿고 있었다.

조그마한 도시 출신인 그가 염세주의자 클럽을 만들고 싶어했을 때 아무도 잘되리라고는 생각지 않았다. 그리고 나서 그들은 '꾸물대는 사람들의 클럽'의 가능성도 검토했으나, 그 일은 투표 결과 44대 0으로 보류되었다.

좌우간 그 일은 기억할 만했다. 우리는 카메라맨이 인터뷰를 위하여 작업하고 있을 때 즐거운 기분으로 그곳을 방문했다. 그의 팀이 자리를 잡고 카메라를 작동시키기 시작하자 그는 내 손에 마이크를 쥐어 주고, "지글러 씨, 당신은 세계를 돌아다니며 긍정적인 사고방식과 정상에 오르는 법을 강연합니다. 당신은 긍정적이고 낙천적인 사람입니다. 당신은 긍정적인 사고방식을 가진다면 할 수 없는 일이 없다고 믿고 있습니다. 그러면 하나 묻겠습니다. 누구든 긍정적인 사고방식을 가지면 무하마드 알리도 때려눕힐 수 있다고 생각합니까?"(그 당시 알리는 권투 헤비급 세계 챔피언이었다) 내가 2년 동안 알리와 싸운다 할지라도 그것은 분명 황당무계한 일이었다.

❦

긍정적인 사고방식으로
어떤 일이든 다할 수 있는 것은 아니다

나는 이렇게 대답했다.

"아니지요. 긍정적인 사고방식을 가졌다고 해서 무하마드 알리를 때려눕힐 수 있다고 생각하지는 않습니다. 말이 나왔으니 말이지, 나는 **NFL** 미식 축구팀을 위하여 쿼터백을 하거나 **NBA** 농구팀을 위하여 선발 진영에 낄 수도 없다고 생각합니다. 나의 긍정적인 사고방식을 총동원한다 해도 화학이나 원자핵 융합반응 에너지에 대해서는 가르칠 수 없을 것입니다. 세상의 긍정적인 사고방식을 통틀어도 그것을 공부해서 습득하지 못한 학생이라면 모르는 것에 관한 질문에는 대답할 수 없을 것입니다."

❦

긍정적인 사고방식의 역할과 부정적 사고방식의 역할

그렇다. 긍정적인 사고방식을 가진다고 해서 어떤 일이든 다 할 수 있는 것은 아니다. 그러나 부정적인 사고방식이 아닌 긍정적인 사고방식을 갖고 있으면 보다 중요한 일을 할 수가 있다. 당신이 긍정적인 사고방식을 갖고 있으면, 당신은 자신의 능력을 보다 효율적으로 사용할 수가 있다. 이것이 내가 강조하고 싶은 말이다.

학창시절 시험을 마치고 교실에서 나왔을 때 당신의 친구 중 누군가가 시험을 어떻게 보았느냐고 물어오면, "아! 도무지 알 수가 없어. 시험 공부는 분명하게 했어. 내가 내 이름을 알듯 그 공식도 완전하게 알고 있었어. 엊저녁에 그 공식을 쓰고 읽기를 한두 번 한 게 아니었단 말야. 그런데 오늘은 도대체 기억이 나지를 않는 거야. 왜 그런지 알 수가 없어!"라고 대답해 본 적이 있는가?

당신도 그러한 경험을 한 적이 있었을 것이다. 이것은 매우 단순한 일이다. 그것은 시험을 보러 들어가기 전, 당신은 당신이 공부한 것을 망각하도록 자기 자신에게 주입시켰기 때문이다. 당신은 당신이 몰두하고 있는 자기 암시로, 또는 학급 친구들과 다음과 같은 말을 교환함으로써 자기에게 그것을 주입시킨 것이다.

"정말 어제 공부한 것이 모두 기억났으면 좋겠는데!" 혹은 "이번 시험은 지난 번보다 잘 봐야 할 텐데! 그런데 결코 잘될 것 같지가 않아. 나는 지금 몸과 마음이 긴장하고 있기 때문에 기억하고 있어야 될 것도 잊어버리거든!"

당신은 배운 것을 잊도록 스스로에게 가르치고 있다. 결국 당신의 머리는 교육받은 대로 한다.

긍정적인 사고방식의 역할은 매우 단순하다. 그것은 당신에게 당신 능력의 사용 방법과 배운 것을 기억하는 법을 가르쳐 줄 뿐만 아니라, 칭찬하고 격려해 주기도 한다. 긍정적인 정신자세를 갖고 준비가 되어 있으면 보다 편한 마음으로 시험장에 들어갈 수가 있다.

당신은 자기 암시를 통해 자신에게 간단히 이렇게 말한다.

"야 정말, 내가 이것을 공부했다니 기분이 좋구나. 나는 모든 준비가 되어 있어. 선생님이 교과서에서 출제한다면 조금도 문제가 없어."

긍정적인 사고방식과 준비성이 당신에게 도움을 주는 것은 사실 경이적인 일이다.

🏵 동기유발이란 무엇인가?

동기유발의 문제는 매우 흥미는 있으나 자칫하면 잘못 이해될 수 있다. 동기유발은 자극하여 행위를 이끌어 내는 것, 행위의 목적과 자극을 제공하는 것이다. 동기유발이란 말은 그 자체가 하나의 명사이다. 내가 소장하고 있는 1828년에 발행된 노아웹스터판 영어사전에는 동기유발이란 단어가 실려 있지 않다. 그러므로 그것은 그 전에는 없었던 새로운 단어이지만 요즘에는 상당히 중요한 말이다.

인터뷰에서 내가 자주 받는 질문 중의 하나는 동기유발에 관한 것으로 그것의 존재 유무도 포함된다.

"지글러 씨의 동기유발의 강연회에 가서 깊은 감동을 받았다는 사람들이 많습니다만, 일주일 정도 지나면 강연회 참석 이전의 상태로 다시 되돌아간다고 말하는 사람이 종종 있습니다. 다시 말씀드리면 동기유발은 영원하지 않다는 것인데, 지글러 씨는 이 말에 대해서 어떻게 생각하십니까?"

나는 대답한다.

"물론입니다. 동기유발은 영원하지 않습니다. 그렇다 하더라도 목욕하는 것보다 못한 것은 아닙니다. 그것은 규칙적으로 행동해야 할 무엇입니다."

먹는 것은 영원하지는 않지만, 그것은 당신이 일상적으로 하는 일이다. 마찬가지로 당신이 동기유발의 강연회에 참석하거나, 책을 한 권 읽거나, 연설을 듣거나 한다고 해서, 그 즉시 당신의 남은 생애가 영원히 유익을 얻을 수 있으리라고 생각하는 것은 잘못된 것이다.

요컨대 동기유발은 당신의 행위를 자극시킬 뿐만 아니라 당신에게 인생 그 자체에 대하여 좀더 낙관적인 관점을 제공하고, 희망이나 성공을 부추기며, 당신에게 힘을 주어 목표를 달성하게 하는 역할을 한다.

모든 동기유발을 자기 중심적인 동기유발이라고 말하는 사람들이 있다. 이 말은 동기유발이 자기 자신에게만 영향을 줄 뿐 타인에게는 영향을 미치지 못한다는 말과 같은데 그것은 잘못된 생각이다. 나의 경험에 비추어 볼 때 영감 있는 음악이나 아름다운 설교, 애국적인 연설, 자극적인 강연을 듣고 나면 내 자신뿐만 아니라 내 목표 이상의 것의 성취 가능성에 대한 보다 나은 생각을 갖게 되기 때문이다.

✤

사람들이여, 동기유발을 멈추지 말라

긍정적인 자녀를 기르려면 당신은 정기적으로 동기유발적 요인을 만들어 자신과 자녀에게 계속 동기유발을 제공해 줄 필요가 있음을 알아야 한다. 안정된 긍정적 요인을 갖고 있다면, 당신은 인생의 일상 문제에 대하여 긍정적 접근 방법을 저절로 깨닫고 현실에 적용하게 된다.

예를 들어 학교에서 아이들이 돌아오면 긍정적인 태도로 맞이하라. "오늘 하루 어땠니?"라든가 "학교에서 무슨 일이 있었지?"라고 묻지 말고 "오늘 학교에서 어떤 재미있는 놀이를 했니?", "어떤 재미있는 공부를 했지?", "네가 정말 좋아하는 사람 중에 오늘 같이 만나 놀아 준 사람이 누구였지?","선생님께서는 어떤 재미있는 이야기를 해 주셨지?", "너는 어떤 사람을 칭찬하고 도와 주었니?"라고 분위기 있는 목소리로 왜 묻지 않는가?(또한 남편이나 아내가 직장에서 돌아왔을 때, 이러한 방법으로 대할 경우 그들의 관계나 생활 자세에도 지대한 영향을 준다)

특히 어린아이가 처음 학교에 갔다가 돌아왔을 때 이러한 긍정적 마음 자세를 갖게 하는 것은 매우 중요하다. 학교생활에서 긍정적인 만남을 가르칠 수 있다면, 그들의 학교생활은 즐겁고 긍정적이 될 것이다. 그러면 당신이 나중에 자녀들과 어떤 조용한 시간을 가질 때 당신은 그날 있었던 모든 일에 대하여 말해 달라고 자녀에게 요구할 수 있는 것이다.

이렇게 함으로써 당신은 현재 존재하는 것을 색안경을 끼고 보거나 부정하지 않게 될 것이 분명하다. 또한 그렇게 함으로써 당신은 그날의 사건들을 올바르게 마음속에 간직할 수가 있다. 그것은 나중에 자녀에게 어떤 문제가 일어났을 때에 많은 해결책을 제시해 줄 것이다.

봉급 인상을 위하여 일하라

생활태도는 가정생활이나 학교생활, 직장생활의 중요한 일면이다. 미시시피 주의 야주 시 태생인 나는 소년시절, 한 잡화점에서 일했다. 그때 길 건너 상점에서 일하는 한 소년이 있었다.

그 당시의 경기(景氣)는 침체의 늪을 벗어나지 못하고 있었으므로, 대부분의 상점들은 경제적인 이유 때문에 장부에는 매우 한정된 재고품 목록을 적어 놓고, 그것을 비밀로 해 두고 있었다. 한 번의 기초적인 재고조사가 끝나고 나면, 상점 주인은 다음 주에 팔릴 만한 것을 정확히 예상해 그에 따라 주문을 하려고 노력했다.

물론 경우에 따라서는 부족한 것도 있었지만 그럴 때는 옆에 있는 다른 상점에서 빌려다 팔곤 했다. 내가 우리 가게의 '주자(走者)'였듯이 길 건너 가게의 소년도 그 가게의 '주자'였다. 그 소년의 이름은 찰리 스코트였다.

찰리가 부지런히 뛰어 우리 가게의 문을 박차고 들어와서는 우리 가게의 주인에게 외치는 소리는 셀 수 없을 정도로 많이 들었다.

"앤더슨 아저씨, 토마토 통조림을 여섯 개 빌리러 왔어요!"

그러면 앤더슨 씨는 언제나 이렇게 대답했다.

"그래, 가져가거라. 찰리야, 어디에 있는지 알고 있지?"

그러면 찰리는 선반 쪽으로 달려가 두 손으로 통조림을 재빠르게 가지고 와서, 계산대 위에 자신의 이름을 적고는 쏜살같이 자기 상점으로 뛰어가곤 했다.

일이 한가하던 어느 날, 나는 앤더슨 씨에게 물었다.

"찰리는 왜 뛰어다닙니까?"

찰리 스코트는 봉급 인상을 위하여 일하고 있으며, 또 그렇게 될 것이라고 그는 대답했다. 나는 그때 어떻게 찰리가 봉급을 올려받을 수 있느냐고 다시 물었다. 앤더슨 씨는 설사 그의 주인이 봉급을 올려 주지 않는다 할지라도 그는 그것을 이룰 수 있을 것이라고 대답했다.

1979년 나는 미시시피 주립 대학교에서 강연을 할 기회가 있었다. 나는 특별한 노력의 중요성을 강조하면서 찰리의 예를 들었다. 강연이 끝났을 때 키가 크고 붉은 머리를 한 신사 한 사람이 나에게 와서 찰리 스코트를 본 지가 얼마나 되었느냐고 물었다. 나는 2차 세계대전 중인 1942년이나 1943년에 찰리가 아주 시를 떠난 것으로 알고 있었으며, 그 이후로는 그를 보지 못했다고 대답했다. 그러자 그가 물었다.

"오늘 그를 만난다면 당신은 찰리를 알아보지 못할 것 같은데, 어떻습니까?"

그 말에 나는 생각 없이 대답했다.

"그래요 아무래도 알아볼 수 있을 것 같지 않군요"

그 말에 그 신사는 말했다.

"나도 그렇게 생각했습니다. 내가 바로 찰리 스코트입니다."

그의 친구의 말에 의하면, 찰리 스코트는 지금까지 살아오는 동안 어릴 때 배운 그 생활방식을 버리지 않았다고 한다. 그는 열심히 일했고 매우 예절바르게 행동했으며, 결국은 엄청난 성공을 이루게 되었다고 한다. 실제로 그는 50대에 부자가 되었으며, 내가 강연했을 당시에는 이미 일선에서 물러나 있었다.

❀

종신 고용의 길

어떤 일이든 주어진 일에 최선을 다하는 태도를 배웠다 하더라
도, 자녀들이 굳이 한 가지 이상의 일을 떠맡겠다고 나설 필요는
없다고 생각한다. 우리가 일찍 출근하여 늦게까지 즐거운 마음으로
최선을 다해 일할 때 우리는 그 회사에 없어서는 안 될 중요한 인
물이 된다고 나는 확신한다. 우리가 현재 맡고 있는 일에서 새로운
일을 배우고 그로 인하여 책임을 좀더 많이 맡게 될 때 다소 시간
의 차이는 있겠지만 그것은 경영자의 주목을 받게 된다.

받은 것 이상의 일을 해 주면 결과적으로 일한 이상의 것을 받게
된다. 이것은 자연의 법칙이다. 책임을 하나 더 떠맡게 될 때 우리
는 결과적으로 돛단배와 같아진다. 배의 돛을 올리면 올릴수록 배
는 더 빨리, 그리고 더 멀리 나아가게 된다. 인생살이에서 더 멀리,
더 빨리 앞으로 나아가고 싶다면 돛을 더 많이 올리거나 스스로 하
나의 계획 속으로 몰두하여야 한다.

우리는 하루 8시간 동안 매우 치열한 경쟁을 하지만, 한 시간 더
열심히 일한다면 그 경쟁상태에서 90퍼센트 정도를 더 얻어낼 수가
있다. 그렇게 할 때 우리는 더 많은 생산, 그리고 더 많은 승진의
기회를 얻게 되는 것이다. 우리가 비약적인 발전을 하여 더 많은
것을 이루게 되는 시기는 바로 이때이다. '미래를 펼쳐 나가는 유일
한 방법은 현재를 펼쳐 나가는 것이다'라는 격언은 아무리 강조해
도 부족함이 없다.

우리는 자녀들에게 희망을 주고 용기를 불어넣어 일할 의욕을 불

러일으키고 자기에 대한 믿음에까지 이르게 할 필요가 있다. 그렇게 그들의 올바른 정신적·도덕적 마음자세에 힘입어 아이들은 희망차게 앞으로 나아갈 수가 있을 것이다.

자기 평가의 시간

① 자녀를 긍정적으로 기르려면 동기유발이 필요하다. 당신을 동기 유발시킨 일들이 있다면 그 중에서 몇 가지를 말해 보라.

② 당신이 어떤 부정적인 사고방식을 갖고 있었기 때문에 실패를 했는지 하나의 예를 들어라.

③ 찰리 스코트에 관한 이야기는 일에 대한 그의 열성을 강조하고 있다. 어떤 열성을 갖고 있었기에 그는 승리자가 되었는가?

④ 사람의 동기를 유발시키는 데에는 보상이 필수적이라고 지그지글러는 가르치고 있는가? 이 점에 대하여 당신은 어떻게 생각하는가?

제 5 장
긍정적인 자녀 계발을 위한 긍정적인 시도

　이야기가 이 정도까지 진행되었으면 당신은 진정으로 긍정적인 자녀를 키우기 위해서 아인슈타인의 천재성, 철학자의 식견, 3종 경기자의 스태미너, 봅 호프의 유머, 사자 우리 속에서의 다니엘의 믿음, 골리앗과 싸운 다윗의 용기가 필요하다고 결론을 내릴 확률이 크다.

　만일 나의 생각이 당신에게 그렇게 전달되었다면 진심으로 사과를 하겠다. 내가 말하고자 하는 것은 긍정적인 자녀를 기르는 일이 결코 쉽지가 않으며, 비교적 명확한 몇 가지의 지침을 따르는 헌신적인 사랑을 바칠 수 있는 부모들만이 그 일을 해낼 수 있고 그 결과로 무한한 기쁨을 얻을 수 있다는 것이다. 이 장에는 당신에게 명쾌한 조언과 격려가 될 수 있는 상당한 양의 지식들이 들어 있다. 용기를 잃지 말고 계속 읽어 나가기 바란다.

✿

교육은 지금부터다

당신은 언제부터 자녀를 교육시키기 시작했는가? 당신은 언제부터 긍정적인 자질 계발로의 긍정적인 시도를 하기 시작했는가? 이제 알게 되겠지만, 대답은 분명하다. 그렇지만 시작이 늦은 사람들을 위하여 올바른 일을 하기에 당신은 결코 늦은 것이 아님을 확인시켜 주겠다. 지금부터라도 남에게 선을 행하기에 결코 늦는 것이 아니다. 그러나 그렇다고 또 하루를 허비하지 말고 지금 당장 시작하라.

1982년 5월 15일자 《달라스 타임즈 헤럴드》에는 "어떤 부모라도 자기 자녀를 똑똑하게 키울 수 있다고 믿는다."는 조셉과 지즈코 수제딕 부부의 기사가 실렸다. 그들은 자녀를 가장 똑똑하게 키울 수 있는 중요한 요소는 경험, 언어교육, 그리고 호기심이라고 했다. 피츠버그의 토탈 아카데미의 교장인 캐롤 테일러 박사에겐 10세와 15세인 딸이 있었는데, 그들은 지역대학 의예과 과정의 청강생으로 등록이 되어 있다. 테일러 박사와 수제딕 부부는 어린아이의 성장 과정에 있어서 언어 교육은 매우 중요하다고 말한다. 언어 교육을 완전히 받고 나면, 아이들은 대학교재뿐만 아니라 무엇이라도 읽을 수 있게 된다.

자궁 안의 태아와도 대화를 나눌 수 있다고 믿는 조셉 수제딕 씨는 아이가 엄마를 전적으로 믿고 태어나기 위해서는 예비 엄마에게 조용하고 차분한 환경이 필요하다고 힘 주어 말했다.

"아기가 전적으로 믿을 때에만 교육을 시킬 수가 있습니다. 아기

는 사랑과 너그러움으로, 그리고 배우려는 의지가 있을 때 가르쳐
야만 합니다."

수제딕 씨 부부는 자신의 딸들이 태어났을 때 플래시 카드(순간적
으로 보여 주는 학습용 카드와 발음 연습)를 고안해 냈다.

"아기가 태어나서 처음 5, 6년간은 '노력이 필요 없는' 배움의 시
기이다. 그리고 그때 아기들은 학습 게임에 긍정적으로 반응한다"고
수제딕 씨는 말했다. 그 교훈에 덧붙여 수제딕 씨 부부는 자기 자
신들을 '어린이 우선적'이라고 묘사했으며, 부모는 가능한 한 아이
와 많은 시간을 보낼 필요가 있음을 강조하고 있다.

"그들에게 문제가 있다고 해서 따돌리지 마십시오."

테일러 박사는 어린이 양육과 어린이의 언어표현 기술 발달의 필
요성에 대한 수제딕 씨 부부의 접근방법에 의견을 같이한다. "부모
와 교사는 그들의 생각을 어린이에게 일방적으로 전해 줄 것이 아
니라 상호 의견을 나누어야 합니다. 또한 자신들이 바쁘다고 하더
라도 '나중에 이야기하자'고 어린이를 따돌리지 말아야 합니다." 테
일러 박사와 수제딕 씨 부부는 언어훈련은 환경을 언어로 표현하는
능력과 구성하는 능력을 가르쳐 준다고 말한다.

어린이들은 말을 적절한 음성으로 분해하여 마침내 말과 그 말의
의미를 분석하는 방법을 배운다. 어린이들이 이러한 기술을 완전히
습득하면 사실이나 원리를 기억하는 능력이 뒤따른다. 그 후에 사
실과 원리를 배움의 다른 영역에 확산 적용하는 것이 가능해진다.
그러므로 어린이들은 분석적·논리적으로 생각할 수 있게 되는데,
그것은 기술적인 지식을 흡수하는 능력의 배가로 이어진다.

결과는 초대작(超大作)이다

이 말은 매우 듣기 좋고 논리적이다. 아니, 오히려 엄청나게 들리기까지 한다. 그렇지만 그렇게 쉽게 될까? 회의적이라면 앞으로 계속 읽어 나가기 바란다. 수잔 수제딕은 12세에 미시간 대학 3학년이었으며, 스테시는 10세에 고등학교 1학년, 스테파니는 8세에 중학교 2학년, 조한나는 6세에 초등학교 4학년이었다. 이 소녀들은 모두 IQ가 150을 넘었으며, 그중 수잔의 IQ는 스탠포드 비네 지능검사에서 최고치 200을 넘었다고 기록되어 있다. 이것은 전체 미국 인구의 1퍼센트 중에서도 상위권 50퍼센트 안에 포함되는 수치이다.

이들의 부모들은 모두 평범한 지능을 갖고 있었는데 어떻게 이런 엄청난 결과가 생겼을까? 이것이 태교(胎敎)와 밀접한 관계가 있다는 믿을 만한 증거가 있다. 수제딕 씨는 '하나님이 태내에 있는 예레미아와 욥에게 말한 이후'로 태교가 널리 사용되고 있다고 말한다.

수제딕 부인은, 임신 5개월이 되면 태아의 귀가 발달하여 움직일 수 있으며 눈도 움직인다고 지적했다. 태아는 이미 한평생 사용하고도 남을 만한 기억세포를 갖고 있다. 그녀는 또한 아기는 태내에 있을 때 산모와 나눈 대화에 영향을 받아 그 아기가 태어나면 즉시 뛰어난 기억력을 갖는다고 주장한다.

수제딕 씨가 출근하면, 그의 부인은 신생아에게 노래를 불러 주고 부드럽고 아름다운 음악에 맞추어 함께 춤을 추고 장난감을 쥐어 주면서 조그마한 세계를 아기에게 설명해 주기 시작했다. 수제딕 씨 부부는 아기들에게 감정을 넣어 책을 읽는 방법과 놀라움과 슬픔, 행복을 표시하면서 그 이야기를 세련되게 표현하는 방법을 가르쳤다. '항상 싸움질이나 해대는' 뽀빠이 만화 영화, '항상 총이나 쏘아대는' 벅스 바니 만화 영화는 물론 헨델과 그레텔 같은 극단적인 이야기도 피했다. 아기들에게 보여 주는 프로는 '세서미 스트리트'와 '일렉트릭 컴퍼니' 등이며, 결혼문제, 폭력, 섹스, 추리 · 공포물 등은 금지시켰다.

아이의 지능은 유전적인 것인가, 아니면 환경적인 것인가, 혹은 이 두 가지가 복합된 것인가? 수제딕 부인은 지능은 분명 유전적인 것 이상이라고 대답한다. 그녀는 자신의 아이들에게 조기 교육을 시켰기 때문에 그들이 유별나게 머리가 좋다고 믿는다. 그녀는 아이들의 지능 발달에 매우 중요한 요소로 자신이 아이들에게 쏟은 많은 사랑을 꼽았다.

그렇지만 아이를 가르치고 배우는 데 있어서 가장 큰 어려움은 부모의 육체적 · 정신적 문제들이라고 수제딕 부인은 경고한다.

"당신의 주된 목표가 아이의 행복이 아니라 아이를 천재아로 만드는 데 있다면, 나는 아예 조기 교육을 시키지 말라고 힘 주어 충고합니다."

이 말에 특히 유의하라. 이것은 매우 흥미롭고 중요한 말이다. 여러모로 살펴볼 때 어린아이에게는 놀라운 관찰능력과 학습 능력이 있음을 알 수가 있다. 어린아이들을 아주 어릴 때부터 가르치기 시작했다 하더라도 조기 교육이나 학습은 학교에서보다는 가정에서 이루어져야 한다는 증거가 제시되고 있다.

발달심리학의 권위자인 레이먼트 무어 씨는 그의 저서《학교는 기다릴 수 있다》에서 아이들의 취학 연령은 6세보다 8세가 훨씬 더 바람직하다고 지적하고 있다.

특히 사내아이라면 취학 연령을 조금 더 늦추는 것이 유익하다고 그는 쓰고 있다. 그는 5세에서 7세 사이에 있는 여자아이들이 보이는 과민반응과, 사내아이들의 실패를 통한 배움의 기회를 취학 전에 가져야 한다고 주장한다.

"8세 미만의 어린아이에게 가정에서 쏟은 관심 이외의 불필요한 것은 오히려 어린아이에게 정서적·행동적·학문적, 그리고 사회적으로 위태롭게 할 수 있다."고 그는 말한다.

그는 아이에게 사랑과 관심을 쏟는 부모의 존재가 가장 '위대한 교사'라고 생각하고 있다. 실제로 교사와 교직원들의 80퍼센트 이상이 아이의 취학 연령이 빠른 것보다는 늦는 것이 좋다는 데 찬성하며, 앞서 말한 무어 박사의 의견을 지지하고 있다.

교육 과정에는 실제로 부모, 학교, 교회, 그리고 '평생 대학'이 참여하며, 이 '평생 대학'에는 우리의 동기들, 훈련 교사, 사장들, 직장 동료 등이 포함된다. 어린아이는 초등학교 6학년이 되기까지 학교에서는 약 5천 시간을 보내고 집에서는 약 9만 시간 동안 부모와 함께 생활하게 되므로, 내가 왜 아이의 교육에 부모의 역할, 특히 생활이라는 중요한 영역을 강조했는지 알 수 있을 것이다.

규제의 시기

이제부터 그 중요한 영역들을 몇 가지 살펴보도록 하자.

《세월의 징후》(1984년 4월)에서 저자인 존 트레셔는 어린아이는 사실상 세 단계의 시기를 거친다고 지적했다. 그 첫번째는 규제의 시기로서 1세에서 7세까지를 말한다.

다음은 《세월의 징후》에 나오는 대목을 읽어보면 이 시기에 대하여 명백히 알 수가 있다.

초등학교 1학년인 소녀가 학교에서 어머니와 하루를 함께 보냈는데 그 소녀는, "우리는 오늘 학교에서 대리 선생님과 지냈어요. 그 선생님은 우리에게 마음대로 하고 싶은 것을 하라고 했지만, 우리는 그녀가 싫었어요."라고 말했다. 이 글엔 어릴 때, 특히 출생에서 7세까지의 시기에 보이는 어린아이의 반응과 요구가 모두 함축되어 있다. 당신은 이 시기의 어린아이가 무엇을 기대하고 있는지 알아야 한다. 명확하고 분명한 기준이 없는 아이는 점점 다루기 힘들게 된다. 아이는 당신의 태도에서 불만과 불안을 느껴 부모의 사랑에서 자신이 소외되었다는 느낌을 갖게 되기 때문이다. 더욱이 어린아이는 자신의 지배의 영역을 확인하려고 말썽 부리는 버릇이 생긴다.

아동기는 어린아이의 윤리관을 형성시키고 발달시키는 가장 중요한 시기이다. 어린아이는 해야 할 것을 실행에 옮기기 전에 우선 자신이 무엇을 생각해야 할지 알아야 한다. 이러한 능력은 출생시부터 지니게 되며, 그것은 우선적으로 주위의 가까운 사람에게 배우게 된다. 아이에게 복종을 가르치는 데 이보다 더 좋은 시기는 없다. 복종은 양심과 도덕심 발달에 필요한 최초의 요인이다.

아이들은 이 아동기 동안 이성(異性)보다는 느낌과 발견의 세계에 살고 있다. 이 시기에 벌써 육체적인 접촉, 정서적인 특질, 목소리의 높낮이, 그리고 가족의 분위기를 느낀다. 특히 이 시기에 아이들에게 잘잘못을 따져야 아무런 도움도 안 된다. 아이는 부모에게 의존하여 방향을 잡는다. 아이에게 자기 스스로 자신의 행동에 정당성을 부여하고 결정을 내리도록 한다면, 아이가 당황하게 될 것이 분명하다.

✿

아이에 대한 규제를 일찍 할 것인가?
아니면 영원히 규제 없이 방치할 것인가?

폴 투어니어는 그의 저서 《저항인가 항복인가》에서 이렇게 말했다.

"어린아이들이 실수를 한다고 해서 그때마다 잘 타이르는 부모는 별로 없다. 그들은 중요한 때를 택하기 위하여 부모의 권위를 저축해 놓는다. 그러나 그때는 너무 늦다. 영원히 굴복한다면 그들은 권위를 모두 잃는다."

알렉시스 캐럴은 아이가 어릴 때, 즉 확고한 지배가 필요한 시기에 대부분의 부모들이 어린아이의 변덕에 쉽게 굴복한다는 것을 알아냈다. 부모들은 아이가 어릴 때는 그들의 재롱을 재미있어 하지만, 아이에게 더 많은 자유가 필요한 사춘기 시기에는 원칙을 정해 놓으려고 노력한다.

어릴 때 적당히 지배력을 행사하면, 아이들은 커서도 지배력에 대해 면밀히 이해하고 복종할 것이기 때문에 부모들은 마음을 놓을 수가 있다. 어릴 때 한계와 지배가 부족하면 아이들은 성장해서 오히려 우왕좌왕할 뿐만 아니라, 어떤 지배에는 더욱 반항하고 반발할지도 모른다. 직접적인 명령은 어린 시기에 최선의 방책이다. 부모에 대한 반발심을 줄이는 것이 아니라, 일관성 있게 명령하면서도 아이를 사랑에 빠지게 하라.

어머니가 아이의 인생의 방향을 정함에 있어서 어린 시기보다 더 중요한 때는 없다. 어머니의 목표, 설득력, 개성, 목적보다 더 중요한 것은 없다. 엄격한 사랑, 인내, 일관성, 명확한 예상력, 그리고 자부심 같은 특성과 함께 투철한 방향감각, 정서적 안정, 지식 추구력 등은 어린아이의 도덕성 발달과 깊은 관계가 있다. 특히 어머니는 아이와 가장 가깝게 지내기 때문에 어린아이의 도덕적 영역이 된다. 물론 그러한 기간 동안 특히 아버지는 어머니나 아이에게 따뜻한 사랑을 주는 정서적 지주가 되어 엄마 옆에 굳게 서 있어야 한다는 점을 잊지 말아야 할 것이다.

🏵

모방의 시기

어린시절의 두 번째 시기는 모방의 시기이며, 이것은 8세에서 12세 사이에 나타난다. 이 기간은 존 밸가이가 말했듯이, '어떤 부모라도 자녀에게 훌륭한 교육을 시킴과 동시에 나쁜 모습을 보여 준다면 한 손에는 음식을, 한 손에는 독약을 주는 것과 마찬가지라고 생각되는' 시기이다. 이 기간의 역할 모델은 어린아이에게 매우 중요하다. 규칙도 중요하다. 그러나 본보기는 더욱 자극적이다.

아가페 운동의 지도자 래리 폴란드 씨와, 그의 부인 도나 린 여사는 잡지 《월드와이드 챌린지》(1981년 10월호)의 한 기사에서 이렇게 말했다.

어린아이는 11세가 되기 전에는 추상적 사고능력이 잘 발달되어 있지 않기 때문에 구체적인 표본을 보며 배워야 한다. 부모 성격의 장단점은 자녀의 생활에 그대로 반영된다. 자녀의 성격이나 행동 중 우리가 참을 수 없는 것은 바로 우리의 잘못된 점인 것이다. 성질이 급하거나 야비한 아버지는 그 성격을 아들에게 물려주고, 말이 거칠거나 품행이 좋지 않은 어머니는 건방지고 부도덕한 딸을 낳는다는 것은 이제껏 보아 온 일이다. 성서(聖書)의 어떠한 교훈도 부모된 우리가 보인 본보기를 완전히 상쇄하진 못할 것이다.

어린아이는 보는 대로 행동한다. 우리가 살림을 차렸을 때 어머니께서 누차 말씀하신 것이 있다.

"애야, 네 아이는 네 말보다 네 행동에 주의를 집중한단다."

성서의 누가복음 6장 39절에서 40절에는 아름답고 명쾌하며 위엄 있기도 하지만, 두렵기까지 한 예가 실려 있다.

"소경이 소경을 인도할 수 있느냐? 둘이 다 구덩이에 빠지지 아니하겠느냐? 제자가 그 선생보다 높지 못하나 무릇 온전케 된 자는 그 선생과 같으리라."

부모의 본보기가 나쁘면 두려우나, 부모의 본보기가 좋으면 매우 기쁜 일이다. 우리는 우리의 말이나 행동을 가르치는 것이 아니라, 우리의 존재를 가르치는 것이다. 그런 의미에서 구약성서의 다음의 말은 하나도 틀린 것이 없다.

"당신의 존재는 그렇게 크게 말을 하고 있으나, 나는 당신의 말을 들을 수가 없다."

《페어런츠 매거진》의 한 기사는 다음과 같이 지적하고 있다. 어린아이는 어린시절에 어떤 사람에게 매력을 느끼고, 어떤 삶을 살아가고 싶으며 어떻게 시간을 활용해야 편안한지, 현존하는 모든 세상에서 사람들에게 얼마나 친절하게 인사를 하고, 또 성실성이 자기에게 얼마나 중요한가 하는 등 장차 내리게 될 중대 결정의 기초가 되는 성격을 발달시켜 나간다. 또한 어린아이가 신념과 가치관의 시금석을 세우게 되는 때가 바로 이 때이며, 그래서 유혹의 폭풍이나 사춘기의 불확실성 속에서 붙잡고 의지해야 할 무엇을 갖게 된다. 어린아이의 생활태도나 그밖의 태도 발달은 부모가 상점에서 판매원에게 어떻게 대하는가, 이웃에게 전화로 어떻게 말하는가, 그리고 사교적인 모임에서 친구에게 어떻게 행동하는가에 따라 달라진다. 즉, 어린아이가 사람을 대하는 태도는 가족들이 남들을 어떻게 평하는지, 지역사회나 세계가 필요로 하는 것이 가족들에 의해 어떻게 언급되는지에 지대한 영향을 받는다.

이 기간 동안 독서는 그 개인의 역사상 최고 수준에 이른다. 좋은 책과 잡지는 가치관 결정에 도움이 된다. 선행에 대한 글, 정의로운 일을 하는 용기, 어려운 상황에서의 정직 등은 어린아이가 영웅적이므로 해볼 만하다고 생각해서 모방하고 싶어할 때 이루어져야 한다.

몇 년 전, 한 연구 보고서에서는 기독교 목사가 된 사람들 가운데 50퍼센트 이상이 11세가 되기 전에 그 직업을 선택하기로 결정을 내렸다고 밝히고 있었다. 이전이나 이후나 할 것 없이, 부모는 자기 자식에게 원하지 않았던 상황이나 행동을 감히 스스로 행하지는 않는 법이다. 교육받은 대로 행하는 일관성 있는 삶은 이제 사상 최고의 부와 이익을 얻게 될 것이다. 그러므로 이 시기에는 어린아이를 가르치고 인도하는 어른이라면 모방의 가치가 있는 사람이어야 한다는 것은 참으로 중요한 사실이다.

감화의 시기

13세 이상은 감화의 시기이다. 10대의 시기에 아이들은 한두 가지 위대한 사상에 감화를 받는다. 그에겐 영웅이 있어야 한다. 없다면 찾게 될 것이다. 올바른 영웅에게 감화되지 않으면 그릇된 영웅에게 감화될 수 있다. 이 시기에 10대의 마음속에 어떤 목표가 있다면 수많은 덕성과 안정된 성격을 얻는다. 그에겐 미시적인 목표와 거시적인 목표, 이 두 가지가 모두 필요하다. 물론 통제의 한계도 중요하다. 그렇지만 부모가 언제나 아이와 함께 있어 줄 수는 없기 때문에, 이 시기의 청소년들은 스스로를 효과적으로 관리할 필요가 있다. 부모들은 자신들의 10대 시절의 모든 경험을 전하여 줄 필요가 있다.

사춘기가 될 즈음, 아이는 부모가 무엇을 믿는지 정확히 알게 된다. 그러나 그 믿음의 이면에 있는 참된 이유는 잘 알지 못한다. 당신이 자녀와 시간을 내어 대화하면서 그 이유를 반드시 설명해 주어야 하는 것은 바로 그 때문이다. 기준과 확신은 대화를 통하여 강화된다.

청소년은 친구는 물론 선생님, 그리고 부모의 말에 귀를 기울여 인생의 중요한 측면에 대하여 이야기 할 필요가 있다. 특히 부모와 자식간의 격의 없는 대화는 청소년의 사고방식에 깊은 영향을 줄 수 있다. 사춘기의 아이들은 부모의 사랑, 자신감, 그리고 그들의 지지를 느낄 필요가 있다. 부모의 관용과 사랑이 실현될 때 10대는 또한 선(善)을 향한 모든 변화를 쉽게 받아들일 수가 있다.

《리더스 다이제스트》의 1985년 1월호에는 이제껏 내가 읽어 본 적이 없는 놀라운 기사가 살려 있었다. 그 내용이 너무 좋아 그 전문을 여기에 싣는다.

수퍼스타를 키우는 법

새로운 연구를 통해서
부모의 마음에 용기를 주는 소식이 들려오고
올바른 조건이 주어지면
어떤 어린아이라도 좀더 높게, 좀더 낫게
좀더 맑게 빛날 수 있으리.

클레어 사프랭에 의한 편집자 논평

아인슈타인은 어떻게 만들어졌는가? 반 클리번은? 크리스 에버트 로이드는 어떻게 만들어졌는가?

위대한 재능은 언제나 하나의 신비였다. 그 재능은 어디에서 생기는 것이며, 어떻게 키워지는 것일까?

저명한 교육 연구자인 벤자민 블룸과 그의 조수팀이, 최근 시카고 대학교에서 세계적으로 최고 정상을 달리는 올림픽 수영선수, 테니스 선수, 협주곡 피아니스트, 조각가, 세계적인 수학자와 과학자 등 120명의 슈퍼 스타들을 대상으로 한 5년간의 연구를 완성했다. 그러한 교육적 분석을 통하여 그 슈퍼스타들은 단순히 태어난 것이 아니라, 그러한 길로 키워졌다는 놀라운 사실이 확인되었다. 그들의 재능은 제각기 다르나 그들의 어릴 적 경험은 매우 유사한 점이 많다는 것이다.

수많은 교육자들은 블룸의 연구가 옳다고 믿고 있다. 잠재적인 재능은 우리가 생각하는 것보다 훨씬 더 일반적이다. 실제로 블룸은 어린아이들 대다수가 올바른 교육 조건만 주어진다면 배울 수 없는 것은 거의 없다고 생각한다. 또한 "인간의 잠재능력은 IQ나 적성검사에서 측정할 수 있는 것보다 훨씬 더 위대하다"고 그는 주장한다.

'올바른 교육 조건'에 대한 더 많은 것을 알기 위하여 블룸과 그의 조수팀은 자기 분야에서 정상을 차지할 사람들을 살펴보았다. 그의 새로운 저서 《젊은이의 재능 개발》에서 설명했듯이 그는 인터뷰 상대로 35세 이하의 젊고 어린시절의 기억이 생생하거나, 부모나 선생님이 살아 있어 그들의 자라온 지난날을 말해 줄 수 있는 사람을 선정했다.

인터뷰가 비교 분석되었을 때 놀라운 특징 중의 하나는 같은 유형의 유사점이 수없이 반복되어 나타난 것이었다. 또 하나 놀라운 사실은 슈퍼스타가 되어 가는 과정에서 가정의 영향력이 매우 강하다는 것이었다.

게다가 이러한 유형에는 어떤 기본 골격이 있는 것도 아니었다.

"당신이 자녀의 재능을 키우기 위해서만 나아간다면 어린아이를 너무 다그치기 때문에 결코 성공하지 못할 것이다"라고 블룸은 경고한다. 그럼에도 불구하고 부모들은 순간적으로 단순히 자녀에게 좋겠다고 생각되는 행동을 마음대로 했다. 이것을 깊게 생각해 보자.

한 어머니는 자기 부부가 테니스를 하는 동안 테니스장 옆에 유모차를 대어 놓았다고 한다. 그녀는 웃으며 말한다.

"테니스 공이 떨어지는 소리는 나의 딸아이가 기억하는 최초의 소리일 겁니다."

또 어떤 어머니는 예술품이 가득 진열된 박물관으로 가족 소풍을 갔다고 말한다. 예술을 사랑했던 그녀의 아들은 커서 유명한 조각가가 되었다.

거의 모든 경우 이러한 영향력은 나뭇가지가 구부러지는 것처럼 자연스럽게 나타난다. 어린아이는 부모가 좋아할 것 같은 행동을 보이고 싶어 한다. "집안에 음악이 있다고 해서 음악가가 탄생되는 것은 아니지만, 음악이 없다면 음악가는 결코 나올 수가 없다"고 한 블룸의 말은 우리에게 많은 시사를 준다.

블룸은 천재아, 즉 어릴 때부터 재능이 뛰어났던 사람들을 보고 싶어했었다. 그러나 그들을 연구해 본 결과 그 사람들 중 대부분은 어릴 때 특별한 재능이 있다고 인정되지 않았음을 알았다. 피아니스트는 자연적인 리듬감각과 음악에 대한 반응을 보였지만, 그들 중 반도 못 되는 사람들만이 음악가로서의 완전한 모습을 보여 주었다. 몇 명의 뛰어난 수학자들에게는 학습 장애가 있기도 했고, 올림픽 수영선수에게는 어릴 때부터 재능이 엿보였다고 생각되지만, 그것은 그가 신동이라고 생각될 만큼 특별한 것은 아니었다.

이 아이들에게는 육체적·정신적 기본 바탕이 되어 있었을 뿐만 아니라, 방심하지 않고 돌보아 준 부모가 있었다. 이렇듯 잠재적 능력의 초기 징후는 아이의 재능을 그 즉시 알아차리고 격려해 주어야 한다. 예를 들어 보자.

5세 된 여자아이가 피아노 앞에 앉아 장난삼아 건반을 두드렸다. 아이의 어머니는 "정말 잘하는구나" 하고 말했다. 그것은 진정이었다. 즉, 그녀는 음악을 사랑했고 딸아이가 잘한다고 생각했기 때문이다.

그처럼 조그맣고 평범한 데에서 비범한 어떤 일이 시작되는지도 모른다. 부모는 아이의 어떤 행동은 칭찬하고 어떤 행동은 무시한다. 어린아이는 거기에 반응한다. 조각가의 어머니는 딸아이의 예술 작품을 모두 가지런히 정리해 두었다. 스포츠에 흥미가 있는 부모라면 걱정했을지도 모르지만, 수학자인 어머니는 자녀가 자기 방에서 혼자 열심히 수학 문제를 풀고 있는 것을 보고 칭찬했다.

어떤 수영선수는 자신이 어린 소년이었을 때 아버지가 목수일하는 것을 가끔 보았었다고 회상한다. 아버지는 한 부분이라도 바르지 않았으면 그것을 뜯어내어 다시 만들곤 했다. 그 소년은 그것을 결코 잊지 않았다. 10년이 지났을 때 그는 은 트로피와 올림픽 메달이 가득한 그의 방에서 기자에게 말했다.

"나의 아버지는 해야 할 필요가 있는 일이라면 잘 할 가치가 있다고 나에게 가르쳐 주셨습니다."

거의 모든 슈퍼스타는 그와 유사한 이야기를 했다. 그들 모두가 남보다는 일찍 성공을 이루었지만, 그것은 결코 하루아침에 이루어진 일은 아니었다. 10년도 안 걸려 정상에 오른 사람은 하나도 없었다. 정상에 오르기 위해 그들은 모두 동일한 세 가지 단계를 겪었다.

제1단계는 자신이 선택한 목표에 대하여 '사랑에 빠지는' 장난과 재미의 시기이다. 제2단계는 도전과 경쟁심을 위하여 자신의 기량을 갈고 닦는 시기이다. 그 이후 제3단계는 개인적인 모습이 향상되는 '자기 성취'의 단계이다.

이러한 연구에서 부모들은 각 단계에서 아이들에게 자신들이 옳다고 생각하는 경험을 심어 주려고 했다. 아이에게 재능의 기미가 보이면 보통의 부모들은 용기를 주기 위하여 아이들에게 공부를 시키지만, 그들의 부모는 반드시 최고의 피아니스트나 테니스 선수가 아니라 따스하고 친절한 어떤 사람, 즉 '아이와 친밀한 교사'를 찾았으며 어린아이의 행동에 대해서는 칭찬으로 즉시 응답을 해 주었다.

그후 부모 혹은 교사는 아이의 재능을 계속 키워 나가기 위하여 그 아이에게 더 많은 어떤 것이 필요하다고 결정할 것이다. 그 다음 교사는 자신의 학생이 음악이나 수영을 잘 해낼 수 있을 때까지 엄격하게 계속 연습을 시켰다. 제일 나중에 책임을 맡게 된 교사는 스승이자 역할 모델, 즉 재능을 훌륭히 키워 내는 유능한 조련사였다.

각 단계마다 슈퍼스타의 부모는 시기에 알맞는 레슨에 소요되는 정력과 돈, 그리고 장비를 마련해 놓았다. 예비 음악가의 아버지는 자신에게 급히 필요한 새 차를 사는 대신 자녀에게 필요한 그랜드 피아노를 샀다. 테니스 가족은 아이와 함께 아동들의 시합을 관람하면서 주말을 보냈다. 희생이 뒤따랐지만, 그에 대해 어떤 어머니는 이렇게 말했다.

"기뻐하는 아이만큼이나 우리도 즐거웠어요. 우리가 한 가족임을 느끼게 해 주었거든요."

대부분의 아이들처럼 이들 예비 스타들에게도 미래의 할 일을 일깨워 주어야 했다. 미래의 스타가 용기를 잃고 있으면 부모는 격려와 용기를 주었다. 어린 수영선수가 새로운 나이의 그룹으로 옮겨가 자신의 경기마다 패배를 맛보았을 때 아이는 수영을 포기하고 싶어했다. 그의 아버지는 아이에게 말했다.

"얘야, 한 번 더 승리를 할 때까지 노력해 봐라. 실패한 것 때문에 간단히 포기하지는 말아라."

부모는 아이가 승리했을 때 갈채를 보냈고, 승리를 하지 못했을 때에는 위안을 주었다. 아이가 열심히 노력해서 지난번보다 좀더 나아졌으면 그것 또한 하나의 승리였다. 또한 패하였을 때에도 패배는 그 나름대로 무엇인가 배울 것이 있으며, 앞으로 무엇을 해야 할지 가르쳐 주는 안내자였다.

그렇지만 얼마 후 그것은 그 아이의 책임이 되었다. 다른 아들이나 딸들에게도 자기의 자녀보다 유능한 재능이 있었으나, 그들은 그렇게 열심히 노력하려 하지 않았다고 슈퍼스타의 어떤 부모들은 기억한다. 비교해 보면 그 슈퍼스타들은 유사한 선택을 한다. 연습할 시간이냐, 아니면 학교 활동을 할 것인가, 혹은 서성거리기만 할 것인가? 슈퍼스타들이 어린아이에서 10대로 들어서면, 일주일에 평균 25시간을 재능을 갈고 닦는 데 썼다. 그것은 그들이 학교생활을 위시하여 다른 활동에 소비하는 것보다도 더 많은 시간이었으나, 보통의 아이들이 텔레비전을 보면서 보내는 시간보다 결코 많은 시간이 아니었다.

부모들은 아이의 그러한 재능에 기쁨을 느꼈으며 계속 도움을 주기 위하여 아이와 함께 있었다. 그러나 부모는 아이 때문에 살고 있었던 것은 아니었다. 그들은 재능이 아이의 것임을 알고 있었기 때문이다.

블룸의 말에 따르면, 어린아이들은 누구나 숨겨진 재능을 하나씩은 다 갖고 있으므로, 부모는 그 재능의 꽃이 활짝 필 수 있도록 양분을 주어 도움을 줄 수가 있다는 것이다. 또한 슈퍼스타의 경지에는 결코 이르지 못한다 할지라도 노련한 아마추어, 즉 평생의 스포츠 애호가, 음악 애호가, 혹은 지적인 탐구자가 되어 많은 시간을 텔레비전만 보면서 성장하는 보통의 아이보다 좀더 나은 생활을 하게 된다.

그것이 거기에 투자한 시간이나 돈만큼의 가치가 있는가? 물론이다. 어린 시절의 레슨은 청년기의 재능이 되기 때문이다. 그들이 살아 가면서 어떤 일을 하다가 그만둔다 하더라도 하나의 기술을 습득한 어린아이는 승자와 같은 행동, 최선을 다한 후 정상에 서는 법을 배운 것이다.

당신은 그것을 부인할 수 없다. 어머니의 뱃속에 있을 동안, 혹은 삶의 여러 단계를 겪고 성인이 된다 할지라도 이미 배운 것은 성공에 지대한 역할을 한다. 여러 가지 형태로 배운 긍정적인 사고방식은 대체로 긍정적인 결과를 낳게 된다.

이제부터 당신의 자녀가 지닌 긍정적인 자질에 양분을 주는 데 도움이 될 실질적인 방법에 대하여 살펴보자.

자녀의 상상력을 계발하라

당신은 자녀와 함께 행동하고 그들이 창조적인 상상력을 계발하도록 도움을 줌으로써 많은 것을 이룰 수 있다. 그 대표적인 방법은 자녀에게 많은 시간 책을 읽어 주는 것이다. 《백설공주와 일곱 난쟁이》를 읽어 주고 당신의 자녀가 그 이야기에 몰두할 때 일곱 난쟁이에 대하여 소개하면서 각각의 난쟁이들이 어떻게 말하는지 따라해 보라고 말한다.

당신의 자녀는 《백설공주와 일곱 난쟁이》를 다시 읽어 보고 싶어하고 독, 슬리피, 그람피, 그리고 그밖의 다른 주인공들처럼 이야기하고 싶어할 가능성은 상당히 높다. 이것은 매우 커다란 역할을 한다. 무엇보다도 그것은 부모와 자녀의 사이를 좁혀 준다. 두 번째로 그것은 자녀에게 싫증을 느끼지 않도록 직접 몇 가지 행위를 하도록 함으로써 아이의 상상력과 창의력을 자극한다. 세 번째로 그렇게 함으로써 자녀는 자신이 평소 사용하던 목소리가 아닌 또다른 자기의 목소리로 할 수 있는 일이 많다는 것을 깨닫게 된다.

혹시라도 그 과정에서 장래의 올리비에(영국의 유명한 원로 영화배우)를 찾아낼 수 있을지 누가 알겠는가?

아이의 창조력을 개발하고 자녀와 대화를 나누는 데에는 다른 방법도 있다. 자녀에게 집짓기용 장난감이나 진흙을 주고, 상상력을 발휘해 아무것이나 만들라고 해 보라. 당신의 집에 어린아이가 놀만한 정원이 있고, 모래성을 지을 모래가 있다면 자녀에게 무엇이든 해 보라고 유도해라. 어린아이는 한 시간 가량 바쁘게 놀이에

열중할 것이다. 자녀가 점점 성장해 가면서 그에 맞는 놀이기구를 장만해 준다면 그것과 더불어 아이의 상상력을 월등히 발달시킬 수 있다.

유머는 유익하다. 그것을 얻기 위하여 노력하라

우리가 변함 없이 낙관적인 성격을 갖고 자녀를 더욱 긍정적으로 기르기 위해서는 우리에게 시시각각 엄습해 오는 문제점들과 장해 요소들, 그리고 좌절감 등을 극복하기 위한 유머 감각이 필요하다. 우리들은 대개 중고차 매매소에 차를 몰고 가 세일즈맨에게 다음과 같이 접근하는 사람과 같은 입장일 때가 있다.

"실례지만 이 차를 나에게 파신 분이 선생님이십니까?" 세일즈맨은 그 친구를 이리저리 훑어보며 말했다.

"예, 그런 것 같습니다만……."

그러자 그 차의 주인은 말했다.

"괜찮으시다면 그때 했던 말을 다시 해 줄 수 없으신지요 때때로 나는 좌절감에 빠진답니다!"

부모들에게도 그러한 경우가 이따금씩 있다. 일이라는 것이 언제나 마음대로 되는 것만은 아니기 때문에 그때 우리에겐 격려가 필요하다.

유머는 그러한 일을 매우 훌륭히 해낼 수 있다. 또한 유머는 우리의 인생에 참된 동기유발의 교육 자료들 가운데 하나라는 증거가 늘고 있다.

샌디에이고 주에서 실시했던 한 연구는 유머가 수험생에게 유익함을 보여 준다. 심리학을 수강하는 대학생을 네 그룹으로 나눠 심각한 강의에 참석할 것인가, 혹은 유머러스한 강의에 참석할 것인가를 선택할 권한을 주었다. 네 그룹은 강의 후에 행해진 간단한 테스트에서 모두 동일한 점수를 주었으나, 6주 후에 다시 조사해 본 결과, 유머러스한 강의에 참석했던 학생들이 다른 그룹에 비해 수업 효과가 월등히 높았음이 증명되었다.

내가 앞에서 사람들의 긍정적인 자질을 논하면서 제3장에서 언급했듯이 유머는 내가 실시한 적이 있는 여론조사에서도 거론된 자질들 중의 하나였다. 이 세상은 오늘날 너무 오염되어 있다. 너무나 많은 사람들이 타이타닉 호의 항해사처럼 이리저리 걸어다니고, 캔디콘에서 빨간 것만 빨아먹는 어떤 사람처럼 행동하고 있다. 당신은 당신의 자녀가 유머 감각을 개발할 수 있도록 도와 주라.

✿

사랑이 있는 환경을 창조하라

긍정적인 자질을 개발하는 또 하나의 중요한 단계는 어린아이에게 행복과 관용을 느낄 수 있는 환경을 만들어 주는 것이다. 그 일은 애정이 가득 담긴 낙관적인 방법으로 어린아이가 하루를 즐겁게 시작하고 즐겁게 마칠 수 있도록 해 줌으로써 해낼 수 있다.

어린 자녀를 깨우는 데는 여러 가지 방법이 있다. 거칠은 목소리로 "애야, 이제 일어날 시간이야! 다시 똑같은 말을 반복하게 하지 마라!"라는 표현을 쓴다면, 어떤 아이라도 그날 하루가 기대만큼 순탄하지는 않을 것이다.

내가 확실하게 말할 수 있는 아름다운 몇 가지 일 중의 하나는 나의 딸 아이 수잔이 갓 태어난 아기, 엘리자베스를 깨우는 것을 지켜보는 일이다. 수잔은 먼저 침대 곁에 서서 허리를 굽혀 엘리자베스를 잠시 바라다본다. 그리고 나서 부드러운 키스로 아기를 깨우기 전에 살며시 이마를 어루만져 준다. 엘리자베스는 언제나 그러하듯이 팔을 뻗으면서 눈을 뜬다. 아이에게 하루의 시작을 알려 주는 즐거움은 분명 하나의 즐거움이기도 하다.

수잔은 언제나 꿈나라에서 의식의 세계로 돌아오는 엘리자베스를 부드러운 말과 애정이 넘치는 환영으로 맞이한다. 엘리자베스도 그렇듯이 잠에서 깨어나는 일은 불쾌한 경험이라기보다는 오히려 즐거운 경험이다.

나는 거의 모든 부모들이 자녀가 어릴 때는 어린아이와 함께 하루를 시작한다고 생각한다. 그러나 그 일을 계속 실천하는 사람은 적다. 나는 그들이 왜 그 일을 중도에서 그만두었는지 알 수 없다. 부모는 자녀가 유아이든 걸음마를 시작했든, 5세이든 15세이든 나이에 관계없이 항상 기쁜 마음으로 새날을 맞이하고 하루 일과를 마칠 수 있도록 도와 주어야 한다.

아이가 점점 나이를 먹어 감에 따라 사려깊은 부모라면 예전의 태도에서 하나를 변경할 것이다. 즉, 아이를 깨우기 위하여 그들의 방에 들어갈 때 부드럽게 노크를 하는 일 말이다. 그래서 아이가 이미 깨어 있다면, 어머니나 아버지가 들어갔을 때 옷을 입고 있지 않아 부끄러워하거나 당황하는 일은 없을 것이다. 따라서 어머니가 다 큰 아들을 깨우거나, 아버지가 다 큰 딸을 깨울 때 이러한 일은 특히 유의할 필요가 있다.

승자는 여기에 있다

마지막으로 당신이 기억했으면 하는 것은 아이에게 친절한 말로 확실한 주장을 할 필요가 있다는 것이다. 당신은 어느 한순간에 던진, 짧지만 진실한 말 한 마디가 생활에 얼마나 큰 충격을 줄 수 있는지 아는가?

최근에 여행을 다니면서 나는 치아를 다 드러내며 인상깊게 웃곤 하는 잘생긴 한 소년을 만났었다. 그 소년은 머리끝에서 발끝까지 온통 '승자'라는 글씨가 씌어 있었다. 그 소년은 웨스트코스트에서 있었던 우리의 세미나에 부모와 함께 참석하였는데 청중들 가운데 서도 그는 무척이나 편안해 보였다. 그때 그의 부모가 그 아이를 나에게 소개해 주었기 때문에, 나는 그런 경우에 내가 항상 하던대로 행동했다.

몸을 아래로 굽히고 그의 눈을 똑바로 바라보며, 짧지만 재미있게 주고받을 수 있는 질문을 던졌다.

"얘야, 너는 내가 무엇을 할 수 있는지 알고 있니?"

"아니요."

"나에겐 특별한 재주가 있단다. 그래서 다른 사람들이 할 수 없는 일을 할 수가 있단다. 그게 무엇인지 알겠니?"

"아니요."(어리둥절해 했지만 내 말에 무척 흥미를 느끼면서)

"나는 승자를 발견하면 금방 알아보고 결코 놓치지 않거든."

"그래요?"

"그래, 내가 승자를 보았다면 그게 바로 너란다."

이 대화를 마치는 데는 1분도 채 걸리지 않았지만, 그 소년과 부모는 자못 유쾌한 표정이었다. 얼마 후 그 소년의 부모에게서 아름다운 내용이 적힌 편지가 배달되었는다. 그 편지는 어린아이를 만날 경우에는 항상 그러한 방식을 사용해야 한다는 것을 나에게 다시 한 번 확인시켜 주었다(당신도 알았겠지만 나는 모든 아이들은 승리하기 위하여 태어났다고 믿는다. 그러나 불행히도 그들은 환경 때문에 패배하는 경우가 많다).

그 소년은 어릴 때 몹시 학대받아 두 살이 되기도 전에 여러 번 뼈가 부러지기도 했다. 그 소년이 정서적, 심리적으로 상처를 입은 것은 더 말할 필요도 없다. 그러나 세 살이 되던 해 양자로 들어가게 되어 새로운 부모의 사랑을 받아 기적을 일으키게 되었다.

그 소년의 어머니는 단순히 자기의 아들이 정상을 향하여 올라가고 있는 희망의 사다리에 한 계단을 더 보태준 것에 대하여 감사의 마음을 소박하게 표시할 뿐이었다. 그녀는 그 짧은 만남이 자기 아들에게는 매우 의미 있는 일이었으며, 남편과 함께 그 아이의 마음속에 자신이 진정한 승자였다는 사실을 평생 심어 주겠다고 편지에 썼다.

결국 내가 하고 싶은 말은 긍정적인 자녀를 기르려면, 당신은 종종 자녀에게 그가 승자라는 사실을 확신시켜 줄 필요가 있다는 것이다.

❦

아이들은 자신이 중요한 존재임을 알 필요가 있다

이 생각은 매우 중요하다. 댈러스의 사업가인 리차드 그린 씨는 자녀에게 효율적이고 독창적인 방법을 시도했다. 그의 두 자녀는 모두 입양아였다. 그래서 그린 부부는 자녀의 생일을 두 번 축하해 주는데 한 번은 진짜 생일이며, 또 한 번은 입양일이다. 이것은 그의 두 자녀인 그리드와 브룩에게 자신들이 매우 중요한 존재이며, 자신들의 입양이 결과적으로 자신들의 자아상(自我像) 확립에 도움이 된다는 것을 알려 준다.

지금 여섯 살인 그리드와 세 살인 브룩은 역시 어떤 특별한 대우를 받고 있다. 그리드가 네 살이었을 때 그린 부부는 그를 위하여 특별히 일주일에 한 번씩 저녁시간을 같이했다. 한 주 동안 그리드가 착하게 지냈으면, 그날 저녁에는 그가 원하는 것은 무엇이지 할 수 있었다.

언제인가 그리드가 하고 싶은 것들 중 하나가 백화점에 있는 수족관의 물고기를 구경하는 것이었다. 그래서 그 금요일 저녁 그린 부부는 백화점에 가서 수족관 관람석의 중앙에 그리드를 앉혔다. 꼬박 한 시간 동안이나 아이는 즐거운 모습으로 거기에 앉아 헤엄치며 돌아다니는 물고기들을 하나도 빠짐없이 바라보았다.

그리드가 순간순간 완전하게 즐기는 동안 그의 부모들은 그의 독특한 개성과 사랑에 대하여 이야기를 나누고 있었다. 나는 그 아이가 여러 가지 물고기들, 또다른 수족관 생활, 그리고 그 속에 들어 있는 식물과 바위들을 바라보면서 하느님께서 자연을 통해 보여 주시는 아름다움과 기적에 완전히 몰두하고 있었다고 확신한다.

사실 이렇게 하는 것도 멀리 떨어진 상점에 가기 위해 드는 자동차 기름값을 제외하면 거의 비용이 들지 않았다.

때때로 아주 특별한 경우에, 그린 씨는 아이를 데리고 일을 보러 다닌다. 그는 아이에게 양복을 멋지게 차려 입히고, 구두를 깨끗이 닦아 신기고, 머리를 단정히 매만져 준다. 짧은 동안이지만, 그린 씨는 사업차 돌아다니면서 동료들에게 자기의 아이를 소개시킨다. 그 사이 아이는 자연히 악수하는 법이나 사람들을 정중하게 대하는 법을 배운다. 이 과정을 통하여 아버지와 자식간의 중요한 관계가 확립되며, 옷을 차려 입히는 과정은 자아상 확립에 또다른 격려가 된다.

아버지와 함께 다니면서 아버지의 경영자적인 면모를 바라보는 그리드의 마음속엔 장차 자신이 도달하게 될 경영자적인 목표가 생긴다. 이렇게 해도 비용은 여전히 아무것도 들지 않는다. 리차드 그린 씨는 자기의 자녀를 '승자'로 만들고 있는 것이다.

사우스캐롤라이나에 살고 있는 나의 친구, 제리와 조 베이콘이 나에게 들려 준 예를 언급하고 이 부분을 마치겠다. 그들에겐 정말 '미스 아메리카' 타입의 아름답고 귀여운 딸이 하나 있었는데, 그녀는 매우 열정적이고 동기유발적이며, 예의 바르고 신뢰성이 있으며, 쾌활하고 다정다감하며, 사교적인 성격을 갖고 있는, 나쁜 것이라곤 조금도 없는 베스라는 소녀가 있었다. 그 소녀는 아침에 일어나서 잠자리에 들 때까지 쾌활하게 생활한다.

몇 년 전, 그들은 그 아이와 관계된 매우 흥미로운 일을 접하게 되었다. 크리스마스 선물로 아침에 잠을 깨워 주는 시계 라디오를

베스에게 주었는데 그들은 그것의 부정적 영향을 아무도 예측하지 못 했다. 그들은 록 음악에 라디오 다이얼을 맞추어 놓았다. 매일 아침 베스는 깨어나는 시간에 그 전날 저녁과 그날에 있었던 소식을 전하는 5분간의 뉴스를 들었다. 그리고 나서 록 음악이 흘러나오기 시작했다.

변화는 느끼지 못할 정도로 매우 천천히 일어났으나 2, 3개월 후에는 베스가 점차 여러 가지 일에 짜증을 내고 심술을 부리게 되었다. 좀처럼 웃지 않고 갈수록 더욱더 불만만 많아졌다. 그 아이에게서 사랑스러움이라곤 조금도 찾아볼 수가 없었다. 한 마디로 말하면 베스는 이전과는 전혀 다른 소녀가 되어 있었다.

조와 제리는 그 변화를 보고 정신이 나갈 정도였다. 하나의 결과는 또다른 결과를 낳는다. 그들은 그 변화의 원인을 추적하기 위하여 크리스마스와 시계 라디오까지 거슬러 올라가야만 했다. 해결책은 아주 간단했다. 베스의 방에서 시계 라디오를 치우기만 하면 되었다(물론 베스는 야단법석을 떨겠지만, 애정과 책임이 있는 부모라면 아이와 그 가족을 위하여 최선의 것을 행한다).

매일 아침 그들 중 한 사람이 베스의 방에 들어가 그녀를 껴안고 뽀뽀를 해 주면서, 그날 하루를 시작하는 소녀에게 유쾌한 환영을 보내 주곤 한다. 분명 당신은 이 이야기의 뒷부분을 짐작하여 더이상 읽어 보려고 하지도 않을 것이다. 물론 당신의 생각이 옳다. 수주일이 지난 후, 그 소녀는 다시 옛날처럼 행복하고 상냥하며 정열적인 소녀가 되었다. 당신이 환경에 변화를 주면 당신은 결과를 변화시킬 수 있다.

어린아이들은 배운 대로 살아간다

어린아이가 비평으로 산다면
책망을 배운다.
어린아이가 적개심으로 산다면
폭력을 배운다
어린아이가 조롱으로 산다면
거리낌을 배운다.
어린아이가 수치심으로 산다면
죄의식을 배운다
어린아이가 격려로 산다면
자신감을 배운다
어린아이가 칭찬으로 산다면
올바른 판단을 배운다.
어린아이가 공정(公正)으로 산다면
정의를 배운다.
어린아이가 안정감으로 산다면
믿음을 배운다.
어린아이가 찬의(讚意)로써 산다면
스스로를 좋아하는 법을 배운다.
어린아이가 관용과 우정으로 산다면
세상을 사랑하는 것을 배운다.

도로시 로우 놀테

자기 평가의 시간

① 자녀가 너무 어리기 때문에 교육을 받게 하지 않는다면 얼마나 어려서인가?

② 어린아이에겐 그 나름의 규범이 필요하다. 그 규범이 없이 자란 어린아이의 모습을 당신의 마음속에 그려 보라.

③ 당신의 자녀에게 일관성 있는 기준을 정해 줄 때 그 아이는 가족생활에 어떻게 도움을 주었는가?

④ 가정에서 자녀를 가르쳤거나 현재 가르치고 있는 사람을 알고 있는가? 알고 있다면 그 경험을 물어 본 적이 있는가? 만일 물어 본 적이 있다면 그것은 당신이 검토해 볼 만한 것이었는가?

⑤ 지그는 자녀를 교육시키는 데 있어서 특히 어릴 때가 중요하다고 말한다. 다음의 인용문을 완성시켜 보라. "____규제할 것인가, 아니면 영원히 규제를 ____할 것인가?"

제 6 장
삼차원적인 아이

　책임감 있는 부모라면 자녀에게는 교육받을 권리가 있음을 결코 부인할 수 없을 것이다. 어린아이가 심성을 계발하는 방법에 대하여 어떠한 가르침도 받지 못하는 환경에서 자랐다면 그 아이는 심각한 핸디캡을 갖게 될 것이다. 물론 대부분의 부모들은 이 말에 공감하고, 또한 자녀에게는 배우면서 자랄 기회가 있음을 알리기 위해 최소한 일상적인 노력이라도 기울인다. 실제로 미국의 모든 주(州)에는 의무교육법이 있다.

　모든 사람은 신체적인 요구는 보호되어야 한다는 데 의견의 일치를 본다. 미국에서는 부모들이 어린아이의 기본적인 요구, 즉 의식주의 요구를 부정하면 처벌을 받는다. 다시 말하면 책임감과 사랑이 있는 부모라면 자녀를 굶주리게 하거나 생명은 유지할 수 있지만 원만한 성장과 건강을 해치는 식이요법을 강요하지는 않을 것이다.

종교의 자유인가, 종교로부터의 자유인가?

정신적·육체적으로 치열한 경쟁의 현장에서 요구되는 것들과는 달리 표면상으로도 불분명하고 판단하기도 그리 쉽지 않은 영적인 가치관을 자녀에게 가르치는 경우가 압도적으로 많다. 부모가 긍정적인 자녀를 기르고 싶어한다면 그 3차원적인 자녀의 영적인 요구를 단호히 무시하지는 못할 것이다.

어떤 부모들은 자신들의 신앙적인 분위기를 순화시키고 있으며 자녀에게 자신들의 '종교적인 가치관'을 강요하고 싶지 않다고 주장한다. 따라서 그들은 자녀에게 교회에 가자고도 하지 않으며 어떠한 성경 공부나 훈련도 시키지 않는다. 그들은 아이들이 스스로 선택할 수 있을 만큼 자랄 때까지 기다리겠다고 주장한다. 그러나 조사해 본 바에 의하면, 그것은 책임 회피의 구실이며 가장 바람직하지 못한 태도이다.

이 부모들은 여섯 살이나 여덟 살인 자녀들이 식이요법이나 취침 시간, 옷을 사는 것, 추운 날씨에는 무엇을 입을지 스스로 선택하는 판단력을 가졌다고 기대할까? 나는 부모가 자녀의 도덕적·영적 훈련을 우연에 맡기거나 그것을 선택할 수 있을 때까지 자녀에게 맡긴다는 것은 바람직하지 않다고 생각한다.

그 나이가 되면 어린아이는 이미 선택을 한 상태이며 직·간접적으로 부모에게 영향을 받았을 것이다. 이러한 추론에 의하면 부모는 종교나 신앙이 아이들의 생활에서 떠난 이후 그 중요성이 사라졌다고 말했다.

어린아이는 부모가 나쁜 짓을 할 수 없다고 믿기 때문에 그렇게 추론하는 것은 당연한 이치이다. 즉, 근본적으로 어린아이에게 있어서 부모는 '신적(神的)인' 존재이기 때문이다. 많은 심리학자들은 자녀를 학대하는 부모 중 아버지는 자녀의 전 생애 동안 특히 종교적인 차원에서 고난을 준다고 한다. 어린아이는 지상의 아버지가 경솔하고 야만적이며 잔인하고 무정하며 부주의하다면, 하늘에 계신 아버지와 다르다는 어떤 증거가 있는지 자기 나름대로의 합리성을 부여하여 반문하게 된다.

정신적 · 사회적 성장을 위한 육체의 건강

가베 머킨 박사는 《캔사스 시티 타임즈》에 육체의 컨디션의 중요성을 강조한 기사를 게재하면서 12세 소년을 예로 들었다.

제이미는 영리한 소년이었음에도 불구하고 지난해 학교 성적이 좋지 않았다. 그는 약간 살이 쪘으며 근육 상태도 평균치보다 좋지 않았다. 또 성격이 침착하지 못하여 가만히 앉아 있지를 못했다. 그 소년은 TV를 보거나 영화관에 가는 것이 고작이었으며 스포츠엔 전혀 관심을 보이지 않는 듯했다. 머킨 박사는 제이미를 여름 내내 자기 스스로 선택한 훈련 프로그램에 가입시켰다.

보통 사람들은 유년기는 대체로 왕성한 활동의 시기라고 생각함에도 불구하고 머킨 박사는 실제로 많은 아이들은 제이미처럼 충분한 운동을 하지 않는다고 지적했다.

"몸의 상태가 나쁘면 학업 성적의 저하에 지대한 영향을 미칩니다. 따라서 나는 제이미에게 좀더 많은 운동량이 필요하다고 충고했습니다. 결과는 매우 만족스러웠습니다. 현재 제이미는 매우 잘하고 있습니다. 그 아이는 지금 청소년 축구팀에서 활약하고 있으며 학교 생활도 잘 하고 있습니다."

머킨 박사의 몇 가지 연구에 따르면, 학교에서 성적이 좋지 않은 학생들은 대부분 건강 상태도 좋지 않다. 시라쿠즈 대학교에서 중도 탈락한 학생들의 83퍼센트는 최소한의 체력검사에도 통과하지 못한 학생들이었다. 또 웨스트 포인트의 미 육군사관학교를 졸업하지 못한 학생들도 대부분 체력이 자기 학급에서 최저였다.

퍼듀 대학교 체육과 교수인 A. H. 이스마일의 연구에 따르면, 체력적으로 건강한 사람은 지적인 호기심이 많으며 정서적으로도 안정되어 있다. 또한 건강한 사람은 침착하며 자신감이 있고 느긋하며 여유가 있음을 알 수 있다. "건강상태를 나타내 주는 바로 이러한 행동이 그 사람의 개성을 강화시켜 준다"고 퍼듀 대학교의 연구원들은 말한다.

"운동은 당신을 더욱 건강하게 만들 뿐만 아니라 정보를 처리하는 개인의 능력을 높여 주며, 결과적으로는 개인의 학습능력을 강화시켜 준다"고 이스마일 교수는 말한다. 다시 말해서 "반항적이며 정서적으로 불안하고 신경질적이며 공격적인 사람은 장기적인 체력증진 프로그램을 통하여 자신의 개성을 변화시킬 수가 있다. 그러한 프로그램은 사람에게 건강해졌다는 느낌을 주는 외에도 마음에 위안을 주고 좀더 차분하고 느긋해지도록 해 주며 마음의 여유를 갖게 해 준다"는 것이다.

탁월한 정신력을 위한 운동과 식사요법

이스마일 교수는 퍼듀 대학교를 포함하여 많은 대학교에서 연구 결과를 강의할 때마다 이렇게 말한다.

"운동을 규칙적으로 하여 건강한 사람들은 더욱 체계적이고 조직적인 문제해결 능력을 갖게 되며, 또한 언어와 산술능력이 향상된다는 사실을 우리는 알고 있습니다."

이 연구는 25세에서 65세에 이르는 60명을 대상으로 4개월 동안의 체력증진 프로그램을 마치기 전후에 심리적인 검사를 한다. 이스마일 교수는 훈련 프로그램을 실시하기 전에 정서적으로 불안정을 보인 사람들이 그 프로그램을 마친 후의 검사에서는 전보다 훨씬 나아졌음을 보여 주었다고 말한다. 건강상태가 좋아짐으로써 학생들은 유쾌한 마음을 갖게 되며, 그들의 학습 성취도도 자연 높아지게 된다. 물론 이것은 공식화된 이야기로 자신감은 공부하는 습관과 연관되어 있다.

나는 열심히 조깅하는 사람 중의 한 사람으로서, 개인적인 경험에 비추어 볼 때 육체적 운동은 정신적인 면, 심리적인 면에도 분명히 유익과 도움을 준다고 확신한다. 뿐만 아니라 과학적인 견지에서도 운동을 하면 뇌하수체를 활성화시켜 모르핀보다 200배나 강한 엔돌핀으로 가득 차게 된다고 케네드 쿠퍼 박사는 말한다. 그 결과, 그 후 두세 시간 동안 에너지 수준은 점점 높아지며, 창조력도 절정에 이른다. 그 증가된 에너지 수준은 부차적으로 얻어진 정신력과 융합하여 학습에 도움을 주게 될 것이다.

어린아이의 생활에서 가장 중요한 것들 중의 하나는 그 아이의 외모이다. 이것은 그 아이가 먹고 마시는 것과 밀접한 관계가 있다. 물론 키가 크고 작은 것, 주근깨나 머리 색깔 등과 같이 우리가 조절할 수 없는 것들도 있다. 우리는 왼손잡이나 오른손잡이를 마음대로 조절할 수는 없지만 식이요법, 운동 등을 통하여 조절할 수 있는 것도 많다.

사탕이나 청량음료, 그 외에도 가볍게 먹는 인스턴트 식품들은 아이에게 주지 않는 것이 좋다. 그러나 그것은 현실적으로 매우 불가능한 일이다. 아이가 친구의 집이나 파티, 혹은 그밖의 다른 장소에서 쉽게 구할 수 있는 맛있는 음식들이 많고, 또한 공공연한 홍보나 광고방송 등으로 인하여 그것을 절제하기란 정말 어려운 일이다. 그렇다고 해도 간식은 소화될 수 있을 만큼의 적당한 양을 주어야 한다. 긍정적인 자녀를 기르는 일에 진정으로 관심이 있는 부모라면 그렇게 하기 위하여 노력을 총동원할 것이다.

예를 들면 미국의 청소년들은 1년에 탄산소다수를 평균 836개나 먹어치운다(1984년 2월, 《디즈 타임즈》). 이것은 음료수를 하루에 두 개 이상 먹는다는 이야기이다. 이것은 거의 미친 짓이나 다름없으며 정말 어처구니가 없는 일이다. 더욱이 최근 미국 심리학회의 보고서에 의하면 설탕 섭취를 대폭 줄일 경우, 청소년 흉악범들 사이에 나타나는 비행(非行)을 80퍼센트나 줄일 수 있다고 한다.

아이가 귀엽고 통통하다는
말은 종종 뚱뚱하다는 의미로 통한다

아이의 체중이 점점 불어나는 징조가 보이면, 부모는 즉시 의사를 찾아 체중 조절방법을 알아보아야 한다. 이 일이 빠르면 빠를수록 아이의 체중을 조절하기가 그만큼 쉬워진다. 나는 부모가 아이에게 청량음료가 담긴 병을 주어 고농도의 설탕 음료를 받아 마시는 광경을 본 적이 있다. 이것은 아이에게 상당한 양의 칼로리를 아무 실속도 없이 섭취시키는 행위이다. 어머니의 입장에선 일시적으로 아이를 달래는 손쉬운 방법이겠지만, 그것은 나중에 아이에게 끔찍한 영향을 준다는 사실을 고려하지 않은 무책임한 처사이다. 나중에 비대해진 아이가 눈물을 흘리고 있는 것을 생각해 보라.

설탕의 섭취를 줄이는 일은 많은 아이들을 괴롭히고 있는 체중 문제를 아주 효과적으로 해결해 준다. 너무 뚱뚱해서 다른 아이들처럼 잘 해낼 수 없다는 이유로 체육 행사나 아이들의 놀이에 참석하지 못하고 인생의 구석자리로 밀려나 있는 꼬마들의 모습을 보는 것은 현시대의 가장 가슴 아픈 일들 가운데 하나이다.

살이 찌느냐 찌지 않느냐는 어린아이의 식사습관에 따라 결정된다. 음식의 양, 식사 환경, 음식물의 종류는 매우 중요한 역할을 한다. 어린아이의 체중조절을 위하여 지켜야 할 규칙은 대략 4천여 가지가 되지만, 그중 몇 가지만 살펴보도록 하자.

가능하다면 식사는 그날의 일 가운데 가장 일상적이고 편안하게 해야 한다. 가정의 문제는 식사시간이 아닌 다른 시간에 논의해야 한다. 식사시간에는 떠들어 대는 텔레비전을 보거나 잡지를 읽거나 신문이나 책을 보는 것도 절대로 삼가는 것이 좋다. 오직 가족과 식사에만 신경을 써야 한다. 그렇게 하지 않으면 주위가 산만한 상태에서 자기 자신이 먹고 있다는 사실을 모른 채 식사를 끝낼 수가 있기 때문이다. 그 결과는 때때로 당신이 적당한 양보다 많이 먹게 하는 원인이 된다.

아이들의 식생활에 있어서 위기 상황은 아이들이 스스로 음식을 선택하고, 사탕이나 가벼운 인스턴트 식품에 열중할 때이다. 부모는 아이가 이렇게 행동할 경우 단호하게 이 나쁜 습관을 고쳐 주어야 한다. 아이가 반발해서 아무것도 먹지 않는다 하더라도 늦추지 말라. 다음날쯤, 빠르다면 다음 식사시간쯤에 아이는 영양가가 풍부한 음식에 강렬한 입맛을 느끼므로 굶어죽지는 않을 것이다.

이와 관련하여 나의 동생 저즈 지글러가 말한 이야기가 생각난다. 텍사스 농부 두 사람이 각기 자신들이 기르는 개에 대하여 이야기하고 있었다. 그중 한 사람이 자신은 돈으로 살 수 있는 한 최고급의 개밥을 개에게 준다고 했다. 다른 한 농부는 파란 무를 개에게 주어 기른다고 했다. 처음의 농부는 자기 개는 무 따위는 먹지 않을 것이라고 대답했다. 두 번째 농부가 말했다.

"내 개도 그랬습니다. 처음 3주일 동안은요!"

당신이 군것질을 막을 경우 아이는 하루나 이틀 동안은 아무것도 먹지 않을지도 모른다. 부모는 아이가 '하루 종일 아무것도 먹지 않았다'는 것이 애처로워 아이에게 청량음료나 과자 혹은 아이스크림을 먹도록 해서는 안 된다. 단식을 하는 사람들이 하루 이틀 혹은 사흘까지도 아무것도 먹지 않고 건강하게 지내는 것을 보면, 이 일은 아이에게도 그리 나쁜 것이 아님을 알 수 있다.

🏵️ 좋은 건강을 얻기는 간단하다 그러나 쉽지는 않다

대부분의 미국인들은 아침식사로 든든하지 못한 설탕 함유량이 많은 곡물류(가볍게 먹는 콘 프레이크나 오트밀, 쉐레디드 등을 말함)를 먹는다. 아침식사는 완전 곡물식(穀物食), 또는 밀가루나 호밀로 만든 토스트에 저칼로리의 잼이나 버터를 바른 것과 한 컵의 우유 등을 먹는 것이 좋다. 전날 저녁식사 때 먹고 남은 것이 있다면 그것도 함께 준비하라. 특히 닭고기나 쇠고기가 남았다면, 당신은 아이들에게 이상적인 아침식사를 제공할 것이다. 아이들은 식사 속도에 따라 먹는 양에 근본적인 차이가 생기므로, 반드시 30분 정도 일찍 하루를 시작함으로써 충분한 아침식사 시간을 갖도록 하라.

든든한 아침식사를 하고 하루를 시작한 아이는 수업이 계속 이어질수록 학교생활을 더 잘 한다는 사실을 알 수 있다. 그러나 아침식사를 거른 아이는 대체로 나중에 소금기 있는 스낵으로 식사를 하는데, 그것은 체중증가와 고혈압의 원인이 될 수 있다. 충분한 시간을 갖고 영양가 있는 아침을 먹으면서 아이는 학교에 가기 전에 자연스럽게 부모와 함께 있을 시간을 갖게 되는데, 이것 또한 매우 중요하다. 이때 부모는 그날의 상황에 맞추어 아이를 격려해 줄 필요가 있기 때문이다.

이와 같은 방침을 따르는 과정에서 인내와 무비판적 태도, 애정은 매우 중요하다. 아이들은 부모의 보호와 지지를 느끼면서 집을 나설 필요가 있다. 그렇지 않으면 학교의 나쁜 무리에게서 지지를 얻으려 할지도 모른다. 그들이 집에 돌아와 한가한 시간을 가질 때 당신은 아이의 용모를 손질해 주고 잠잘 준비를 해 주고 좀더 효과적인 방법으로 자녀의 잘못된 식사습관을 고칠 필요가 있다.

두 번째로 가장 중요한 식사는 저녁식사이다. 대부분의 가정에서는 저녁식사를 가장 진수성찬으로 차린다. 그러나 실제로 저녁식사는 가장 가벼운 식사이어야만 한다. 일반적인 훌륭한 식사 방법은 아침은 백만장자처럼, 점심은 검소한 사람처럼, 저녁은 실직한 사람처럼 먹어야 한다. 그리고 저녁식사는 가능한 한 오후 6시를 전후하여 먹는 게 좋다.

상식이 대답이다

부모는 어린아이에게는 진수성찬을 먹이고 과식을 하도록 내버려두면서, 네 살 된 아이에게 체중이 늘었다고 단호한 조치를 취하는 것은 분명 현명치 못한 행동임을 알아야 한다.

부모 자신은 빵, 사탕, 그밖의 별미를 계속 먹으면서 자녀의 식사습관을 갑자기 바꾸라고 강요하는 것은 옳은 일이 아니다. 가족들 중 한 사람이 체중이 늘어 마음의 상처를 안고 있을 때 모든 가족들은 힘을 합하여 그의 체중을 감소시키도록 도와 줄 필요가 있다. 그 과정에서 잔소리와 꾸지람은 도움이 안 된다. 애정이 담긴 격려와 엄격한 훈련이 최선의 적절한 방법이다.

미국인들은 대부분 출입구에서 가장 가까운 주차 장소를 찾기 위하여 쇼핑센터 주위를 10여 분 이상 차를 몰고 헤맨다. 그러나 날씨가 아무리 나빠도 정문에서 멀리 떨어진 곳에 차를 세워 놓고 쇼핑센터로 들어가라. 가족들이 경쾌하게 걷는 모습은 가장 멋진 일 중의 하나이다. 그것은 가족을 한마음으로 묶어 줄 뿐만 아니라, 칼로리를 소비시켜 몸의 맵시를 좋게 해 주는 유익한 일이다.

또 한 가지 덧붙인다면 2, 3층에 있는 사무실을 걸어서 오르내리는 것은 당신이나 당신의 자녀에게 간편하면서도 매우 좋은 운동이 된다. 실제로 그렇게 하는 것이 당신의 건강에 좋다.

자존심과 관심을 이용하라

그중에서도 특히 상식을 적용해야 하는 경우가 있다. 당신의 자녀가 너무 많이 먹거나 육체적인 활동을 하지 않아 실질적으로 체중이 늘었더라도 당신은 즉시 180도 방향 전환을 시키지는 않을 것이다. 실제로 당신이 과격한 행동을 보이면 아이들의 분노를 유발시키며 아마도 주체할 수 없는 반항을 불러일으킬지도 모른다.

이때 간단하면서도 효과적인 방법은 원천적으로 부엌의 악당들, 즉 빵이나 쿠키·아이스크림·밀가루 음식 등 고칼로리 식품들을 추방하는 것이다. 또 하나 당신이 할 수 있는 일은 현실적으로, 그리고 과학적으로 음식을 만드는 것이다.

소스나 고기국물, 그리고 열량이 높은 소스들을 지금부터라도 추방하라. 버터를 바르고 치즈까지 곁들인 하얀 빵을 저칼로리의 완전한 밀가루로 만든 빵으로 바꾼다면 100칼로리 이상의 차이가 난다. 콜레스테롤의 획기적인 감소와 더불어 그 영양가는 본질적으로 자녀의 체질을 개선할 수 있다.

"부모들이여. 당신의 모습은 그 자체만으로도 자녀의 체중과 식사 습관에 가장 많은 영향력을 미친다."

이것은 《로스앤젤레스 타임즈》에 기고한 로버트 던햄의 말이다.

부모가 지나치게 먹으면 그들의 자녀 또한 지나치게 먹게 된다고 추정하는 것은 매우 당연한 일이다. 음식에 대한 과도한 집착과 볼이 통통하고 체중이 많이 나가는 어린아이의 전형적인 모습은 우리 사회에 깊이 뿌리를 내리고 있는 듯하다. "탐스런 아기군요" 하는 말은 이제 일반적인 표현이 되어 버렸다. 이 말의 문제점은 그것이 아마도 진실이 아니라는 점에 있을 것이다. 어린아이의 체질에 문제가 있다는 주장은 과식을 하고 좋지 않은 음식을 너무 많이 먹기 때문에 나온 말이다.

비만한 아이들이 종종 친구들에게 따돌림을 당한다는 것은 이미 잘 알려진 사실이다. '뚱보'라는 놀림은 유치원이나 초등학교 1학년 때부터 시작되어 초등학교, 중학교, 고등학교를 거치면서 더욱 심해진다. 비만한 학생들은 체중이 많이 나간다는 이유로 놀림을 당하곤 한다. 체중이 많이 나가기 때문에 다른 아이들처럼 빨리 움직일 수도, 오랫동안 뛰어놀 수도 없다. 그러므로 결과적으로 친구가 적을 수밖에 없다. 비만한 그들은 대부분 친구들에게 따돌림을 받아 홀로 집으로 향하며 과식을 함으로써 욕구불만을 해소하는 경향이 있다.

어린아이일 때 살을 빼는 것은 실제적으로 많은 체중 감량이 필요하지 않는다. 즉, 어린아이가 자신의 체중을 2, 3년 정도 유지하면 키가 자라기 때문에 몸의 과다한 지방은 실제로 줄어든다. 체중을 줄이는 데 있어서 가장 큰 문제는 계속적으로 간식을 먹는 것이다. 간식은 때때로 식사시간 중의 과식보다 더 큰 문제이다.

아이들이 간식을 먹고 싶어하면 반드시 식탁에서 먹게 하고 TV 앞에서는 먹지 못하게 하라. 또한 젤리·도너츠·우유·아이스크림 대신에 신선한 야채·땅콩·요구르트·홍당무·콘프레이크나 오트밀과 같은 가벼운 곡물류나 신선한 음료수를 주도록 하라. 그리고 적어도 일주일에 한 번씩 체중을 체크하는 것은 비만한 아이들에게는 반드시 필요한 일이다.

단체 협력과 단체 운동

체중 감량은 가족 모두의 노력이 필요하다. 어머니는 아이에게 먹을 것을 조금만 주고, 가끔 시간을 정하지 않고 푸짐한 간식을 주는 것을 제외하고는 후식도 주지 않음으로써 먹는 양을 조금이나마 조절해야 한다. 기억하라. 아이의 체중이 조금이라도 줄거나 변화가 없다면 일단 성공한 것이다. 그러나 일주일에 2, 3킬로그램씩 준다면 정상적인 성장에 역효과를 줄 수 있다. 여기에서도 중용이 중요하다. 비만한 아이에게는 감량의 최고치가 일주일에 400그램 정도라고 전문가는 말한다

9세 된 어린아이에게도 체중 문제는 중요하다. 그들이 어른으로

성장하기 전에 다루어야 할 필요가 있기 때문이다. 어린아이가 17세에 도달할 때까지도 여전히 비만 상태라면 정상적인 체중으로 돌아오지 못할 가능성이 크다. 비만 아이는 종종 비만 청소년이 되고, 비만 청소년은 결국 심장병·고혈압·당뇨병 등에 걸릴 확률이 많은 비만 성인이 된다.

에어로빅으로 유명한 켄 쿠퍼 박사는 영구적으로 체중을 줄이는 방법은 오직 지각 있는 식사습관과 운동을 병행하는 것이라고 말한다. 다이어트를 반복하고 연장하는 것은 종종 적은 식사량으로도 체중이 쉽게 늘도록 해 준다. 심리학자이며 체중 관리 프로그램을 운영하는 마틴 카타한 씨는 우리의 육체는 심한 칼로리 제한(다이어트)을 생존의 위협으로 받아들여 에너지를 축적하기 위한 수단으로 몸의 신진(물질)대사를 저하시킨다고 말한다.

다이어트 전에 하루 2,000칼로리로 체중을 유지했던 사람이 지금은 비록 1,400칼로리만 섭취하더라도 체중이 늘지 모른다. 따라서 다이어트를 멀리하고 운동을 하는 것이 지속적으로 체중을 감소시킬 수 있는 열쇠라고 카타한 씨는 충고한다. 그는 하루에 200칼로리 분량의 운동, 다시 말해서 45분 동안 경쾌하게 걷는 방법을 권한다. 하루 200칼로리를 추가하여 소비하는 것은 일년에 9~13킬로그램 정도의 기름덩이를 몸에서 제거한다는 것을 의미하기 때문이다.

일찍부터 영적인 교육을 시켜라

심리학자이자 저술가인 제임스 돕슨 박사는 어린이들은 5세 전후부터 부모의 가치관을 모방하여 받아들이기 시작한다고 한다. 부모는 자녀에게 생활과 경험의 모델, 즉 어린아이의 인생 전반에 걸쳐 지침이 되는 가장 중요한 인물이다.

영적으로 조화를 잃고 있는 이 세상에서 어린아이에게 특히 필요한 것은 신앙에 대한 명확하고 일관성 있는 교육적인 접근 방법이다. 인간 내부의 영적 자질들, 즉 영적인 실체는 인간과 사회를 위대하게 만든다.

알렉시스 드 토크빌은 1830년대에 미국 전역을 여행했다. 그는 여행을 마친 후에 다음과 같은 관찰 기록을 작성했다(그것을 다시 정리했다).

나는 미국 전역을 여행하면서 이 나라의 모든 것을 보았다. 풍요로운 들판과 광산을 보았다. 강, 시내, 호수, 그리고 장엄한 산도 보았다. 나는 이 나라의 축복받은 숲의 풍요로움과 불가사의한 기후도 보았다.

그러나 이것들 중 어느 것에서도 미국이 위대한 이유를 발견해 내지 못했다. 하지만 교회에 들어가 보고서야 비로소 미국이 위대한 이유를 알았다. 미국은 선(善)하기 때문에 위대하다. 미국이 선한 한 미국은 위대할 것이다. 선함이 끝나는 경우가 있다면 그 위대함도 끝나게 된다.

게일 시히는 자신의 저서 《길 안내자》에서 자기 자신이나 자신의 인생에 강한 만족감을 느끼는 사람들의 특징을 밝혀 내기 위한 연구 결과를 발표했다. 그녀가 연구를 통해 발견해 낸 사실은 그녀가 조사한 모든 그룹에서 가장 만족을 느끼는 이들은 가장 종교적인 사람이라는 것이다. 그녀는 또한 강한 영향을 준다는 사실도 알아 냈다.

이처럼 크게 만족을 느끼고 있는 사람들에게서 나타난 결과는 매우 인상적이다. 사람들은 보다 큰 행복을 생각하면 할수록 외적인 목표를 보다 많이 갖게 될지도 모른다. 그 차이점은 매우 커서 현 시대의 철학인 '첫째가 되기 위해 경계하라'는 소리를 국가적인 자살 협약처럼 들리게 한다.

펜실베니아 주에 있는 이스턴 대학의 유명한 사회학 교수 안토니 캠폴로 박사는 인디애나폴리스에서 연설을 할 때 인간의 과거에 영향을 받는 현시대의 심리학이 가진 선입관에 대하여 말했다. 캠폴로 박사는 다양한 카운셀링 경험과 그 사람들의 생활 속에 나타난 변화를 기초로 색다른 결론을 내렸는데 그 내용은 다음과 같다.

"무엇이 되겠다는 당신의 태도와 맹세는 당신의 실재(實在)를 변화시켜 당신을 완전히 다른 사람으로 만들어 줄 것이다. 다시 한 번 강조한다. 전에 있었던 그 무엇이 아니라 앞으로 무엇이 되겠다는 당신의 태도와 맹세가 당신의 실재를 결정하기 때문에 과거가 아니라 미래가 당신을 좌우한다는 것이다. 간단한 질문을 하나 하겠다. 당신이 의도하는 바는 무엇인가? 어디로 갈 것인가? 당신은 무엇이 되고자 하는가? 누구든 아직 결정을 내리지 못하고 있지나 않는가? 그렇다면 그 사람을 나에게 알려 주기 바란다. 그러면 나는 당신에게 주체성, 개성, 생활지침도 없이 살아 가는 어떤 사람을 보여 주겠다."

현대의 젊은이들에게 있어서 중대한 문제점은 주체성에 대한 위기의식이 없다는 것이라고 말하는 사람을 나는 끊임없이 만난다. 어째서 현대의 젊은이들에게 주체성에 대한 위기의식이 없는지 그이유를 당신은 알고 있을 것이다. 그들은 맹세를 하지 않기 때문이다. 나는 단순히 교회에 참석하는 것만으로 하늘과 땅의 창조자와 관계를 맺게 되는 것은 아니라고 본다. 나의 신념을 말한다면 그것은 인간과 인간의 '잠재력' 가운데 가장 본질적인 면을 의미한다. 우리의 미래, 즉 당신과 자녀의 미래는 지금 당신들이 딛고 서 있는 영적인 바탕에 의해서 좌우된다.

🏵

그것은 지속적인 것이다

사도 바울은 영적인 삶의 기초를 기술하면서 하느님의 가장 위대한 계시들 중 하나를 이렇게 썼다.

"믿음, 소망, 사랑, 이 세 가지는 항상 있을 것인데, 그 중에서 가장 위대한 것은 사랑이라."

바울은 그것은 '항상 있는 것'이라고 말했다. 다시 말하면 이것은 지속하고 존재하는 그 무엇, 즉 견딘다는 의미이다. 보석이 값이 비싸고 귀중한 까닭은 내구성, 지속성 같은 변함이 없는 특성 때문이다. 이 영적인 보석들, 즉 믿음·소망·사랑의 귀중함은 그 지속성에 있다. 이 세 가지는 내구성·지속성·불변성을 뿌리내릴 수 있는 성공의 기초를 인간의 삶 속에 심어 준다.

이 세 보석(믿음·소망·사랑)은 생활 자세에 대하여 이야기한다.

믿음——믿음은 하나의 생활 자세로서 신뢰성과 성실을 말한다. 소
망——소망도 하나의 생활 자세이다. 그것은 진지한 기대·자신감·
영감, 그리고 열망의 특성을 나타낸다. 사랑——사랑은 맹세·희생
·정직이라는 견실한 황금 열매를 맺는 가장 지속성이 있으며 가장
귀중하고 가치 있는 영적인 생활 자세로 표현된다. 이 모든 것을
하나로 모으면 누구나가 참여하고 싶어하는 인간의 본질, 즉 성실
로 표현된다.

🏵 믿음 ——인생의 통합 원칙

믿음은 인생의 통합 원칙으로 인생에 있어서의 의미와 한계, 그리
고 방향을 준다. 믿음은 인간의 마음을 통합하고 영적 '접착제'를
제공함으로써 인생을 하나로 모아 목표와 미래에 집중하도록 한다.
믿음은 인생을 살 만한 것으로 만든다. 믿음은 인간의 생활 자세로
서 사람에게 미래를 믿고 내일을 향하여 나아가도록 하는 능력을
부여한다.

나는 겉으로는 완전한 믿음을 갖고 있는 듯이 보이면서도 내적으
로는 아직도 종교에 관심을 갖고 있으면서 근면하게 일하는 사람들
을 본 적이 있다. 그들에겐 우주선 안에 있는 우주 비행사들처럼
성공하기 위한 발진 준비는 되어 있으나 사실은 여전히 자신의 이
상과 꿈, 그리고 야망에 추진력을 주는 믿음의 연료는 부족한 것이
다.

당신의 믿음은 자녀에게 가르침을 주는 하나의 산 교훈이 될 것

이다. 당신의 본보기는 그들에게 가장 효과적인 요소가 되며, 생활 가운데 부모로서의 당신의 가르침은 자녀에게 그 다음으로 효과적인 요소가 될 것이다.

우리의 내일은 시련과 고난과 비탄이 기다릴지도 모르나, 그 시련도 하늘과 땅의 하느님이 이미 거기에 계시므로 믿음이 있으면 해결책을 찾을 수 있다.

믿음은 긍정적인 삶의 첫걸음이며, 우리에게 자신감을 주는 하나의 통합 원칙이다. 믿음은 더욱이 우리의 인생에 확신과 목적의식을 더해 준다. 그것은 믿음이 있는 희망이다. 믿음은 하느님의 능력에 대한 당신의 응답이다.

소망 —— 위대한 동기 유발자

희망은 믿음의 열매이다. 그러나 대부분의 사람들은 희망을 이야기할 때 불행히도 이루어질 수 없는 것으로 생각한다. 이상과 도전, 목표에 대하여 이야기할 때 당신은 종종 누군가가 "그렇게 되기를 바라고 있어."라고 말하는 것을 듣는다. 하지만 이 말은 "아직은 때가 아니야. 그렇지만 단지 그것에 대하여 부정하고 싶지 않을 뿐이야."라는 부정적인 의미이다.

그러나 성서에서 언급되는 희망의 뜻은 '열망이 담긴 기대'이다. 기대는 우리에게 추진력을 준다. 이러한 희망은 인생의 참신함, 아니 그 이상의 것이다. 희망을 갖는다는 것은 의학적으로도 치료에 도움을 준다고 이미 입증된 바 있다. 또한 빅토르 프랜클 박사는 2

차대전 직후 잔혹하기 이를 데 없는 나치 수용소에서 살아나온 생존자들에 대한 연구를 했다. 그는 생존자들의 마음속에 자신은 이 형무소를 벗어날 수 있다는 강한 의지와 열망, 그리고 희망이 있어서 그것이 그들의 생활자세에 영향을 주었다는 사실을 밝혀냈다.

　믿음을 갖는 희망은 부모가 자녀에게 주는 가장 큰 선물이다. 그 것은 성공에 필수 불가결한 요소이다. 희망은 우리가 새로운 시도를 할 때 자신감을 주는 힘이다. 희망은 하느님과의 영적인 관계를 통하여 우리에게 열성과 격려의 마음자세를 갖게 함으로써, 인간의 창조적인 영감을 얻고자 하는 소망을 강화시켜 준다. 믿음은 우리에게 영감의 문을 열게 하고 희망은 그 실현에 힘을 주게 된다.

당신의 인생을 믿고 가르치라

　내 나이 45세 믿음이 나의 인생에 전부가 되어 버린 그때 나의 인생은 바뀌었고 풍요로웠다. 현재 나의 건강은 근본적으로, 즉 육체적·경제적으로 좋아졌다. 나는 안정된 생활을 할 뿐만 아니라 더욱 행복하며, 예전에 상상했던 것보다도 훨씬 더 마음의 평화를 느끼고 있다. 아내와 자식들과의 관계도 신앙을 갖지 않았던(혹은 부족했던) 지난날보다 훨씬 좋아졌고 항상 기분 좋은 상태를 유지하고 있다. 나 자신도 가끔 놀랄 정도로 마음에 평화를 느끼고 있는 것이다.

　나는 이 글을 쓰면서도, 만일 당신의 자녀가 하느님에게로 인도되지 않는다면 삶이 얼마나 비극적이며, 또한 생활이 얼마나 본질적으로 불균형을 이루고 있을까 생각하지 않을 수 없다. 이것은 긍정적인 자녀를 기르는 데 도움이 되지 않는다.

그런데 이러한 가치관들이 당신의 인생 가운데 실제로는 지켜지지 않은 채 말로만 갖고 있음을 수긍한다면, 이제부터라도 꾸준히 교회에 참석하여 당신이 지향하는 그 가치관들을 보강할 필요가 있다. 행복한 생활과 좋은 가족관계를 위해서는 가족 단위로, 그리고 정기적으로 교회를 성실히 다닐 필요가 있다. 훌륭한 교인이자 심리학자인 핸리 브랜트 박사는 "당신은 우리가 우리의 아이들을 교회에 다니도록 해야만 한다고 생각합니까?"라는 질문에 아이들이 교회를 다니고 싶어하지 않는다 할지라도 부모는 어떤 방법을 써서라도 자녀를 교회에 데리고 다니라고 대답했다.

부모 : 만일 아이들이 그것을 완강히 거부한다면? 혹은 어리석어서 교회를 다니고 싶어하지 않는다면?

브랜트 박사 : 그래도 데리고 가십시오. 제가 한 가지 묻고 싶군요. 자녀가 아파서 아이를 의사에게 보여야 한다면 어떻게 하겠습니까?

부모 : 물론 아이를 의사에게 데려가야겠지요.

브랜트 박사 : 왜 그렇게 합니까?

부모 : 아이에게 좋으니까요.

브랜트 박사 : 그렇다면 똑같은 방식으로 생각해 봅시다. 마찬가지로 아이를 교회로 데리고 가는 것이 아이에게 좋은 것입니다. 그러니 그렇게 하십시오.

만일 집안에 성령(聖靈)이 존재하지 않는다면, 어린아이는 그것을 교회에 다니는 사람들의 생활에 나타나는 독특한 특징이라고만 생각하게 된다. 그들은 또한 성령을 단순히 교회에 다녀야만 얻는 것이라고 생각하게 될지도 모른다. 그러나 긍정적이며 능률적이고 활기 찬 인생살이의 방법을 찾고 있다면 그것은 매우 잘못된 생각이다.

그렇다. 당신의 자녀는 인생을 살면서 그것을 찾을 수 있을 것이다. 의미 있는 영적인 삶을 살아가지 않더라도, 직업을 갖고 가정을 이루고 존경을 받을 수는 있다. 하지만 그들이 인생살이를 통하여 그것을 잘해 낼 수 있다고 해도 자녀의 능력과 잠재력을 이끌어 내고 개발해 주려 한다면, 또한 하느님이 당신의 자녀에게 예정하신 모든 것을 이루기 위한 3차원적인 기반을 마련해 주려 한다면 건실하고도 영적인 생활이 꼭 필요하다.

자기 평가의 시간

① 종교에 관한 당신의 행동으로 인하여, 혹은 당신의 미흡한 행동으로 인하여 당신의 자녀는 어떤 시각으로 하느님을 바라보게 되었는가?

② 육체의 건강과 학업 성적은 서로 연관이 있다. 당신이 책임지고 말할 수 있는 자녀의 건강을 유지하는 비결은 무엇인가?

③ 지그는 좋은 건강을 얻기는 간단하나 쉽지는 않다고 했다. 그 말은 어떤 의미인가?

④ 어린아이의 육체적·영적인 발전에 왜 단체협력이 중요한가?

⑤ 당신이 부모에게서 받은 종교적 교육과 당신이 자녀에게 주는 종교교육은 어떻게 다른가? 다르다면 그 이유는 무엇인가?

제 7 장
아이를 위한 사랑에는 시간이 필요하다

❋

'만약' 이란 말 대신 '이번에' 를 쓰라

'동기유발' 강사이며 리더십 트레이너인 세일라 머레이 베델은 자신의 심오한 사상을 이렇게 이야기했다.

"나는 지나온 생애를 회상하며, '진정으로 회사일에 좀더 시간을 투자했더라면 좋았을 텐데!', 혹은 '다시 한 번 할 수 있다면 아침 일찍 일어나 회사로 달려가서 진정으로 내가 할 일을 찾겠는데!'라고 말하는 노인을 한 번도 본 적이 없다."

돌이켜 볼 때 나는 나의 아내가 아이들에게 투자한 수많은 시간들, 그리고 내가 그들에게 투자한 많은 시간들이 결코 쓸모 없는 것이 아니라고 말할 수 있다. 나의 아이들에겐 언제나 그만한 가치가 있다. 만일 처음부터 다시 시작할 수 있다면 우리가 어떻게 달라지게 되겠는가 물어온다면 나는 이렇게 말하겠다.

"나는 지나간 시간을 가족과 함께 보내고, 가족끼리의 소풍이나 휴가를 전보다 더 많이 즐길 겁니다. 가족들이 좀더 엄격하고 요구하는 것도 많겠지만, 나는 그들에게 더 많은 사랑과 이해를 보낼 겁니다.”

내가 다른 곳에 투자한 시간과 정력은 완전히 실패로 끝났지만, 아이들에게 투자한 시간과 정력은 나의 상상을 뛰어넘어 지금 사랑과 행복이라는 열매를 맺고 있다. 내가 당신에게 ‘대가를 치르지 않고 그 이익을 즐긴다’고 말하는 것도 바로 이 때문이다.

이 세상에서 가장 비참한 말은 ‘만약’이라는 말이다. 그 말이 좋지 않은 이유는 우리로 하여금 현실적으로 이미 돌이킬 수 없는 과거에 지나치게 집착하게 한다는 것이다. 곳곳에서 아직도 수없이 그 말이 사용되고 있다. ‘만약 그 일을 다시 할 수 있다면 이렇게 혹은 저렇게 하지는 않을 텐데’, ‘그녀 혹은 그이가 그렇게 아팠다는 사실을 알았더라면 일주일 전에 그렇게 떠나지는 않았을 텐데.’ 그렇다. 만약이라는 말은 지극히 비참하고 부정적인 단어일 수밖에 없다.

당신이 ‘만약’이라는 말 대신에 ‘이번에’라는 말을 쓸 수 있다면 무척 행복한 일이다. 내가 말하고자 하는 것도 바로 여기에 있다. “만약 내가 아들의 농구게임을 관람하는 것이 내 아들에게 그처럼 중요했다는 사실을 알았더라면 좋았을 텐데.”, 혹은 “만약 학교 운동회에 가서 딸아이를 보는 것이 그렇게 중요한 것임을 알았더라면 나는 그곳에 가려고 특별한 노력을 했을 텐데.”라고 말하지 말라.

긍정적인 자녀를 기르는 긍정적인 부모로서 당신은 “이번에 기회가 생기면 인생에 특별히 의미가 있는 일에 참석하기 위하여, 나는 즉시 그곳으로 가겠다.”고 말할 필요가 있다.

그것은 쉬운 일이 아니다

이 책의 첫장부터 내가 일관성 있게 강조해 온 하나의 사실은 긍정적인 자녀를 기르는 일이 결코 쉽지 않다는 것이다. 다른 수많은 부모들처럼 자기 인생을 살아가면서 자녀를 기르는 데 필요한 일만을 하는 것은 매우 쉬운 일이다. 그렇지만 자녀의 행동으로 인해 마음에 상처를 입은 많은 부모들의 눈물을 볼 때 시간을 투자하지 않고, 긍정적인 자녀를 기르기 위한 최선의 시도도 하지 않는 데 대한 지불의 대가는 실로 엄청나다고 말할 수 있다. 역사상 최고의 시간과 노력에 대한 투자 계약은 자녀에게 들이는 당신의 시간과 노력이다.

세계적인 바이올리니스트 폴리츠 클라이슬러에게 열광적인 음악 팬이 다가와, "클라이슬러 선생님, 당신처럼 연주할 수 있다면 내 인생이라도 바치고 싶습니다!" 하고 소리친 적이 있다고 한다. 이 말을 듣고 클라이슬러는 조용히 대답했다.

"부인, 나는 당신의 말처럼 그렇게 살았습니다."

나는 지금 긍정적인 자녀를 기르기 위해서는 당신의 인생 전부를 바쳐야 한다고 말하려는 것이 아니다. 하지만 그러기 위해서는 많은 시간을 바쳐야 한다.

모든 규칙에는 예외가 있음을 이해해 주기 바란다. 나는 올바른 일이면 무슨 일이든 가리지 않았던 어떤 부모를 알고 있다. 그들은 자녀에게 애정을 갖고 관심을 쏟으며 염려도 하며, 많은 시간을 자녀에게 바쳤다. 그들은 선하고 건전하고 도덕적인 가치관을 가르쳤으나, 적어도 일시적이나마 그들의 자녀를 마약과 범죄, 그리고 부도덕한 생활방식에 빼앗겼었다. 그렇지만 전반적으로 당신이 자녀들과의 좋은 시간을 그들이 어릴 때부터 함께 보낸다면 당신을 위하여, 당신의 자녀를 위하여 아이가 불행해질 가능성은 매우 적어질 것이다.

당신은 당신의 아이들이 아장아장 걷게 될 때부터 당신의 가치관이나 당신의 신념을 가르치면서 그들과 시간을 보내야 한다. 그렇게 하지 않으면 장차 누군가가, 즉 세상 사람들이 당신의 아이들에게 자신들의 가치관이나 자신들의 신념을 가르칠 것이기 때문이다. 이미 거기에 빠져 버린 어려운 상황에서 당신의 자녀들을 구출해 내는 데는 많은 시간을 허비하게 될 것이다.

질적인 시간으로서의 양(量)

나는 여기에서 질적(質的)인 시간에 대하여 말하고 있음을 분명히 하고 싶다. 그러나 그것은 상당히 많은 경우 양적(量的)인 시간으로 표현된다. 당신이 자녀와 함께 앉아, "좋아. 자, 지금부터 10분 동안 질적인 시간을 갖자."라고 말할 수 있는 방법은 없다.

나는 어느 일요일 오후 9시가 넘은 저녁때의 일이 지금도 눈앞에 생생하다.

나와 나의 아들 톰, 톰의 절친한 친구 샘이 함께 밖에서 달리기를 하고 있었다. 달리기를 끝마치고 샘의 집 앞에서 그와 헤어졌을 때 나의 아들이 말했다.

"아빠, 우리 걸어가요"

아이와 나는 10분을 더 걸었다. 그 10분은 내가 나의 아이들과 함께 지낸 가장 의미 있는 10분들 가운데 하나였다. 솔직이 말해서 그때 무슨 말을 나누었는지 지금은 기억이 아련하지만, 아이에게 그때보다 더 친근한 정을 느껴 본 적이 없다는 것을 생생히 느낄 수 있었다. 그 대화를 하기 전에 아이와 함께 그처럼 시간을 보내지 않았다면 그 10분이 그렇게 중요하게 느껴지지는 않았을 것이다.

나와 내 아이는 함께 일요학교에 다니고, 함께 점심을 먹었고, 오후 내내 함께 지냈으며, 함께 저녁도 먹고, 함께 달리기를 했다. 그리고 우리는 편안한 마음으로 함께 대화를 나누었다. 이러한 일들이 그 10분을 그처럼 위대하게 만든 것이다.

질적인 시간의 문제는 지금까지 몇 년 동안 실험되어 온 것이다. 나의 사견이지만, 이것은 전문가에 의해 창조된 말로서 많은 부모나 남편, 그리고 아내에 의하여 책임회피의 수단으로 사용되어 왔다. 그들은 그 말을(질적인 시간) 그들이 사랑하는 자녀들과 함께 썼던 제한된 시간에 대한 변명으로 사용함으로써 자녀와 함께 보낸 자신의 '시간 부족'을 정당화시켰다.

가족과 같이 질적인 시간을 보내는 일은 매우 중요하다. 예를 들어 계획을 세워서 가까운 친구나 친척들을 방문하는 것일 수 있다. 또한 가족과 함께 박물관이나 동물원에서 한가롭지만 유익한 오후를 보내는 것을 의미할 수 있다. 그것은 또한 전 가족이 모여 음식을 준비하고 갈 곳을 선정하고 식사 전후에 서로의 할 일을 정하는 가족끼리의 소풍을 의미할 수 있다. 그리고 가족과 함께 가까운 유적지 공원이나 이웃을 찾아가는 일일 수도 있다.

그렇지만 "자, 이제 함께 질적인 시간을 갖도록 하자. 무슨 말이 하고 싶지?" 하는 마음자세로 친구나 자녀들과 한 시간을 함께 하기 위해 의무적으로 시간을 비워 놓는, 그런 질적인 시간이라면 전혀 의미가 없다. 반면에 집에서 함께 지내기로 했던 시간에 남을 방문한다든지, 가족끼리 야외에 나가 고기를 구워 먹는다든지, 혹은 어떤 계획하에 가족과 그밖의 다른 일을 하기로 의도한 시간이라면 그것은 아주 의미 있는 행동일 수 있다. 여러 해 동안 우리 집에서 가졌던 질적인 시간 가운데 하나는, 우리 딸들 모두와 사위들, 그리고 손자들이 크리스마스 이브에 집으로 온 때이다. 우리 모두는 함께 크리스마스 이브를 보내고 그 다음날에 크리스마스의 아침을 함께 축하하곤 했다. 이것은 진정 그 해의 하이라이트이다.

초창기가 중요하다

젊은 남녀 한 쌍이 결정을 내려야 할 가장 중요한 것 중의 하나는 하느님의 은총을 입어 새 삶을 시작하는 것이다. 사회에서 직면하는 모든 문제점들, 즉 아동 학대나 폭행, 범죄, 그리고 일상생활의 여러 가지 어려움들에도 불구하고 그러한 결정을 내린다는 것은 보통 일이 아니다.

아이를 갖겠다는 결정을 내린다면 또다른 문제를 생각해 봐야 한다. 아이를 키우기 위하여 어떤 계획을 세워야 하는가? 아이 어머니는 쉽게 취직이 된다면 직장으로 되돌아갈 계획을 갖고 있는가? 그러면 가정에 얼마 동안 머무를 것인가? 이러한 경우 많은 사람들은 경제적인 필요에 의하여 결정을 내리게 된다.

그러나 이러한 사실에 입각해서 나는 몇 가지 의견을 내놓겠다. 우선 아이에게 최선의 길이 무엇인가를 생각해 보는 것이다. 어머니가 집에 있는 것이 아이에게 최선책이라고 결정했다고 하자. 그러나 이러한 결정은 남편의 봉급만으로는 생활을 꾸려 가기에 부족하다는 아이 어머니의 생각과 마찰을 빚게 된다.

이 시점에서 주부가 직장생활을 하는 것이 가정에 최선의 경제적인 이익을 주는지 확신을 내리기 위하여 몇 가지 요인들을 저울질해 보아야 한다. 무엇보다 이러한 평가를 내리기 좋은 곳은 다른 주부들, 즉 직장생활을 하는 주부들과 그렇지 않은 주부들이 모이는 장소이다.

가족 중의 한 사람만이 일을 한다면 부부가 한 대씩 갖고 있는 자동차를 한 대, 혹은 전부를 없애고 그로 인하여 생기는 상당한 돈을 저축해 놓을 수 있을 것이다. 여기에서 당신은 주차비용·휘발유·자동차 월부금·감가상각비·보험금·수리비·세금·도로 비용, 그리고 그밖에도 자동차와 관련된 비용을 모두 고려해야만 한다.

아기에게 기본적으로 소요되는 비용 외에 추가로 지출되는 계절옷, 아기 기저귀, 파우더, 그 외에도 하루하루 소요되는 비용을 결코 가볍게 볼 수 없다. 더욱이 일반적으로 의료비는 주위 환경이나 기후 조건, 기온의 변화 등에 따라 높아진다. 여기에 어머니가 옷을 구입해야 하고 세탁하고 수선하는 데 드는 상당한 비용을 추가해야 한다. 지금부터 직원들의 생일·결혼·퇴직·크리스마스·결혼이나 출산의 축하선물 증정 파티를 위한 회사의 모금에 참석해 보라. 그러면 당신은 돈의 실질적인 가치를 이야기하지 않을 수 없게 된다. 제2의 수입이 당신과 당신의 가족들을 보다 나은 소득 계층으로 끌어올리고, 반드시 자동차 한 대를 더 구입해야 할 경우 그 채산성을 맞추기 위하여 당신에겐 매우 건전한 수입이 필요하다. 그것이 그만큼 가치 있는 것인가?

더구나 아이를 가진 어머니가 직장에 다니기에는 체력에 한계가 있다는 사실을 염두에 둘 필요가 있다. 그녀는 슈퍼우먼이 아니기 때문이다. 만약 주부가 직장에 다닐 경우 이런 점 때문에 생활 속에서 자연스럽게 아이와 남편과의 관계를 정립하는 타협점을 찾게 되는데, 결과적으로 아이의 생활방식에도 직접적으로 영향을 미치게 된다.

그러면 당신은 고된 하루가 끝난 뒤에, 요리할 필요가 없어 매우 편리하다는 이유로 퇴근 중 즉석 음식점 앞에서 발걸음을 멈추는 경우가 훨씬 늘어나게 된다. 그러므로 가외의 식사비는 전체 가계 예산에 수치상으로 계산되어야 한다. 또한 즉석 음식에 비하여 집에서 준비되는 음식은 영양가 측면에서도 상당한 차이가 있음을 기억하라.

❋

주부가 사회생활을 함으로써 얻는 몇 가지 이득

주부가 관리직이 아닌 일에 종사할 때 실제로 가족이 얻는 경제적인 이득은 미미한 정도에 불과하다. 반면 어머니가 집에서 아이를 돌보면서 지낸다면 그 이익은 그에 비해 상대적으로 엄청나게 크다.

처음부터 아이에 대한 어머니의 영향력은 명확한 것이었다. 의과 대학 교수인 마샬 클라우스와 존 켄넬은 아이가 태어났을 때 3일 동안 하루 5시간의 대면 시간을 정해 놓았다. 그러나 정해진 시간보다 한 시간 더 아이와 함께 있도록 한 어머니들은 5시간 동안의 대면 시간만 아이와 함께 했던 어머니들과 매우 다른 행동을 보였음을 입증했다.

클라우스와 켄넬의 발견에 흥미를 느낀 많은 학자들이 그 연구를 계속하여, 아기가 태어나자마자 며칠 혹은 몇 주일 동안 어머니와 아기의 접촉시간이 증가하면 증가할수록 그들이 어린이를 학대하는 예가 점점 줄었다는 사실을 알아냈다. 또한 어머니가 아이와 접촉을 많이 하면 할수록 아이들은 덜 울고 성장이 더욱 빨라지며, 어머니에게는 아이에 대한 애정과 자신감을 갖게 해 준다.

이와 반대로 출산 직후부터 직장으로 향하는 어머니는 아이와 상당히 단절감을 느끼게 되며, 아이와 유대 관계를 맺기가 힘들다.

그밖에 생각해 봐야 할 점들

저술가인 마리온 테일러 씨는 다음과 같은 몇 가지의 탐구적인 질문을 함으로써 그러한 문제의 해결을 시도했다.

① 어머니가 아이를 맡길 때 아이를 돌보는 사람들(혹은 한 사람)이 정서적으로 안정되어 있다고 확신할 수 있는가?

보육원에서는 위에서 강조한 점들을 반드시 유념하고 지켜질 수 있도록 교육해야 한다. 이러한 교육이 당신의 교육 방침과 일치되는가? 아기 어머니인 당신이 꼭 일을 해야 한다면 아이를 한 사람에게 맡기는 것이 해가 덜할 것이다. 다시 말하면 아이를 가진 어머니에게는 경제적인 필요가 있더라도 직장보다는 차라리 부업이 낫다.

② 앞에서 강조한 바와 같이, 어머니가 아이와 함께 할 경우 질적인 시간과 양적인 시간을 비교해 보라.

토요일이나 일요일, 그리고 잡다하게 할 일이 산적해 있는 저녁시간의 그 질적인 시간 동안만 어린아이가 어머니를 필요하다고 생각할 수 있겠는가? 또한 이때가 아이를 교육시키는 첫 단계가 시도되는 시간이며, 말과 사물의 개념을 배울 수 있는 시간인가? 그리고 아이가 어머니가 한가한 때(일요일이나 토요일)를 선택해 아플 수 있는가?

③ 하루 중에서 언제가 아이에게 교육이 가능한 상황이 될지 그것을 어머니가 임의대로 정할 수 있는가?

"엄마, 누가 나를 만들었지? 왜 어두워지는 거야? 외할머니는 돌아가셨어……?"

이 질문에 당신은 시간을 갖고 아이에게 충분하게 대답해 줄 수 있는가? 아이들은 다른 사람들로부터 성급함·노여움·이기심·실망 등을 배운다. 물론 다른 사람들로부터 긍정적인 자질을 배울 수도 있다는 것을 부인하지는 않는다. 그런데 그것을 당신이 어떻게 알 수 있는가? 이 말은 집에 있는 어머니라고 해서 아이에게 언제나 화를 내지 않고 공정하게 잘 대해 준다는 의미는 아니다. 나는 쉽게 모든 것을 받아들이는 천진난만한 어린아이에게는 신성한 어머니의 대답이 다른 누구의 말보다 훨씬 더 유익하다고 믿고 있다.

이것은 아이에게 도덕적 가치관을 가르칠 때도 적용된다. 이것은 우유 한 잔을 건네주듯이 쉽게 전해 줄 수 있는 것이 아니다. 당신 은 그것을 어린아이가 태어났을 때부터 가르쳐야 하며, 그렇지 않 으면 아이는 그것을 배우지 못하게 될지도 모른다. 그것은 간단히 가르칠 수 있는 것이 아니며, 많은 시간을 필요로 한다. 어떤 학교 의 교사가 아무리 재능이 뛰어나다 할지라도 부모에게 등한시된 몇 년의 세월을 아이에게 충분히 보상할 수는 없다.

방과 후의 시간

아이가 자라 학교에 입학함에 따라 아이에게는 6~7시간의 사회 적 전쟁(?)을 치르고 집에 돌아온 오후, 언제나 자신들의 피난처였 던 어른들의 보호 속에서 지친 마음을 달랠 필요가 생기게 되었다. 아무튼 어머니와 아이의 대화가 자유롭게 오가면서 아이의 기쁨과 실망이 좀더 표면적으로 나타난다.

"어머니가 몇 시간 동안 직장에 나가고 없는 상태에서 어린아이 가 혼자서 귀가하면서도 따돌림과 당혹감을 느끼지 않기를 기대해 서는 안 됩니다." 하고 세인트 루이스의 외곽에 있는 학교의 학생지 도교사 존 얀커 씨는 말했다.

"어른과의 만남의 부족 그리고 정서적 안정감의 부족으로 그들은 고통 받고 있습니다."(《크리스티아너티 투데이》 1984년 8월 10일자)

아이에게 위험 요인은 내적(內的)인 외로움이나 따분함 그리고 두려움뿐만 아니라, 좀더 실질적인 것도 있다. 뉴욕의 소방소로 걸려오는 여섯 번의 전화 중 하나는 혼자 집에 있는 어린아이에게서 걸려오는 것이다. 조사한 바에 따르면, 어린아이들이 사춘기에 접어들면서 자동차의 뒷좌석은 이제 더 이상 10대 청소년들이 성행위를 하는 데 최적의 장소가 아니었다. 그들이 위험한 행동을 하는 최적의 장소는 바로 부모가 외출하고 없는 여자 친구의 집이다.

유산, 10대의 임신, 비합법적인 사생아 출산, 그리고 성병의 놀라운 증가 추세를 보면 '기회는 행동을 창조해 낸다'는 것을 확실히 알 수 있다. 부모가 집에 있으면 10대나 10대 이전의 청소년들이 불건전한 성적인 접촉의 결과 말로 다할 수 없는 비극이 일어나는 것을 효율적으로 방지할 수가 있다.

집에 있고, 또는 집에 있을 수 있는 어머니들의 또 하나의 이점은 집안을 깨끗이 하고 가재도구들을 질서 정연하게 정돈해 놓을 기회가 많다는 점이다. 정돈된 집은 분명 어린아이의 마음 속에 자신이 정돈된 세계에 살고 있다는 생각을 심어 준다. 너저분한 집은 어린아이에게 너저분한 사고방식을 심어 준다. 동시에 집에서 아버지가 간단한 수리라든가 힘든 마당 일과 같은 집안의 잡다한 일들을 처리할 필요가 생기면, 아버지는 많은 시간을 들이지 않고 그 일을 해낼 수 있으며 또한 아이들과도 시간을 함께 보낼 수가 있다. 이렇게 함으로써 아이들은 정신적으로 안정감을 갖게 되며 어머니는 집안을 깨끗이하고, 아버지는 집안일을 수리한다는 사실을 알게 된다. 아이는 어머니, 아버지가 집에서 갖는 이상적인 역할을 자연스럽게 인식할 수가 있게 되는 것이다.

어머니들이 사회생활을 함으로써 생기는 여러 가지 문제점들에도 불구하고, 많은 어머니들은 여전히 직업 전선에 참여하고 있다. 그 이유 중의 첫째는 이혼이 증가하여 한쪽 부모가 생계를 꾸려 가는 가정이 많아졌기 때문이며, 두 번째는 정부의 긴축정책과 인플레로 인하여 어떤 가정에서는 돈이 궁해져 두 사람의 수입이 필요하기 때문이다. 전체 미국인 중 15퍼센트는 '빈곤층'으로 구분된다. 세 번째 이유는 욕구이다. 이런 어머니들은 뚜렷한 이유에 의해서가 아니라, 자기 자신이 원하므로 가정 밖에서 일을 하는 것이다. 이러한 계층이 전체의 67퍼센트를 차지한다고 여론 조사원인 다니엘 얀켈로비치는 말한다(《크리스티아너티 투데이》 1984년 8월 10일).

"과거에는 결혼하고도 사회생활을 하는 여성들이 주로 임금을 받기 위하여 일하는 블루 칼라였습니다. 그러나 이제는 고등교육을 받은 중상류층 여성들이 사회생활을 하는 추세가 급격히 증가하고 있지요."

이 조사 대상자의 66퍼센트는 "부모는 자유롭게 자신의 인생을 살아가야 합니다. 설령 그것이 자녀와 함께 있는 시간이 줄어드는 경우가 있다 하더라도 말입니다."라고 생각한다는 놀라운 조사 결과가 나왔다.

이제부터는 몇 가지 좋은 소식을

아직 눈에 띄는 정도의 추세는 아니지만, 직장생활을 하는 주부들의 '가정복귀운동'은 분명히 증가하고 있다. 칼럼니스트인 케이트 토마스 여사가 1984년 9월 《휴스턴 포스터》지에 기고한 글을 보면,

과거 15년 동안의 고용 추세는 바뀌지 않았지만 그 유형을 볼 때 당신이 고용주든 맞벌이 부부든, 아니면 처음으로 직장을 찾고 있는 젊은이든 간에 미래에 대하여 다각적으로 추측해 볼 수가 있다.

그녀는 6세 혹은 그 이하의 자녀를 두고 일하는 여성들이 예전보다 더욱 많아진 반면, 과거 5년 동안 매년 그 나이의 어린아이들을 두고 직장 세계로 들어서는 어머니의 숫자는 완만히 감소해 왔다고 말했다. 정부측의 수치를 보면, 1982년에 출산을 한 여성들의 55퍼센트는 출산 후 아이를 돌보는 1년의 기간이 지난 뒤에도 직장으로 다시 되돌아가지 않았다는 사실을 알 수가 있다.

여기에는 그럴듯한 이유들이 많으나, 주부 직장인이라는 이상적인 슈퍼우먼은 순전히 텔레비전에서나 볼 수 있을 뿐이라는 증거가 늘어나고 있다. 좀더 구체적으로 설명하면 이른 아침에 일어나 가족들에게 필요한 것을 챙겨 주고 미친 듯이 직장으로 달려가 8시간 동안 꼬박 업주를 위하여 일하고 난 후, 다시 집으로 달려와 저녁 식사를 준비하고 아이들에게 잠자리를 만들어 주고 남편을 즐겁게 해 주는 여성은 언론관계 종사자들의 과장된 상상에서 나온 순전히 환상에 불과한 것이다. 모든 사람에게 모든 것을 잘 해 줄 수 있는 인간은 결코 없기 때문이다.

두 번째로 그럴듯한 이유는, 모든 사람들이 어머니나 가정 주부의 일이 매우 중요하며, 또한 이 나라의 미래는 그들이 얼마나 일을 잘하는지에 따라 좌우된다고 믿고 있기 때문이라는 것이다. 통계학적인 데이터를 봐도, 집에 남아 있는 어머니의 이점에 관하여 명확히 알 수가 있다. 1984년 4월 27일자 《애틀랜타 저널》지는, 교육성(敎育省)의 발표에 의하면 어머니가 직장생활을 하는 가정의 아이들이 주로 고등학교 진학에 실패한다고 보도했다.

교육성의 계획과 분석 책임자인 앨런 긴스버그는 한 연구를 통하여, 어머니가 직장생활을 하는 가정의 자녀들은 부모가 집안에 있는 아이들보다 학교에서 더 말썽 피우는 경향이 있다는 사실도 알아냈다. 그는 또한 직장이 있는 어머니는 평일에는 불과 11분 정도, 주말에는 하루에 23분 정도 아이와 교육적인 시간을 가질 뿐이라는 사실을 보여 주는 한 연구 결과를 인용했다. 비극적인 일이지만 그 연구 결과에 따르면, 맞벌이 가정의 아버지는 자녀에 대한 어머니의 그 태만을 해결할 아무런 힘도 없다는 것이다.

초등학교 5학년 240명을 대상으로 한 다른 연구 결과를 살펴보면, 어린아이에게 가장 나쁜 영향을 미치는 요인 중의 하나는 부모들과 함께 하는 시간이 너무 적기 때문이라는 사실을 알 수가 있다.

하버드 의대 부설 매사추세츠 종합병원 정신과 의사인 아만드 니콜리 박사는 사랑이 충만한 가정에서 어떤 특별한 이유로 부모와 자식이 떨어져 있게 되었다 할지라도, 어린아이는 부모의 출타를 명백한 거부의 신호로 받아들이는 경우가 종종 있다고 말한다. 또한 그러한 거부는 아이에게 거의 필연적으로 가치의 상실감과 뿌리 깊은 분노 등 여러 가지 해로운 정서를 유발시킨다는 것이다.

부모가 자신의 생활방식에 지나치게 젖어 있어 아이와 가까워지기가 어려운 경우도 부모와 자식이 떨어져 있는 데서 오는 불행과 마찬가지의 영향이 있다고, 그는 말한다. 자녀에 대한 부모들의 가장 큰 실패 요인이 바로 여기에 있다. 또한 각국의 문화를 서로 비교 연구해 보면, 미국의 부모들은 세계 다른 국가들의 부모들보다 아이와 함께 하는 시간이 적다는 것을 확실히 알 수가 있다.

우리의 자녀들이 마약·섹스·반항, 그리고 자살 충동까지 느끼는 것은 조금도 이상하게 들리지 않는다. 그들에게 그런 행위들이 최우선적인 관심의 초점이 되는 것은 부모들과 함께 하는 시간이 너무 적기 때문이다.

어린아이는 적절한 지도가 없으면 문제를 일으킨다

부모와 함께 사는 온전한 가정환경이 어린아이에게 유익을 준다는 것은 실증적으로 증명된 사실이다. 그러나 이혼한 가정의 자녀들은 온전한 다른 가정의 자녀들보다 음주를 하거나 마약을 남용하고 범죄나 자살을 저지르며, 좌절감에 빠져 학업에 실패하는 경향이 짙다.

어린 청소년들에 의하여 저질러지는 살인·강도·강간과 같은 극악한 범죄는 1950년에서 1979년 사이에 무려 110배나 증가했으며, 미국에서 체포된 절도범들의 절반 정도가 18세 이하의 청소년들이라는 점에서(《크리스티아너디 투데이》 1984년 5월 18일) 행복하고 온전한 가정을 가꿀 수 있는, 즉 가정에만 전념하는 어머니의 필요성이 더욱 절실하게 요구되고 있다.

지난 15년 동안 마약 밀매와 마약 사용으로 체포된 젊은이들도 46배나 증가했으며, 사춘기 청소년들의 성병 감염 추세는 현재 전체 사례의 4분의 1에 해당한다.

자녀를 이해하라

내 인생의 참된 즐거움 중 하나는 아이들과 함께 시간을 보내는 것을 들 수 있다. 나의 아들이 건강하게 커갈 때 나의 업무도 쉽게 풀렸고 우리 가정도 번거롭지 않았기 때문에 나는 말할 필요도 없이 아들과 함께 할 수 있는 시간을 많이 할애했다. 이 아이는 열 살이 될 때까지 세째 누나를 잘 따랐던 것으로 생각된다. 그 아이는 자기 누나들과 나이 차가 많아서 집에서는 유일한 어린아이였으므로 딸들이 어렸을 때보다 집안은 그렇게 혼란하지 않았다

그렇지만 딸들과도 상당한 시간을 함께 보낼 수 있는 특권이 나에게는 있었다. 딸들이 순조롭게 성장해 나갈 무렵, 나는 주방기구 사업을 하고 있었다. 나의 딸들이 약 5, 6세가 되었을 때 나는 딸들을 데리고 회사의 경영진들 중 몇 사람과 함께 이따금씩 여행을 떠났다.

이처럼, 그리 짧지 않은 여행을 하는 중에 우리는 많은 이야기를 주고받았다. 그러므로 아버지와 함께 일하는 사람들을 아이들은 자연스럽게 알게 되고, 생활을 위하여 아버지가 무슨 일을 하는지 정확히 이해하게 되었다. 그들은 또한 아버지를 하나의 인간으로 보게 된다.

나는 나의 아내가 대부분의 시간을 자식들에게 바쳐 아이들의 아동기와 사춘기 동안 그들과 철저히 함께 지낼 수 있었다는 데 특히 감사한다. 나는 아내와 자식들의 커가는 모습을 바라보면서, 또 그런 과정을 통해서 형성된 친근감으로 인하여 자식들과 현재도 변함

없이 화목하게 지내고 있다고 생각한다. 실제로 나의 딸들과 사위들은 우리 집의 열쇠를 하나씩 갖고 있어서 그들이 원하는 시간에 언제든지 왔다 가곤 한다.

현재 대학에 다니며 아직 우리의 보호하에 있는 아들의 경우, 나는 따로 시간을 내곤 했었다. 우리가 처음 댈러스로 이사했을 때 그 아이는 겨우 3년 6개월밖에 안 됐었다. 우리는 그 아이와 많은 시간을 함께 보냈다. 우리 집 뒤에는 숲이 있었으며, 나는 일주일에 두세 번 정도 아이를 데리고 숲 사이를 가로지르는 물줄기를 따라 산보를 하러 가곤 했다.

우리는 언제나 같은 지역을 갔으며 언제나 같은 것을 보았다. 그리고 우리는 언제나 똑같이 낡은 참나무 밑에서 발길을 멈추고 앉아 5분 정도, 때에 따라서는 약 1시간 정도 이야기를 나누기도 했다. 그 아이는 우리가 함께 물줄기를 따라 걸으면서 보았던 엄마 너구리 한 마리와 새끼 너구리 세 마리가 노는 모습을 아직도 사랑스럽게도 기억하고 있다. 이러한 이야기들을 통하여 내가 당신에게 정말로 말하고 싶은 것은 수천의 일들과 가치 있는 하나의 일을 뒤범벅시키지 말고, 가정을 최우선적으로 생각하는 것이 중요하다는 것이다.

당신이 우선 순위라고 생각하는 것은 무엇인가?

《월드와이드 챌린지》의 한 기사에서 래리와 도나 린 폴랜드 부부는 성공적인 가정의 중요 요인을 지적했다. 그것은 가정을 최우선적으로 생각하는 마음이다. 불행히도 너무 많은 부모들이 시간이 있으면 그때그때의 상황에 따라 가정을 꾸려나갈 수 있다고 생각하고 있다. 우선 순위는 매우 중요하다. 당신이 어떤 것에 얼마만큼의 시간을 투자하는지 간단히 점검해 본다면, 당신이 자신의 인생에서 무엇을 가장 중요하게 여기는지 알 수가 있다. 예를 들어 당신이 하루에 여러 시간 동안 텔레비전을 볼 시간은 있어도 자녀를 축구 경기장에 데리고 갈 시간이 없는 부모라면, 아이와 함께 하면서 아이가 자라고 발전해 가는 모습을 보는 것보다 텔레비전을 보는 것이 당신에게 우선 순위임을 입증해 주는 것이다.

일주일에 10시간 동안 골프를 치면서도 가족들과 함께 저녁식사 할 시간이 없는 아버지라면, 이것은 당신의 우선 순위가 무엇이며, 가족들을 어떻게 생각하고 있는가 분명히 알려 주는 것이다. 또한 값비싼 스포츠 용구를 사서 낚시나 사냥을 갈 시간은 있으면서도, 이것이 자신을 위한 취미라는 이유로 일요일에 교회나 일요학교에 자녀들을 데리고 갈 시간이 없다는 아버지는, 영적인 가치관과 영광의 하느님에 대한 교육의 중요성이 자기 자신이 몰두하고 있는 취미보다 못하다는 것을 명확히 느끼게 해 준다.

도나 린 폴랜드 여사는 아이에 대한 시간 투자는 최소한 일주일에 30시간 정도는 자녀의 학업을 돕는 데 쓰라고 충고한다. 그녀 자신은 텔레비전을 보는 데 더 시간을 쓴 것일까? 아니면 가든 클럽이나 자원봉사 혹은 부업에 더 시간을 썼을까? 아니다. 그녀는 자신의 자녀에게 더 높은 순위를 두고 있었다. 가정을 최우선적으로 생각한다면 반드시 성공을 얻게 된다. 가정을 중간적인 순위에 두고 있다면 실패와 성공을 분간할 수 없을 것이며, 제일 나중 순위에 두었다면 실패·오욕, 그리고 하느님의 심판을 면치 못하게 될 것이다. 이러한 선택은 당신의 손에 달려 있다.

폴랜드 부부는 성공적인 자녀교육을 위한 또 하나의 기본적인 요소를 확인했다.

"자녀의 성격 형성을 위한 계획을 세우고, 그 계획을 준수하라."

구체적인 목표가 있다면 실질적인 도움이 될 것은 확실하다. 어린 아이의 성격상의 약점을 목표로 삼으라.

그것을 구체적으로 다룰 계획의 초안을 잡고 준수하는 것이 자녀교육을 성공시킬 수 있는 유일한 방법이다. 직장이 아닌 집에 남아 있기로 결정했다는 이유로 무식하고 둔감한 사람들에게 무시당하는 어머니들을 위하여, 나는 린다 버튼 부인의 말을 들려주고 싶다.

"나는 일이 너무 좋아 직장생활을 하기로 마음먹었지요 그렇지만 집에 머물러 있기로 했을 때는 최고로 기쁜 마음이었답니다."

나는 이 말을 좋아하고, 또한 지지한다. 아이의 어머니로서 가질 수 있는 가장 중요하고도 필요한, 무엇보다 보람 있는 직업은 부정적인 세계에서 긍정적인 자녀를 기르는 일이라고, 다시 한 번 힘주어 말하고 싶다.

현실적으로 어머니는 아이를 기르면서, 아이가 다 자란 후에 가족의 사망이나 이혼으로 인하여 가정이 분열될지도 모를 때를 대비하여야 한다. 부모는 부모 자신을 위한 보호장치의 하나로서 통신강좌를 신청하거나 개방 대학에 가거나, 일주일에 한두 번 수강하는 야간 대학교에 등록할 수가 있다.

적극적이고 자극적인 환경에서 저녁시간을 활용한다면, 당신 자신의 마음이나 개성은 현실과 사회, 그리고 많은 것들에 대한 이해의 폭이 넓어지게 된다. 그럼으로써 당신은 훨씬 더 언변이 좋아지고 남편에게도 매력적인 말동무가 될 수 있으며, 어머니로서의 감동을 유지하는 데에도 도움이 된다(이것의 중요한 2차적인 이익은, 당신이 없는 동안 직장에서 돌아온 남편이 아이들의 필요와 요구에 직면함으로써 아이들을 좀더 잘 알 수 있는 기회를 주는 것이다. 또한 남편이 당신에게 아이를 보살피느라 하루 종일 무엇을 했느냐고 물어보지도 않게 될 좋은 기회이다).

　이러한 목적을 달성하기 위하여, 당신은 일상적으로 집중적인 노력이 요구되는 당신 자신에 대한 학습 이수과정을 만들 필요가 있다. 그러나 가족에게 위급한 일이 생겼을 경우는 물론, 당신은 그 과정을 이수하기 위하여 자기의 시간을 고집해서는 안 된다는 점도 알고 있어야 한다. 3년의 계획을 4년 걸려 이룬다 하더라도 당신의 최우선적인 순위는 가능한 한 여전히 최고의 어머니, 최고의 아내가 되는 것이어야 한다(그렇지만 시작을 하기 위하여 '내일'까지 기다린다는 변명으로 이 말을 사용하면 안 된다).

흥미로운 타협

　독신이기 때문에, 혹은 단순히 남편의 수입이 충분치 못해서 일을 해야만 하는 어머니들에 대하여, 그들이 그러한 어려운 입장에도 불구하고 대부분 효율적으로 자신의 책임을 다한다는 것에 최고의 존경과 찬사를 보내고자 한다. 대부분의 경우, 부모들은 아이들에게 이 세상이 알아서 먹여 준다는 식으로 가르치고 있으나, 그보다는 아예 처음부터 '공짜 밥은 없다'고 가르치는 편이 훨씬 낫다.

하루 종일 일할 필요가 없는 사람을 제외하고는, 조그마한 수입이라도 필요한 어머니들에게 있어서 작업 분담의 시도는 바람직한 해결책이 될 것이다. 잡지 《아메리칸 웨이》(1982년 4월호)의 한 기사에서 존 그로스맨은 몇 가지 흥미로운 결과를 내놓았다. 아이오와 주 펠라의 롤 스크린 주식회사는 수년 동안 그러한 제도적 장치를 마련해 놓고 있다.

그것은 10년 동안 그 회사에 몸담고 있으면서, 전일제 근무는 불가능했지만 일을 필요로 했던 요안 웨이츠 부인의 요청에 따라 시작되었다. 그녀는 자신이 일하는 베니어 접합기에 자신과 다른 사람이 교대로 일할 수 있는지를 회사에 타진해 보았다. 회사는 그녀의 제안에 동의했으며, 그녀는 자신의 올케를 채용했다. 지난 4년 동안 이 두 사람은 성공적으로 교대 근무를 해 왔다. 가사일을 돌보면서 가외로 수입을 얻을 수 있었기 때문에 교대 근무는 두 사람 모두에게 이익이 되었다. 회사측도 부차적으로 발생되는 이익에 대한 수당을 지불할 필요가 없었으므로 또한 이익이 되었다. 그리고 이 두 사람이 교대로 일함으로써 짧은 기간 동안 생산성이 부쩍 향상되었다. 따라서 모두에게 이익이 되었다.

롤 스크린 주식회사에는 현재 2인 1조의 교대 근무팀이 43개 조나 된다. 38개 조는 기계설비에, 나머지 5개 조는 사무실에서 근무하고 있다. 이 제도의 가장 큰 장점은 결근이 거의 없다는 것이다. 작업 분담자는 교대로 하루를 쉬기 때문에 쉬는 날에는 병원에 가거나 집수리를 하거나 미용실에 들르거나 그밖의 일들을 처리할 수가 있었다. 또한 작업분담 체제에는 한 사람이 몸이 아플지도 모른

다는 가능성을 두어, 자연히 다른 한 사람은 핀치 히터(대리자)가
되는 것이다. 롤 스크린에서는 전일제 근무자의 결근율이 6~7퍼센
트인 데 비하여 작업 분담자의 결근율은 5퍼센트에 불과했다.

　인사담당국장인 멜 피터스마 씨는 "지도 주임은 생산성이 전보다
더 향상되었다고 보고해 왔습니다. 그들이 보고해 온 그날의 작업
분담조는 열성과 정열이 충만해 있었습니다. 그것으로도 당신은 충
분히 분담 효과를 가늠할 수가 있을 겁니다."(그렇다. 한마디만 더
부연한다면 집으로 돌아간 그날, 그들은 가족들에 대한 사랑과 정열 또
한 충만해 있으리라는 것을 나는 확신한다.)

　작업 분담의 창시자에게 특히 고맙게 생각해야 할 사람은 샌프란
시스코에 있는 리바이 스트라우스 주식회사의 인사정책 연구전문가
인 낸시 한나이다. 5개월의 출산 휴가를 끝내고 회사로 돌아와 하
루 종일 일하는 것이 그녀의 생각과는 전혀 맞지 않았다.

　"내가 직장에 있을 때 나의 마음은 집에 가 있고, 내가 집에 있을
때는 직장에 가 있다는 것을 알았습니다……. 그리고 이른 아침에
일어나 나의 아기 쿠르티스를 보모에게 데려다 주어야만 했습니다.
그렇지만 나는 언제나 늦었어요 허겁지겁 서둘러서 직장에 도착했
을 때, 마음을 가라앉히기 위하여 깊이 숨을 들이쉬어야 한다는 것
을 알았어요 일을 끝내고 돌아와선 아이를 안고 젖을 주고 잠을
재워야 합니다. 그런 연후에야 남편과 나는 저녁을 먹고 집안을 정
리하고 다음날을 준비합니다. 주말이 되면 기진맥진하지요" (《아메
리칸 웨이》 1982년 4월호) 얼마 후 한나 여사는 작업분담제도에 참여
함으로써 빽빽한 시간 압박으로부터 벗어나게 되었다.

　작은 지방에서는 직업을 얻기가 특히 힘들지도 모른다. 이와 같은

경우, 아마도 젊은 어머니들은 단결하여 함께 직장에 지원할 수가 있다. 일반적으로 6일간 장사를 하는 소매상에서는 서로가 3일 동안만 일할 수 있다. 또한 남편의 시간과 차이가 난다면 한 사람은 아침에, 한 사람은 오후에 근무할 수가 있다. 남편이 법무관이나 소방수, 또는 트럭 운전사로 일하는 경우, 3일 동안 계속적으로 일하고 다른 사람이 남은 3일을 일하는 분담 근무는 좋은 결과를 얻게 될 것이다. 적은 수입이라도 필요한 어머니들은 육체적으로나 정서적으로 무리하지 않는 범위 내에서의 일을 얻으면서, 아이들과 남편도 훨씬 더 많은 시간을 함께 할 수가 있다.

문제는 전적으로 '집에 있고 싶어하지 않는 어머니'에게서 나타난다. 일을 얻지 못해서 불행해하는 사람들이 있다. 그러나 솔직이 말해서 아이와 함께 집에 남아 있고 싶어하지 않는다면 어머니로서의 자격이 없다. 이 사실은 이미 연구 조사를 통해서 밝혀졌다. 사실 부모들이 성심성의껏 노력을 다한 후에도, 자녀들이 점점 불안을 느끼고 아이에 대한 사랑과 배려의 마음이 식는다는 사실을 깨닫는다면, 아마도 그들은 직장으로 돌아가야만 할 것이다. 그렇지만 이들 어머니들이 부업으로서의 일거리를 찾는다면 어머니나 아이들 양쪽 모두에게 여러 가지 유익함을 발견하게 될 것이다.

그렇다. 자녀들과 함께 하는 시간은 지극히 중요하다. 해리 채핀이 불렀던 다음의 노래, '요람 속의 고양이(Cat's in the Craddle)'는 그런 사실을 잘 설명해 주고 있다. 당신은 이 노래를 주의 깊게 읽고 난 후, 책을 내려놓고 그 의미를 다시 한 번 깊이 생각해 보기 바란다.

요람 속의 고양이

바로 며칠 전 내 아이는 태어났습니다.
아주 평범하게 이 세상에 왔습니다
그러나 거기엔 내가 타야 할 비행기, 지불해야 할 영수증이 있었습니다
아이는 내가 집에 없을 때 걸음마를 배웠고,
내가 알지 못하는 사이에 말을 배우고 있었습니다
그리고 커감에 따라 말을 했습니다
아빠처럼 되고 싶어요, 아빠.
아시잖아요, 아빠를 닮아 가고 있다는 것을.

그리고는 은수저 속 그리고 요람 속의 고양이,
슬픈 꼬마 아기와 달빛 속의 사나이
"언제 집에 오실 거예요, 아빠?"
"모르겠지만 돌아오면 함께 지내자꾸나. 그땐 재미있게 지내게 될 거니까 말이야."
아들은 어느 날 말했습니다.
"공을 사줘서 고마워요, 아빠. 이리 와서 던지는 법을 가르쳐 줄 수 있어요?"
나는 말했습니다.
"오늘은 안 된다. 할 일이 많거든."
아들은 말했습니다.
"좋아요"

그리고 나가 버렸습니다.

그러나 미소는 결코 버리지 않았습니다.

이것은 이런 의미이지요

"아빠를 닮고 싶어요 그래요,

아빠를 닮고 싶단 말이에요"

그리고 은수저 속 그리고 요람 속의 고양이,

슬픈 꼬마 아기와 달빛 속의 사나이.

"언제 집에 오실 거예요 아빠?"

"모르겠지만 돌아오면 함께 지내자꾸나. 그땐 재미있게 지내게 될

거니 말이야"

그런데 아들은 바로 요전 날 대학교에서 돌아왔습니다

남들처럼 할 이야기가 많았습니다.

"애야, 네가 자랑스럽구나, 잠시 쉴 수 없겠니?"

아들은 미소를 띠며 고개를 흔들었습니다.

"제가 진정 원하는 것은요, 아빠가 자동차 키를 빌려 주는 것이에

요 나중에 봐요, 빌려 주시겠어요?"

그리고 은수저 속 그리고 요람 속의 고양이,

슬픈 꼬마 아기와 달빛 속의 사나이.

"언제 집에 올 거니, 애야?"

"모르겠지만, 돌아오면 함께 지내요, 아빠. 그땐 재미있게 지내게

될 거니까 말이에요"

내가 퇴직한 이후로 오래 되지 않아 아들은 떠나가 버리고, 나는

바로 며칠 전 아들에게 전화를 걸었습니다.

나는 말했습니다.

"네가 괜찮다면 만나보고 싶구나."

그는 말했습니다.

"제가 더 보고 싶어요 아빠, 시간을 낼 수만 있다면요

아시잖아요, 새로 시작한 일이 너무나 복잡해요. 아이들은 감기에 걸렸구요, 드리기 힘든 말이지만요, 아빠."

그리고 수화기를 놓았을 때 이런 생각이 들었습니다

바로 나와 비슷하게 자랐구나.

내 아들은 바로 나를 닮았구나.

그리고 은수저 속 그리고 요람 속의 고양이,

슬픈 꼬마 아기와 달빛 속의 사나이.

"언제 집에 올 거니, 애야?"

"모르겠지만, 돌아오면 함께 지내요, 아빠. 그땐 재미있게 지내게 될 거니까 말이에요."

해리 채핀

자기 평가의 시간

① '만약'을 '이번에'로 바꾸어 당신이 무엇을 할지 괄호를 채워 문장을 만들라. 만약 내가 (   )하면 좋겠는데, 이번에는 (   )하겠다.

② 당신은 아이들에게 있어서 집에 남아 있는 어머니가 얼마나 중요하다고 생각하는가? 그렇다면 지그가 말했던 것을 요약하라.

③ 가정을 최우선적이라고 생각하는 것이 당신이 바라는 것이라면, 그리고 그렇게 되려면 무엇인가 변화되어야 한다면, 그것은 무엇인가?

④ 직장을 갖고 있는 어머니들에게 주어지는 이점은 무엇인가? 이것들이 혹시 불이익은 아닌가?

⑤ 작업 분담의 시도를 어떻게 이해하고 있는가? 당신에게 도움이 되는가 ? 도움이 된다면 어떻게 도움이 되는가?

제 8 장
긍정적인 자녀로 키우기 위해서는 모두의 노력이 필요하다

🎖️

부모의 권위

우리 아이들이 듣는 대부분의 음악은 '자유로워지는', 그리고 '자기 멋대로 일하는' 등의 가사로서 자기의 권리를 다루고 있다. 그러나 아이들이 진실로 원하는 것은 안정감이라는 확실한 증거가 있다.

임상심리학자인 마틴 코헨 박사는 "이러한 안정감은 부모의 권위로부터 주어지며, 부모에게서 그러한 권위를 경험하지 못했을 때 아이들은 두려움을 느끼게 된다."고 말한다. 또한 아이는 결국 부모가 자신을 막을 때까지 더욱 심하게 부모를 괴롭힐지도 모른다고 했다.

아이가 진정으로 원하는 것은 부모가 부모로서 행동하는 것이다. 아이는 자신이 늘 믿고 의지했던 힘이 아직도 부모에게 건재한지를 알고 싶어한다. 아이는 단지 자신이 안정감의 근원을 잘못 알고 있는 것은 아닌지를 확인하기 위하여 살짝 들여다보는 것이다. 따라서 부모는 부모로서의 위치를 확고히 지켜 아이들을 실망시키지 말아야 한다.

국어사전에 의하면 '권위'는 명령을 할 수 있는 권한과 권리, 복종을 강요할 수 있는 권한과 권리, 조치를 취하거나 궁극적으로 결정을 내릴 수 있는 권한과 권리로 정의된다. 아이들에게 꼭 필요하면서도 아이들이 부모에게 요구할 수 있는 것 중의 하나는 자신들을 올바른 방향으로 이끌어 주는 교육적인 강요, 즉 부모의 권위를 경험할 권리이다.

우리는 아이들을 다룰 때, 그들이 어린아이라는 사실을 명심해야만 한다. 미국 속담에 이런 말이 있다.

'모든 사람에게는 다 어린시절이 있다. 그러나 모두가 청년시절을 갖는 것은 아니다.'

아이들이 갖는 가장 중요한 요구 가운데 한 가지는 가족을 위하여 준비한 정열적인 계획 속에서 자신의 권위적인 위치를 이해해 주는 부모를 갖는 것이다. 부모는 자신이 하나의 본보기가 되어 아이들을 이끌어 주고 인도하며 지시하고 올바르게 고쳐 주며 격려해 주어야 한다. 때때로 아이들이 부모를 곤경에 빠뜨리게 하고 부모의 권위를 거부할 때 부모는 종종 당황하게 된다. 때때로 아이들이 부모를 시험한다 할지라도 아이들은 부모가 자신들을 완전히 압도하고 부모의 권위적인 위치를 계속 유지하기 바란다. 그럼으로써 그들은 부모에게서 완벽한 안정감을 느끼게 된다는 점을 명심하라.

아이들은 그들이 누구의 소관인지를 알고 싶어한다. 그들은 누구를 따라야 하는지, 누가 이끌어 가게 되는지, 누구에게 대답해야 하는지 알고 싶어한다. 이것은 삶의 기본적인 현실이며, 가족을 포함한 모든 사회적 모임의 실제이다. 또한 그것은 부모의 보살핌이 성공적이어서 그 결과로 자녀가 성공하게 된다면 부모가 반드시 깨달아야 할 사실이다.

부모는 굉장히 중요한 존재이다

최근 나는 한 자동차의 스티커에서 생각해 볼 여지가 있는 내용의 슬로건을 보았다.

"누구나 아버지가 될 수 있다. 그러나 아버지가 되려면 특별히 누군가가 필요하다."

그 말이 맞다. 또한 누구든지 어머니가 될 수는 있으나 어머니가 되려면 특별히 누군가가 필요하다.

적극적인 사고방식을 가진 훌륭한 역사적 인물들을 연구해 보면, 그들이 부모의 영향력에 대하여 말하는 것을 보게 될 것이다. 에이브러햄 링컨은 이렇게 말했다.

"나의 모든 것은 나의 천사 같은 어머니에게 은혜를 입고 있다."

맥아더 장군은 이렇게 말했다.

"훌륭하신 나의 어머니는 지금까지 나를 지탱해 준 하느님에 대한 헌신과 애국심을 나에게 가르쳐 주셨다. 어머니에게 나는 새삼 경건한 감사의 마음을 보낸다."

저명한 목사인 G. 캠벨 모간에게는 네 명의 아들이 있었는데 그들은 모두 목사가 되었다. 가족들이 모두 한자리에 모였을 때 모간의 친구가 모간의 아들들에게 물었다.

"자네들 중 누가 가장 훌륭한 목사인가?"

그 아들은 기쁨을 감추지 못하는 눈빛으로 자신의 아버지를 바라
보며 이렇게 말했다.

"말씀드릴 필요도 없지요. 바로 아버님이시니까요."

또 다음과 같은 격언이 있다.

"한 사람의 아버지는 교사 백 사람의 가치가 있다."

아이들의 운명이 부모의 손안에 들어 있는 것은 사실이다. 그러한
면에서 부모가 된다는 것은 참으로 신성한 일이다. 또한 아이들은
미래의 그들의 아이들, 그리고 그 아이들이 이룩하게 될 세계와 함
께 존재하기 때문이다. 우리의 아이들이 이룩하게 되는 세계, 즉 내
일을 향한 그들의 꿈은 대체로 그들이 우리를 부모로서 어떻게 보
느냐에, 그리고 오늘날 우리가 그들을 어떻게 키우느냐에 달려 있
다는 것을 겸허한 마음으로 생각해 보라. 이 얼마나 두렵고 무거운
책임인가!

가족이라는 구성체 안에서 부모의 위치는 권한이 부여된다. 부모
의 권한은 자녀로 하여금 노력하도록, 그리고 승리하고 성공하도록,
또한 동료를 존경하는 마음과 정직과 성실을 배우게 하고 납득시키
는 긍정적인 방법으로 사용될 수 있다. 부모는 그러한 길을 선택할
수 있다. 아니면 자녀를 자기 멋대로 하도록 놓아 둔 채 세상의 부
정적인 영향권 안에 방치해 둘 수도 있다.

협력과 단체 지도력이 필요하다

긍정적인 자녀를 기르는 일은 가족 전체의 노력이 있을 때 최고의 효과를 볼 수 있다. 가족은 진정 하나로 뭉쳤을 때 더욱 효과적인 기능을 발휘하기 때문이다. 협력하는 가정은 혼자서 단독으로 일하는 것보다 훨씬 더 많은 것을 이룰 수 있다. 당신의 가정에 가족 모두가 어떤 계획과 그에 따른 여러 가지 목표(가족과 함께 가는 여행의 계획, 학습진로 지도, 소풍 계획 등)가 있다면, 그 결과는 좀더 의미 있고 바람직한 것이다. 또한 여러 계획을 세워서 함께 일한다면 가족과의 관계는 전보다 좀더 친밀해질 수 있다. 이것은 또한 하나의 가족으로 마음을 합하여 일함으로써 아이들은 학교와 직장 세계에서 직접적으로 적용할 수 있는 대화와 협동기술의 개발을 가정에서부터 배울 수 있게 된다.

어떠한 단체라도 그 조직을 이끌어 가는 우두머리가 있어야 한다는 것을 부인하는 사람은 드물다. 쿼터 백이 없는 미식 축구팀은 하나의 팀을 이루지 못할 것이다. 그것은 실패작일 뿐이다. 책임자가 없는 사업체나 책임 장교가 없는 군대는 방향을 잃고 헤매다 곧 붕괴되고 말 것이다. 그러한 점은 가정에 있어서도 마찬가지이다. 사업과는 비교도 할 수 없는 것이지만 그것도 엄연히 하나의 사업이기 때문이다.

한 가정에서 두 명의 자녀를 키우면서 부모의 나이가 65세가 될 때까지 그들과 함께 산다고 가정한다면 자녀를 키우고 그들에게 필요한 것을 충당하기 위하여 투자되는 비용은 족히 백만 달러는 넘을 것이다. 이것은 매우 큰 사업이다.

일반적인 기업체에는 대부분의 경우 회장·사장·부사장·경리부
장, 그리고 비서 등이 있다. 그러나 핸리 트루먼 대통령은 "책임은
전가되지 말아야 한다."고 말했다. 책임은 명확한 한계가 있어 어딘
가에서 멈추어야 한다는 말이다. 기업에서는 그것이 간단하다. 그것
이 바로 책임자이다. 가정에서는 그것이 그렇게 간단하지만은 않다.
그러나 그만큼 명확하고 또한 중요하다. 가정의 책임자가 되어야
하는 사람은 바로 남편이며, 아버지라고 생각한다.

내가 이렇게 말하는 데는 몇 가지 이유가 있다. 그 중요한 이유
중의 하나는, 가정이라는 사회의 조직방식도 기업체와 별로 다를
것이 없다는 것이다. 이 말은, 아내(기업체의 부사장)가 가정에 영향
을 끼칠 수 있는 결정에 대한 발언권이 미미하다는 말은 결코 아니
다. 아내는 제2의 통수권자이다. 중요도에 있어 두 번째라는 말이
아니고, 말하자면 하나로 단결한 가정의 일을 효율적으로 해나가기
위하여 매우 중요한 위치에 있다는 것이다. 유능한 행정관서의 장
은 중요한 결정을 할 때 제2인자와 정규적으로 회담을 한다. 또한
제2인자는 제1인자가 없을 때 그 전권(全權)을 행사하게 되는 것이
다

정답고 사랑이 넘치는 사람

마치 사공이 여러 명인 배처럼 만약 남편이나 아내 중 누가 가정
을 이끌어 나갈 것인지 미리 결정하지 않는다면 자칫 가정사를 망

치게 된다. 이러한 사실을 명심한다면, 아이들에게 인도자가 필요한 경우 인도자가 누구이며 왜 따라야 하는지, 또 그것을 아이들이 알아야 할 필요가 있다고 강조한 내 말의 의미를 당신은 이해하게 될 것이다.

저술가 헬렌 앤들린 여사는 남성의 지도력 역시 심리학적인 법칙에 따라야 한다는 데 초점을 맞추었다. 남성은 성격상 평범한 여성보다 더 적극적이고 결단력이 있고 지배적이라는 점에서 지도자의 필수 조건을 갖추고 있다. 평범한 남성에게도 지배하고자 하는 욕망은 강렬하다. 자신의 위치가 위협받을 경우 남성은 위축되며, 그것을 전부 빼앗기는 경우엔 어떤 무력감까지 느낄 것이다.

그녀는 덧붙여 자세한 설명을 하고 있다.

"내가 말하는 남성의 지도력은 이기적인 동기에 입각한, 지배적이고 강압적인 행동을 말하는 것이 아니다. 성공적인 가정이 되기 위하여 아버지는 마음속에 늘 가족의 행복을 생각해야 하며, 결정과 계획을 세울 때에는 가족에게 최선책이 무엇인가를 생각해야 한다. 아버지는 그들의 의사와 기분, 특히 아내의 의사와 기분에 세심하게 마음을 쓴다. 가족들은 함께 일을 해나가기 위하여 서로 노력해야 하며, 만일 서로의 차이점 때문에 아내가 남편의 계획을 반대할 경우에 아내는 최소한 남편의 지도권이라도 인정할 수 있어야 한다."(헬렌 앤들린 저, 《아이들에 대한 모든 것》)

명확한 명령 계통

우리 가정에서도 성공적인 사업체나 단체처럼 명확히 수립된 명령 계통이 특히 중요하다. 때때로 나는 "아내가 남편보다 더 똑똑하다면?" 하고 사람들에게 질문을 해 보곤 한다. 그러나 그렇다고 해서 명령 계통이 변화될 수는 없다. 내 가족의 경우 예지력과 지혜 등 여러 가지 면에서 나보다 나은 아내가 있으므로, 나는 어떤 면에서는 운이 좋은 편이라고 할 수 있다. 아내의 IQ는 적어도 나보다 높고, 그녀가 학교 다닐 때의 성적도 나보다 좋았다. 그렇지만 우리 집에서 중요한 결정을 할 때 아내와 내가 충분히 상의한 뒤에도 의견이 엇갈리면, 매우 드문 경우이긴 하지만 아내는 내가 결정하는 일에 책임을 지지 않겠다고 굳게 다짐을 한다.

그러므로 어떤 중요한 결정을 내리기 전에 당연히 아내의 조언을 간절히 바라면서 신중한 판단을 내리게 된다.

그것은 이해할 수가 있다

뉴욕 주 로체스터의 규모가 큰 한 고등학교에서 강연하던 때가 생각난다. 연설을 끝내고 나는 학생들과 대화하는 자리에 초대되었다. 그 자리에는 약 20명의 우수한 학생들이 참석했는데 흥미롭고 활기가 넘치며 매우 유익한 시간이었다.

거기에 참여했던 학생들 가운데 특히 나는 한 학생을 결코 잊을 수가 없다. 그 학생은 나에게 이러한 질문을 했다. "선생님께서는 생활하시면서 가족 문제, 사업 문제에 있어서 하느님을 많이 의존하시는 것 같은데, 저는 하느님을 믿지 않습니다. 선생님께서는 무슨 이유로 하느님을 강조하시는지요?"

나는 그 이유로써 나의 자식이 될 수 있으면 책임감이 있는 사람이 되기를 바라고, 또한 권위의 중요성을 이해하고 있기 때문이라고 대답했다.

아니나 다를까 그 학생은 다시 질문을 했다.

"그런데 그게 하느님과 어떤 관계가 있지요?"

나는 대답했다.

"간단히 설명하면, 아이들은 내가 보다 높은 권위 복종하는 것을 보면서 아버지의 권위를 존중한다는 사실을 알게 됩니다. 그것은 하느님의 권위뿐만 아니라 정부·법무관·고용주·판사·법정의 권위를 의미하지요. 내가 권위를 존중하는 것을 보면서 아이들은 내가 자신들에 대한 나의 권위를 주장해도 그것이 지나친 간섭이라고 생각지는 않거든요. 그래서 결과적으로 교육을 잘 받은, 그리고 더욱 사랑스럽고 얌전한 아이들이 된다는 것입니다."

그 학생은 잠시 당황해하더니 말을 이었다.

"저는 아직도 하느님을 믿을 수가 없지만, 선생님께서 하시는 말씀은 분명히 이해할 수가 있습니다."

실제로 수치상의 관점에서 보면 가족은 하나의 작은 단위이다. 따라서 최고 행정관을 포함한 전체 구성원들은 일을 할 필요가 있을 때 자신들의 '권한'을 생각하지 말아야 한다. 남편, 아내, 그리고 귀엽고 조그마한 두 아이로 구성된 하나의 작은 가정에서 남편이 주된 결정자의 자격으로만 행동한다면, 남편은 곧 아내와 자식들의 존경과 사랑을 잃게 된다. 그리고 현실적으로 네 사람이 집안에서 일을 만들고 어머니 혼자서만 그 일을 처리한다면, 혼자서는 처리가 불가능한 상황이 생기고 곧 가정에는 위기가 발생하게 된다.

✤

승리하는 팀, 어머니와 아버지

그러한 문제의 해결책은 간단하다. 그러나 결코 쉽지는 않다. 가족이 하나의 단위로서의 기능을 다하려면, 어머니나 아버지는 수표 한 장을 끊는 일보다도 가정과 가족에 훨씬 더 노력을 기울여야 한다.

예를 들어 부엌에서 어머니가 할 일이 많을 때는 아버지가 아이들을 돌볼 수가 있다. 직장에서 돌아와 이미 피곤해서 지쳐 있다 해도 어머니가 저녁식사를 준비하는 동안 한가하게 신문을 읽는 대신, 아이들의 숙제를 도와 주고 아이들에게 이런저런 이야기를 해 줄 수가 있다. 저녁식사 후, 부부가 함께 부엌에서 설거지를 해도 좋다. 식사가 끝나자마자 아이들이 잠자리로 간다면 그때 부부는 부엌일을 하거나 아이들의 잠자리를 돌보아 주는 일을 하나씩 맡는다. 취침시간이 되었는데도 아이들이 잠잘 생각을 하지 않는다면, 아버지는 잠자리를 준비해 아이들을 이불 속으로 밀어넣는 일에 한 몫을 담당할 수도 있다.

내가 말하고자 하는 요점은 긍정적인 자녀를 키우기 위해서는 어머니나 아버지가 모두 집에 있을 때는 자녀를 키우면서 직면하게

되는 모든 경우에 익숙해야만 한다는 것이다. 그것이 바로 어머니
와 아버지, 그리고 자녀 모두가 승리로 나아가는 지름길이다.

결손 가정

부모 중 한 사람만이 있는 가정에서는 규율과 일상적인 일이 더
욱더 중요하다. 어머니(혹은 아버지)는 아침에 일찍 일어나 아이들
의 아침식사를 마련하고, 또 하루의 일과를 준비하며, 아이를 보육
원이나 보모에게 데려다 줄 준비를 하느라 정신 없이 바쁘다. 그리
고 저녁 때의 경우, 집으로 오는 도중 자동차의 방향을 돌려 아이
를 데려온다. 집에 와서는 저녁식사를 마련하고 아이를 보살펴 준
다. 또한 잠자리를 준비해 주고 잠자리에서 이야기책을 재미있게
읽어주고, 자녀가 긍정적인 정신자세를 유지할 수 있도록 해 주어
야만 한다.

할 일이 너무 많아 육체적으로나 정신적으로 부담이 되는, 부모
중 한 사람만 있는 결손 가정에서 장기적인 안목으로 살아나갈 수
있는 유일한 방법은 규율과 일상적인 일이 강조되는, 엄격하고 조
직적인 가정을 만드는 것이다.

합심하지 않을 때

어머니나 아버지가 한마음으로 행동하지 않는 가정의 경우, 왜 문

제점들이 많이 생기는지 이해하기란 그리 어렵지 않다. 또한 부모에 의한 어린이 학대와 무시의 사례가 꾸준히 증가하는 이유도 쉽게 이해할 것이다. 더군다나 가정에서 아버지가 종종 방관자의 자리를 고수하고 있을 때, 왜 남편보다 아내가 더 가정을 버리는지 우리는 분명히 알 수 있다.

그들은 쉽게 손수건을 흔들며 남편과 아이들, 그리고 가족에 대한 자기 자신들의 책임을 저버린다. 이 얼마나 비극적이고 또 얼마나 부당한 일인가! 이런 부모들은 앞으로 살아가면서 가정을 파괴시킨 그 죄책감을 어떻게 감당할 수 있겠는가!

대체적으로 결손 가정은 함께 노력하는 자세의 부족에서 시작된다. 나는 집에서 남편이 자기 몫을 다하지 못하고 주어진 상황을 극복할 수 있는 능력이 부족할 때, 이에 점점 실망을 느낀 여성들이 가정이라는 책임을 버린다고 생각한다. 어떤 부모들은 버림받은 가정의 기억을 잊기 위해 정열적인 로맨스나 낙천적인 생활 방식에 빠지기도 하지만, 그것은 결코 성공하지 못한다. 왜냐하면 목에 팔을 감으면서 "엄마", 혹은 "아빠" 하고 부르는 소리, 즉 사랑하는 자녀들의 그러한 목소리와 모습을 이제는 듣지도 보지도 못한다는 사실이 마음속에 지울 수 없는 상처로 남아 영원히 그들을 괴롭힐 것이기 때문이다.

나는 여성 운동의 결과로 나타나는 이러한 일을 막고 싶다. 많은 여성들이 자신의 권리를 요구하면 할수록 가정은 전체적인 균형감각을 잃어 가고 있다. 비극적인 일이지만 이성·판단력·사랑이 가정이라는 울타리에서 점점 사라져 가고 있다.

이혼이나 포기를 통하여 가정을 파탄시키지 않기 위해서는 아버지는 자신의 편견에서 벗어나 소매를 걷어부치고 자기의 할 일을 다할 필요가 있다. 어머니와 아버지가 한마음으로 아이들을 가르치고, 그들의 밝은 앞날을 위하여 열심히 공부하도록 격려해 줄 필요가 있는 것이다.

또한 가족 모두는 자기의 본분을 다하도록 가르쳐야 한다. 비록 네 살밖에 안 된 아이일지라도 마루 위에 널려 있는 장난감·옷·신문지 등을 치워 어머니의 일을 덜어 주고, 쓸데없이 소모되는 어머니의 엄청난 힘을 축적하도록 해 주어야 한다.

부모가 아이에게 자제와 복종을 훌륭하게 교육시키는 것은 실로 아름다운 일이다. 왜냐하면 자제와 복종은 장차 아이들에게 성공적인 인생을 성취하는 데 도움이 되는 가장 훌륭한 성격들이기 때문이다.

이러한 방법은 인생의 모든 면에서 풍요로워질 필요가 있는 어린 아이들에게, 성공적인 인생을 위해서는 구성원끼리 서로 협력해야 한다는 것을 가르치는 데에도 도움이 된다. 아이가 가족의 일원으로서 협력하고, 그로 인해서 긍정적인 결과를 얻게 된다면, 학교에서나 사회에서 인간이 왜 서로 협력하는지를 이해하게 되는 것이다. 또 심성이 나빠져서 자기가 갖고 싶은 것은 남에게 어떠한 해가 되더라도 반드시 가져야만 직성이 풀리는, 본질적으로 부정적이고 탐욕적이며 잘못된 어린아이들을 이런 방법을 통해 매우 효과적으로 줄일 수 있다.

또 하나 보기 좋은 것은 가족 모두의 계획, 그리고 가족 모두와 관계되는 책임이 뒤얽힌 경우, 대부분은 어떤 일에 참여하고 싶어 한다. 아이들이 가족의 일에 참여하고 싶어하고, 그 일에 자신들의 도움을 주고 싶어하는 것은 매우 당연한 일이다.

한 가지 덧붙이자면, 견실한 가정에서 가장 보기 좋은 일은 협동과 상호 존경, 그리고 사랑을 가족에게 가르친다는 것이다. 아이들을 책임감이 명확한 충만한 가정 속으로 받아들인다면, 가정에서 자신들이 중요한 존재임을 느끼게 된다. 그렇게 하면 아이들은 자신들을 기꺼이 받아주는 이웃의 못된 패거리 같은 집단에 참여하고 싶은 마음을 가라앉게 한다. 왜냐하면 그러한 욕구는 이미 집에서 충족되고 있기 때문이다.

존경심 확립이 가장 중요하다

가족들과 존경으로 가득 찬 사랑의 관계를 이룩하려면, 자녀들 나름대로의 생각으로 부모들을 대한다는 사실을 기억해야 한다. 그 생각이 부모에 대한 사랑과 존경이라면 당신은 어린아이들의 복종과 사랑을 받아들여야 한다. 바로 그것이 그들의 바람이다. 그렇지만 부모에 대한 존경심이 없다면 아이들은 반항적이며 버릇 없는 성격을 갖게 된다. 이로써 왜 부모들이 아이들로부터 존경과 사랑을 확립하는 방향으로 행동해야 하는지 알 수 있다. 사랑이 없다면 진정한 가족의 의미는 존재할 수 없기 때문이다.

아이들에게 약속을 지키지 않고 사사로이, 혹은 공공연하게 소리나 질러대는 부모, 술에 취해 비틀거리면서 밤늦게 귀가해 가족들을 경멸과 멸시로 대하는 부모가 있다면, 그것은 아이들의 마음속에 있는 유머 감각과 부모에 대한 존경심을 뿌리째 뽑아 버리는 행위가 된다. 그러한 일이 있다면 복종심이나 자제력은 가정의 문 밖으로 달아나 버린다. 또한 아이들의 마음은 극도로 혼란에 빠지게 된다. 물론 아이들은 부모가 그들을 사랑하는 만큼 부모를 사랑한다. 그렇지만 부모에 대한 존경심이 사라진다면, 아이는 부모를 진정으로 좋아할 수 없으며, 따라서 그들은 정서적인 딜레머에 빠지게 된다.

그렇다면 그 해결책은 무엇인가? 그 대답은 다음과 같다. 앞서 언급한 것이 당신의 경우와 흡사하다면 당신에겐 도움이 필요하다. 당신의 정서가 흔들리고 있다면 당신은 그 지역의 정신 건강을 다루는 단체를 통하여 도움을 얻을 수 있을 것이다 즉, 여러 지역에서 교회의 목사나 전도사들에게 도움을 받을 수 있다. 가령 당신에게 음주나 마약 문제가 있다면, 이것이 마침내는 당신 자신이나 당신의 자녀를 모두 파멸시키게 되는 심각한 사태를 야기시키기 전에 그들에게 당신의 성장과정과 자녀에 대한 사랑을 명백히 밝혀서 도움을 받을 필요가 있다.

실제로 당신의 문제가 그리 심각한 것이 아니라면 그 해결의 실마리는 당신의 손 안에 있다. 이 책에서 언급한 원칙들을 읽고 또 읽어, 이것을 적용해 보라. 수천 명의 사람들과 세미나와 테이프를 통하여 나의 원칙들을 적용시켜 본 결과 효과를 보았다는 수백 수천의 사례가 나왔다. 이렇게 열심히 시도한다 해도 당신이 잃는 것은 아무것도 없다. 오직 행복한 가정을 얻을 뿐이다.

❦

아버지의 일, 어머니의 일

긍정적인 자녀를 기르는 데에는 아내나 남편의 협력이 분명 필요하다. 그것은 남자의 일도 여자만의 일도 아니다. 그것은 아버지와 어머니 모두의 일이다. 그렇지만 종종 남편과 아내가 모두 직장생활을 하는 경우, 저녁식사를 준비하고 설거지를 하고 아이들의 숙제를 도와 주고 잠자리를 마련해 주는 일은 아내, 즉 아이의 어머니가 해야 할 일이라고 생각하는 남성들이 너무나 많다.

이러한 문제는《퍼레이드》지(1985년 1월호)에 세이 체슬러가 쓴 기사에도 잘 나타나 있다. 저자의 허락하에 다음과 같이 인용해 보겠다.

약 20여 년 전에 아내와 나는 심한 말다툼을 한 적이 있었다. 하지만 그 해의 마음은 수년 동안 그 일이 잊혀지지 않아, 마음에 상처를 안겨 주었다. 아내는 더이상 나의 불평을 참지 못하고 무엇인가를 나에게 던지며 말했다.

"그럼 이제부터 당신이 시장을 보고 식단을 짜고, 집안일도 돌보고 전부 다 해요. 난 이제 지긋지긋해요."

나는 찬장·싱크대·냉장고·청소 도구들, 그리고 나의 아내를 바라보며 부엌에 서 있었다. 나는 두려웠다. 눈물이 볼을 타고 흘러내렸다. 나는 아내가 나에게 떠맡긴 그 짐을 결코 감당할 수가 없다는 사실을 알았다. 모든 집안일을 책임지는 것은커녕 나에겐 특별히 할 일이 있었음에도 불구하고, 나는 그 일까지도 할 수가 없었다. 그밖에 식구들을 돌보고 예산을 짜고 경영을 하고 손익 계산을 하는 등 하루의 일과를 도대체 어떻게 처리해야 할지, 더욱이 그날 저녁과 그 다음날 저녁을 위한 식사준비, 그리고 주말의 아침·점심·저녁 파티를 어떻게 계획하고 또 어떻게 시장을 보아야 할지, 또한 집안을 보기 좋게 정돈하고 깨끗이 해 놓는 일과 빨래를 하고 아이들을 보살피는, 그 모든 일들을 내가 다 어떻게 해낼 수가 있을까?

이럴 때 제정신으로 그 일을 다 해나갈 수 있는 사람이 있을까? 아내는 잠시 내 얼굴을 바라보다가 말했다.

"좋아요. 너무 걱정은 하지 마세요. 그 일은 내가 계속 하겠어요."

그 말이 끝나자마자 외투를 입고 그녀의 직장인 병원으로 향했다. 100명 이상의 환자들이 그녀를 기다리고 있었기 때문이었다. 아내가 가족들과 집안일을 계속 보살피겠다는 그 간단한 말에도 불구하고 나는 누구도 그 일 모두를 하기는 힘들 것이라고 중얼거리면서 잠시 동안 서 있었다. 그후 며칠, 아니 몇 주일이 지나면서 나는 직장 여성들은 거의 모두 이처럼 이중의 부담을 지고 있음을 깨닫기 시작했다. 그것은 가정과 가족들을 보살피는 내적인 일과, 돈을 벌기 위하여 직장에서 일하는 외적인 일이었다.

그러나 대부분의 남성들은 직장에서 돌아와서는 집안의 잡다한 일과 자녀들을 보살피는 데 아주 작은 도움을 줄 뿐이다. 물론 도움을 주는 것은 유익하나 그것을 직접 행하는 것과 똑같지는 않다. 도움을 주는 것은 결국 남에게 본질적인 책임을 남겨 준다. 대부분의 가정에서는 그 본질적인 책임은 결국 아내의 몫이다. 모든 가정일, 모든 걱정거리, 모든 가정관리, 즉 모든 일거리는 아내들이 하고 있다는 사실이다. 얼마나 많은 남자들이 나처럼 충격을 받지 않고 이 사실을 이해할 수 있을까?

아내가 집안에 없어 봐야만 남자들은 그것을 깨닫게 되는가? 우리 남자들 가운데 얼마나 많은 사람이 아내들에 대하여 잘못 알고 있는가? 또 우리들 중 얼마나 많은 사람이 아내의 일에 대하여 편견을 갖고 아내의 말을 주의 깊게 듣지 않고 있는가? 우리는 아내의 사랑과 위로를 느끼며 잠자리에 들면서도 그들이 지고 있는 무거운 짐을 이해하지 못함으로써 아내에 대하여 잘 알지 못하는 경우가 얼마나 많은가?

어머니와 아버지의 화합

내가 앞에서 경고했듯이 긍정적인 자녀를 기르는 데는 그 단계나 방법이 쉽지만은 않다. 그러나 그것이 필연적이라는 것을 염두에 둘 때 무엇보다도 가장 중요한 것은 어머니와 아버지의 관계이다. 어머니나 아버지가 서로 존경하지 않고, 친절하지 않으며, 언성을 높여 말다툼을 하고, 더욱이 손찌검까지 오고 간다면, 어린아이는 결혼이란 전쟁터이며, 가정은 즐거운 곳이 아니라 참고 살아야 할 곳이며, 가능한 한 빨리 벗어나야 할 고통스러운 곳으로 여기며 자라게 된다.

물론 부모 중 한 사람이 자녀의 편을 들 경우 이것은 절충될 수 있다. 어린아이는 점점 성장함에 따라 부모를 다루는 전문가(?)가 된다. 그때 부모들은 어린아이의 인정을 받고자 하는 경향을 띤다.

부모가 아이에게 현명치 못한 제안이나 승인을 하는 가정은 분열되는 편싸움의 대결장이 될 것이며, 그 가정은 갈등이나 뜻밖의 불행한 사태를 맞게 될 것이다 .

불행한 가정의 청사진

아이가 부모에게 부탁을 했는데 어머니나 아버지 중 한 사람만이 부탁을 받아들인다면, 그 가정은 불행한 결과를 맞게 된다. 설사 부모들이 서로 의견을 달리했음을 아이가 알거나 모르거나 간에 그 결과는 여전히 좋지 않다.

어린아이가 부모에게 다가와 어떤 일을 하도록 요구했을 때, 제일 먼저 할 질문은 "어머니(혹은 아버지)에게 여쭈어 보았니?"이어야만 할 것이다. 그 대답이 "아니오"이고 그것이 아이에게 권할 만한 것인지 의문이 생긴다면, 당신은 "엄마(아빠)와 상의해서 알려주마."라고 말하는 것이 좋다.

우리 아들이 고등학교 2학년이었을 때의 일이다.

어느 날 아들은 자기 친구와 함께 댈러스에서 100마일 정도 떨어진 고장에서 열리는, 금요일 저녁의 농구 게임을 보러 가도 되겠느냐고 어머니에게 물었다. 아내는 아들에게 "나는 썩 마음에 내키지 않는구나. 그렇지만 아버지께 가서 한번 여쭤보렴." 하고 말했다. 아들이 내게 와서 허락을 구했을 때, 나는 안 된다고 했다. 그러자 아이는 당연히 그 이유를 알고 싶어했다.

나는 금요일이나 토요일 저녁에는 운전자 열 명 가운데 한두 사람은 대개 술에 취해 있다는 것, 또 네가 집으로 돌아올 시간은 매우 늦어질 것이므로 운전 도중 졸게 될까 봐 걱정이 되기 때문이라고 설명했다. 그리고 덧붙여서 말하기를, 너나 네 친구가 결국 밤늦게 긴 시간을 운전하게 되면 여러 가지 상황으로 보아 위험이 너무 큰 것이라고 했다. 그러자 아들은 나의 설명을 아무런 반감 없이 받아들였다.

이날 아들은 대화를 끝내면서 내게 웃음을 띠며 마지막 시도를 했다.

"그러니까 아버지는 저를 보내고 싶지 않다는 말씀이군요, 그렇죠?"

이 말에 나는 대답했다.

"그래. 애야, 지금은 가지 않았으면 좋겠다. 물론 그곳에 가도 되는 때가 있을 거지만, 지금은 안 된다."

상황이 달랐다면 내 대답도 물론 긍정적일 수 있었을 것이다. 예를 들어 아들 친구의 아버지가 함께 따라가 준다거나, 아니면 사고위험이 높은 금요일 저녁이 아니었거나, 또 경기장과 거리가 좀더 가깝기만 했더라도 내 대답은 상당한 차이가 있었을 것이다.

부모들은 아이에게 긍정적인 영향을 줄 수 있는 더 좋은 기회를 갖기 위하여 어떻게 할 수 있는가? 당신도 확실히 믿고 신뢰할 수 있는 사실 중의 하나는 서로 사랑으로 존경심을 보이면서 강력하게 한마음으로 합쳐진 부모는 자녀에게 긍정적으로 영향을 주고자 하는 최선의 시도를 영원히 할 수 있을 것이며, 좋은 결과를 얻게 된다는 것이다.

자기 평가의 시간

① 어렸을 때 당신이 부모님께 고마움을 느꼈던 경우를 최소한 한가지를 회상하라.

② 당신은 어떤 방법으로 자녀에게 존경을 받게 되었는가?

③ 부모가 한마음으로 합쳐진 상태가 성공적인 가정의 지름길이라는 사실에 당신은 동의할 수 있는가? 그러한 면에서 당신은 자기 자신과 아내를 어떻게 생각하고 있는가? 당신이 가정에서 더 잘할 수 있는 것은 무엇인가?

④ 지그는 불행한 가정의 청사진에 대하여 말했다. 그 말의 의미를 요약할 수 있는가? 그런 일이 당신의 가정에서 일어나고 있는가? 그렇다면 그 불행을 막기 위해 당신은 어떤 일을 할 수 있고, 또 어떤 일을 해야만 한다고 생각하고 있는가?

제 9 장
가족과의 대화

가족 문제에 대해서

혼히 우리는 따스한 행위와 대화로써 부부간의 문제점들이 해결되고 가정 파탄이 방지되는 것을 종종 보게 된다. 가정에서의 간단한 대화 중 가족 중의 한 사람이 고의든 고의가 아니든 응해 주지 않거나, 다른 사람이 귀 기울여 주지 않음으로써 소외감은 생겨난다.

긍정적인 자녀로 양육하기 위해서 부모들은 무엇보다 먼저 자녀들과 따뜻하게 대화하는 법을 배워야 한다.

겉으로는 단순해 보이는 이런 문제는, 사람들이 여러 가지 바쁜 일들에 쫓기다 보니 마주앉아 대화하는 일은 쓸모없다고 소홀히 하는 데서 기인하는 문제이다. 나는 직장생활을 통해 이런 문제를 실제로 깨달았다. 왜냐하면 나는 16년 동안 집집마다 직접 찾아가서 물건을 판매하는 '방문판매'를 했기 때문이다.

다섯 살짜리 아이가 부모에게 엄하게 꾸중을 들으며 자라는 가정도 보았다. 또 너무 윽박지르고 주의를 주는 부모 밑에서 자란 10대들이 아예 말을 하려 하지 않거나, 말을 할 경우라도 상대를 제대로 바라보지 못하거나 의식적으로 피하는 것도 보았다.

내가 자주 보아온 일들 가운데 가장 가슴 아팠던 광경 중의 하나는, 아이들이 부모의 관심을 끌려고 열심히 애를 써도 부모는 결국 거들떠보지도 않는 것이었다. 어머니, 아버지의 팔에 3, 4분씩 동동 매달려서는 "엄마, 엄마", "아빠, 아빠" 하며 자기의 단순하고 간단한 바람을 알게 하려고 필사적으로 애쓰는 아이들도 보았다.

나는 가끔 그런 아이들이 커서는 어떻게 되었을까 생각하게 된다. 지금쯤은 아마 그들도 자신의 가정을 꾸미고 살 텐데, 그들 또한 자기의 부모들처럼 자기 자식을 무관심하게 팽개치지는 않을는지 의문이다.

이야기하는 데는 시간이 필요하다

아기들의 심성에 영향을 주는 것은 그것이 비록 태아 때 영향을 받는 것이라 해도 아기의 행동에 가장 큰 영향을 미친다는 사실이 지난 몇 년에 걸쳐 확실히 밝혀졌다. 따라서 부모가 대화에 대한 지식을 익혀두는 것은 어린아이들을 잘 순응시키고 행복하게 키우는 데 결정적인 영향을 미친다.

오늘날 우리는 점점 대화가 사라지는 환경에서 살고 있다. 자신이 하는 일 때문에, 혹은 라디오나 TV · 비디오 때문에 너무나 많은 사

람들이 기계문명이 전해 주는 내용을 받아들이느라 가족끼리 서로
아끼고 사랑이 넘치는 삶을 살아가지 못할 뿐만 아니라, 이웃 사람
들과도 이야기를 주고받을 시간이 부족하다. 또한 대부분의 일반
가정에서 어머니와 아버지는 하루 평균 일곱 시간이 넘도록 TV에
빠져 있고, 그 외의 나머지 시간에는 자고 일하고 먹다 보면 사실
가족 상호간에 대화를 나눌 시간은 거의 없다.

　부부간의 대화는 대단히 중요하다. 대다수의 평범한 가정 주부들
은 남편이 단지 그때그때 일어나는 일이나 돈에만 관심이 있으며,
아내와는 기껏해야 어떤 정보에 대해 약간의 이야기를 나누려 한다
는 것에 큰 불만을 갖고 있다. 사실 부부가 맞벌이를 할 경우에도
무언가 함께 나눌 이야깃거리는 있게 마련이며, 이러한 대화는 부
부 관계를 잘 유지하는 데도 매우 중요한 역할을 한다. 또한 이것
은 아이에게 바람직한 성장과 안정감을 주는 데에도 지극히 중요한
일이다.

　대화의 내용이 신문·저녁 뉴스 등 그 무엇이라도, 특히 어린이가
보는 곳에서 부모가 서로 대화를 나누는 것보다 좋은 일은 없다.
이 어린이는 어머니와 아버지가 다정한 대화를 나누며 행복에 넘친
모습을 보고 안정감을 갖게 되고, 자신은 서로가 아끼는 가족의 한
구성원임을 느끼게 된다.

　아기에게는 태어나는 순간부터 이야기를 해 주어야 한다. 신생아
가 어머니 품에 안겨서 어머니의 이야기와 콧노래를 많이 들으면
들을수록 정서적으로 안정된 똑똑한 아기로 자란다는 사실이 확실
히 입증된 바도 있다.

　당신의 집에도 아기가 있다면 다음을 명심해서 흔히 많은 부모들

이 저지르게 되는 실수, 즉 아기에게 너무 오랜 시간 이야기하는 잘못은 피하는 것이 좋다. 아주 어린 아기나 걸음마를 하는 아이는 부모가 안아서 쓰다듬어 주거나 뽀뽀해 주면서 다정히 보듬는 것이 가장 좋다. 아이가 저 혼자 방을 가로질러 걸을 만큼 성장했을 때는, 큰 아이들과 이야기를 나눌 때와 아주 비슷한 방법으로 얘기할 필요가 있다. 단지 조금 더 천천히, 또박또박, 애정어린 이야기를 하고 어휘도 단음절만을 사용하지 말고 그 이상의 말도 사용하라. 갓난아기들은 실제로 자기 자신들이 말할 수 있는 것보다 훨씬 더 많이 이해할 수 있기 때문이다.

우리 집의 경우를 예로 들자면, 우리는 손주 녀석들이 자라는 모습에 홀딱 빠져 있다. 그애들의 어휘가 발달하는 이유 중의 하나는 그애들의 어머니와 아버지, 할아버지와 할머니가 그들에게 마치 어른에게 말하듯이 이야기를 하기 때문이다. 그 손주 녀석들은 이제 겨우 여섯 살과 아홉 살밖에 안 되었는데도 구사하는 어휘력이 아주 뛰어나 가끔 나를 놀라게까지 한다.

🎗 고집센 네 살박이 아이 다루기

대화를 하는 데 있어서 또 하나 문제되는 것은 고집이 센 네 살짜리 아이가 계속 팔을 잡아당기면서, "엄마, 엄마!" 하고 졸라댈 때 여기에 대처하는 방법이다. 제임스 돕슨은 어린이가 단 30초간이라도 당신과 얘기를 하고, 위로를 받고, 새로운 사실을 주고받으며 기쁨을 나누기 위해 당신을 방해하도록 내버려두라고 말한다. 그러면 대부분의 어린이는 적어도 그 몇 분 동안이나마 아주 행복해한다.

어린이는 어른의 축소판이 아님을 명심해야 한다. 아이들에게는 그들 나름대로의 관심사가 있으며, 어떤 일에 집중하는 시간도 아주 짧다. 어른에게는 순간처럼 여겨지는 시간도 어린이에게는 영원처럼 느껴지기도 한다. 내 말은 어린이를 당신의 대화에 끼어들게 하라는 말이 아니라, 단지 아이가 묻는 것을 빨리 대답해 준 후 당신이 다시 대화로 돌아간다면, 당신이나 당신의 손님에게도 예의를 다하는 일일 뿐만 아니라, 어린이에게는 정말 좋은 일이다

만일 아이가 계속해서 당신의 대화를 방해할 경우에는,아이들이 창의력을 발휘하여 어떤 일을 할 수 있도록 해 주면 된다. 그러면 아이는 그 일에 관심을 돌리게 되고, 당신은 다시 대화를 나눌 수 있게 될 것이다.

어린아이는 가족들간의 대화에도 반드시 참여하도록 해야 한다. 아무리 어른들간의 대화일지라도 어린아이를 자주 처음부터 함께 대화에 참여시켜야 한다. 그렇게 함으로써 아이는 어른의 세계를 대하는 법을 익히게 되고 조심성이 길러지며, 또한 자신의 어휘를 익히게 됨으로써 사회성과 대화 기술이 늘게 된다. 또한 이런 과정을 통해 자신이 가족의 한 구성원임을 느끼게 된다.

사회적인 면에서 볼 때, 특히 자녀가 10대로 막 들어서거나 10대를 넘어설 때 부모들이 자녀들에 대해 어떻게 느끼는지에 대해서는 비교적 규정하기가 쉽다. 대개의 경우, 12~13세의 어린아이가 부모와 대화를 하게 되면, 부모들은 단지 "그래", 또는 "아니"라고만 대꾸할 뿐 아이와의 대화에서 관심사를 찾는다거나, 혹은 그 이야기를 깊이 있게 발전시키려는 노력을 전혀 하지 않는다. 이렇게 무성

의하게 하는 대화 때문에 어린아이가 이웃의 나쁜 폭력배들과 어울리며 무리지어 다니게 되는 것이다.

어린아이도 참여시켜라

우리는 누구나 똑같이 사랑받고 이해받고 싶어한다. 어린아이가 가족과 함께 대화를 나누는 가운데 스스로 가족의 중요한 구성원임을 느끼게 된다면, 그 가정은 일생 동안 좋은 가족 관계를 유지하게 될 것이다.

이 말은 가정의 모든 일을 결정하기 위하여, 더군다나 경제적인 문제를 위해서 가족회의를 소집하라는 말이 아니다. 그렇지만 예를 들어 지금 사는 곳에서 다른 도시로 이사를 간다든지 하는(특히 10대가 이 문제와 연관이 될 때에는) 중요한 문제를 논의할 때에는 반드시 아이들과 함께 의견을 나누도록 해야 한다. 그렇게 함으로써 당신은 그들의 생각을 이해할 수 있게 되고, 그들도 이사가는 이유를 처음부터 알게 될 것이다.

이 과정을 통한다면 가족 모두가 함께 이사가는 일이 쉬워질 것이고, 어린아이도 이사가는 계획에 참여하게 된다. 사람은 나이에 관계없이 누구나 어떤 계획이나 생각이 조금이라도 자기 몫이라고 여겨지면 그것에 대해 열성을 기울이고 또 돕게 된다. 이런 방법도 당신이 아이에게 갖는 사랑 ,관심 그리고 존중하는 마음을 나누는 한 예이다.

가족간의 대화를 효과적으로 하기 위해 해야 할 일이 또 있다. 어

린이들에게 소풍이나 여행과 같은 가족 행사를 계획하는 일에 참여
하도록 하는 것이다. 예를 들어 2주일간의 가족 여행을 떠나려고
할 때, 아이에게 도서실에서 큰 지도책을 빌려오게 하는 것보다는
작은 지도를 펴놓고 가고 싶은 곳을 찾아보게 하는 것이 더 낫지
않겠는가? 혹시 시간과 경비가 한정되어 있다면, "우리는 이 정도
거리에 있는 곳을 갈 수 있어."라고 지도를 가리키며 말하면 된다.
그리고는 함께 가고 싶은 지역의 목록을 만들고 그 도시의 상업회
의소를 적어내려 간다. 그곳에서는 기꺼이 당신에게 그 도시의 안
내 책자를 보내 줄 것이다.

　그러면 안내 책자를 읽어보고 가고 싶은 곳과 하고 싶은 일들을
적어 본다. 그렇게 하는 동안 가족들이 어디로 가길 원하고, 또 무
엇을 하고 싶어하는지 결정을 할 수 있는 확실한 근거가 생긴다.
결국 계획에 참여한 가족들은 모두 여행에 대하여 더욱 관심을 갖
게 되고 마음을 설레게 된다. 더구나 사람은 누구나(우리 아이들조
차도) 자기가 도움을 준 일에 대해서는 언제나 찬성하기 마련이기
때문이다. 부수적으로 얻을 수 있는 큰 이점은 당신이 이 계획에
시간을 투자할 수 있다는 점이다.

　TV를 보거나 거리를 돌아다니는 것보다 훨씬 더 값진 어떤 일을
열심히 계획하는 것, 이것보다 더 쉽게 당신과 아이들의 대화의 장
을 열리게 해 주는 것이 또 어디 있겠는가? 또한 아이들이 이런 계
획을 짜면서 당신이 가려고 하는 지역의 역사뿐만 아니라, 지리에
대해서도 알게 된다는 점도 아주 중요하다. 결국 이 과정은 당신의
자녀들에게 전인교육을 시키는 데도 큰 도움을 주는 동시에 당신과
아이들과의 관계를 밀접하게 형성시켜 준다.

효과적으로 거절하기

찰스 스윈돌 박사는 가능하면 부모는 자녀들에게 긍정적으로 대답하고, 정말 불가피할 경우만, "안 돼"라고 대답해야 한다고 말한다. 그는 "내가 아이에게 안 된다고 할 경우에는 그 일을 함께 하는 친구에 대해서도 염려가 되거나, 그 일이 정말 아이들에게 유익한 것인지가 의심스러울 때 뿐입니다."라고 덧붙인다. 스윈돌 박사는 자기의 가정에서는 아이에게 "안 된다"는 말을 하기는 하지만, 그것보다는 왜 안 되는지에 대해 이야기를 더 많이 나눈다고 한다. 그것은 아이들이 나름대로 설명을 하는 과정을 통해 많이 성장하고 부모를 이해할 수 있게 되기 때문이라고 한다("안 돼"라는 그 이유를 생각할 때 아이는 더 성숙해지는 것이 아니겠는가?)

안 된다고 말해야만 할 때가 많지만, 꼭 필요한 일인 데도 때로는 말하기가 매우 어려울 때가 있다. 어린아이들은 미성숙하고 통찰력이 부족해서 어떤 특별한 경우에 그 일의 위험성을 내다보지 못하고 안전이나 건강에 대해서도 잘 생각하지 못하며, 이것은 다른 가족의 안전에도 영향을 미치게 된다.

세 살에서 다섯 살 정도의 아이가 걸어다니면서 이것저것 기웃거리게 될 때쯤이면, 아이는 부모가 안 된다는 말을 꼭 해 줘야 될 행동을 시작하거나 이미 하고 있기 마련이다. 아이에게도 위험스러울 뿐만 아니라 깨질 위험마저 있는 물건에 가까이 가면, 아이의 손을 잡아 물건에서 멀리 떼어 놓고는, "안 돼, 안 돼"라고 말해야 한다. 그래도 아이가 고집을 부리면 단호하게 안 된다고 해야 한다.

그래도 여전히 아이가 떼를 쓰면 살며시 손을 때려 준다.

걸음마를 막 시작한 아이에게는 단지 안 된다고만 하면 되지만, 네 살이나 다섯 살 가량이 되면 "엄마는 이것 때문에 성가신 일이 생기는 걸 바라지 않아.", "이걸 가지고 놀면 위험해.", 혹은 "일곱 살이 되면 갖고 놀게 해 줄께." 등의 말을 덧붙여 주어야 한다.

아이에게 아니라고 말할 때의 언성에 주의하라

아이들은 우리를 시험할 때가 많다. 우리의 권위를 포기한 채 그들이 하고 싶어하는 일을 허락하는지 시험해 보려 한다. 그렇지만 일단 규율과 한계가 정해지면, 아이는 그 안에서 규정된 그 한계를 고맙게 여기며 편안히 지낸다. 아이에게 무엇을 가르쳐 주거나, 특히 거절할 때는 언성에 주의해야 한다. 무엇보다도 대화를 하는 데 아주 효과적인 도구인 목소리의 억양과 톤을 조절하여 권위뿐만 아니라 아이에 대한 사랑과 관심도 전달해야 한다. 물론 그러기 위해서는 노력과 훈련을 필요로 하지만, 이것은 결국 당신의 사랑하는 자녀에게 성의를 보일 수 있는 가장 좋은 기회가 될 것이다.

아이에게 안 된다고 말해야 할 때는 다시 한 번 생각해 본 후에 한다. '안 된다'고 했다가 '해도 된다'라고 번복하는 경우가 많아질수록, 아이들은 당신이 안 된다고 할 때마다 한 번 더 당신을 떠보려 할 가능성이 높다. 결국 이것은 아이와의 계속적인 충돌과 머리싸움만 일으킬 것이며, 불필요한 시간과 에너지를 낭비하게 된다. 또한 아이가 부모를 단순히 관리를 맡고 있는 권위 주체로만 받아들이는 경우에는, 나아가 부모에 대한 신뢰까지도 없어지게 된다.

따라서 당신이 안 된다고 얘기할 때는 단호하게 말하고, 그것을 끝까지 밀고 나가야 한다. 물론 예외는 있다. 상황이 바뀌거나 '된다'는 것으로 대답을 바꿔야 할 정보를 얻게 되면 물론 당신은 대답을 고쳐야 한다. 그러나 바꿀 때는 왜 대답을 바꾸는지에 대해 아이에게 자상하게 설명해 주어야 한다. 그때 당신은 생각이 바뀌었다고 하기보다는 새로운 사실을 알게 되어 새롭게 결정을 내렸다고 말해야 한다.

❦

안 된다는 말은 조심스러우면서도 단호하게 하라!

아이에게 안 된다는 말을 할 때는 적절한 테크닉이 필요하다. 먼저 단번에 안 된다고 하면 아이로부터 곧 반발을 일으키게 된다. 하지만 웬만큼 성장한 아이가 위법 행위나 비도덕적인 일을 꾀하거나 혹은 결정적으로 아이의 관심이 쏠려 있지 않은 경우에는 단호하게 거절해야 한다. 법적으로, 또는 도덕적으로 금지된 일에 대하여 아이가 어떻게 해야 될지에 대해 때로 아내와 남편이 의견을 달리할 수도 있을 것이다. 이럴 때는 단호하게 안 된다는 쪽으로 부모는 의견을 일치시켜라!

예를 들어 맥주 파티에 가도 되느냐는 물음에는 즉각 단호히 거절함으로써 당신의 권위를 세울 수 있고, 또한 그 일은 아이로서의 한계를 넘어서는 것임을 명확히 전달할 수 있다. 물론 부모인 당신이 맥주를 마시거나 칵테일 파티에 간다면 이렇게 하기가 좀 어려울 것이다.

이 경우에는 부모와 자식에게 각각 다른 기준이 세워져야 한다. 그렇지만 이럴 경우에도 당신이 살고 있는 주(州)에서 규정하는 법을 지켜야 한다. 많은 주에서는 법적으로 술을 마실 수 있는 나이를 스물 한 살로 정하고 있다. 어떤 주에서는 18세 이하의 청소년이 술 마시는 것을 허락하고 있지는 않다. 45도의 독한 술을 마시고 취할 수 있는 사람은 가벼운 맥주나 포도주를 마시고도 곤드레만드레 취할 수 있으며, 심지어 죽을 수도 있음을 잊어서는 안 된다.

때때로 당장에 안 된다고 말하고 싶지만 나중에 그 일을 다시 생각해 보고 싶을 경우에는, "얘야, 지금은 안 된다고밖에 할 수 없구나. 그것에 대해 내가 생각해 본 적이 없단다. 오늘 저녁에 아빠가 퇴근하고 왔을 때나 이따가 저녁식사 후에 얘기해 보는 게 어떨까? 내 말은 허락하겠다는 게 아니라, 그 일에 대해 내가 잘 모르니까 더 깊이 얘기할 필요가 있다는 거지."라고 말하라.

그렇지만 당신이 명심해 둘 일은 아이와의 약속은 꼭 지켜야 한다는 것이다. 만약 그 약속을 지키지 않는다면 당신의 신용과 당신에 대한 아이의 신뢰가 한꺼번에 무너질 위험이 있기 때문이다.

그 일이 아이에게 아주 중요한 일이고 가능하면 당신이 허락해 주고 싶어한다는 것을 아이가 알고 있을 때, 아이는 최종적으로 안 된다는 대답을 듣더라도 부모를 이해하며, 반항하지 않고 그 결정을 받아들이게 된다.

❦

안 된다고 말할 때는 이유가 있어야 한다

당신이 안 된다고 말할 때는, 그 이유를 아이들의 판단력이 부족하거나 미성숙한 탓으로 돌려서는 안 된다. 그렇게 하는 것은 아이의 자아상(自我像)을 해치게 되기 때문이다. 안 된다는 이유가 당신 자신의 판단에서 나온 것일 때에만 아이의 요구를 거절할 수 있는 가장 타당한 이유가 된다.

간혹 안 된다고 했을 때——대개 왜 그러냐고 꼭 묻는다——"네 생각에는 왜 안 되는 것 같니? 왜 네가 이 일을 하지 않았으면 하고, 또 그 별난 곳에 가지 않았으면 하는지 알겠니?"라고 다정하게 물어보아도 된다. 그러면 아이는 당신이 생각지도 못한 멋진 이유를 댈 수도 있을 것이다(만약에 당신이 아이에게 늘 공정하게 대했고 대화의 문을 열어 놓았다면 말이다).

당신이 안 된다고 해야 할 경우에, 아이에게 그렇게 말하게 된 것을 기쁘게 생각한다는 인상을 주고 싶지는 않을 것이다. 그런 인상을 준다면 당신은 남의 기쁨을 망쳐 놓는, 아이의 반대편에 서는 사람이 된다. 당신은 아이의 편이다. 자기 자신만의 편이 아니라면 아이의 편이어야 한다. 안 된다고 말할 때는 적당한 이유가 있어야 하지만, 그것을 무슨 엄청난 일인 양 크게 떠벌려서도 안 된다.

나는 우연하게도 우리 애들——특히 밑의 아이들——에게 모든 것에 대해 설명을 해 주어야 하는 데도 못하고 있다는 생각을 갖게 되었다. 만일 시간도 있고 당신의 설명이 아이가 이해할 수 있을 정도로 간단하다면 그 이유를 자상하게 설명해 주는 것이 현명하다.

때로는 논리적으로 설명을 할 수는 없지만, 부모로서의 경험에 비추어 볼 때 아이가 해서는 안 된다는 강한 느낌을 갖게 될 때가 종종 있다. 그럴 때에는 "잘 설명할 수는 없지만, 네게 안 된다고 하는 것이 가장 적절하겠구나. 언젠가는 왜 이렇게 해야 되는지 알게 될 거다."라고 다정하지만 단호하게 이야기해야 한다. 그리고 당신이 아이에게 미안함을 느껴서도 안 됨은 물론이다. 그렇지만 대부분의 아이들은 당신이 계속해서 "단지 그렇게 느껴지기 때문에"라는 이유로 거절을 하면 좌절감을 느끼게 된다. 아이들은 무분별하게 사용하는 "내가 그렇게 말했으니까……"를 거절로 받아들이며, 그렇게 되면 부모에 대한 신뢰성이 없어진다.

언성을 높임으로 문제가 발생될 수 있다

아이들과 대화할 때 부모들이 저지르기 쉬운 가장 심각한 잘못은 소리를 지르는 일이다. 웨인 주립대학에서는 서너 살짜리 어린이 한 팀과 대여섯 살짜리 어린이 한 팀을 대상으로 한 실험에서 흥미로운 사실을 발견해 냈다.

그 어린이들은 몇 종류의 지시를 받게 되었다. 어떤 것은 "박수를 쳐요"와 같은 긍정적인 내용이고, 다른 것은 "발을 만지지 말아요"와 같은 부정적인 내용이었다. 연구원이 부드럽게 얘기할 때는 두 팀의 어린이들이 모두 들은 대로 행동했지만, 연구원들이 언성을 높이면 특히 서너 살 어린이 팀은 반대되는 행동을 했다. 어린이들, 특히 나이가 어릴수록 그들 부모의 강한 목소리 때문에 자신들에게 해로울지도 모르는 일을 하게 되는 것 같았다.

예를 들어 부모가 "밖에 나가 놀아!" 하고 소리를 지르면, 어린아이들은 이 소리에 자극을 받아 인내력을 잃게 되는 것이다(결국 오줌을 싸게 된다).

〈난 할 수 있어요〉의 프로그램 제작자 마미 맥컬러프는 이것을 뒷받침하는 얘기를 해 주었다.

열 살 난 브라이언 맥컬러프는 여덟 살 난 여동생 제니퍼에게 화가 나서 "너 말해 두는데!"라고 소리를 질렀다. 그러자 제니퍼가 그 말을 가로채서는 "나한테 말하고 있지 않아. 소리지르고 있잖아!" (아이의 입에서 나온 말이다.)

차분하고 확신 있고 단호한 것만으로도 권위는 충분히 드러난다. 이럴 때에 아이는 부모를 이해하며 존경하는 마음으로 반응을 보이게 된다. 성 프란시스 드 살르는 "온유함보다 더 강한 것은 없으며, 진짜로 강한 것보다 더 부드러운 것은 없다."고 했다.

진짜 권위는 잘 조절된 상태로서 다정하면서도 강하다. 당신이 마음을 진정하지 못할 경우에, 당신은 이미 당신의 자녀와 그들의 존경하는 마음도 함께 잃어버리게 된다. 그들은 그들 자신이 당신을 이겼다는 것을 알기 때문이다. 적절한 목소리를 유지하면서 단호하게 가르치는 것은 아주 효과적이며, 설득력이 있고 자녀의 용기를 복돋워 준다. 어린이들은 당신의 자신감과 상황에 대한 자제력을 보고, 부드럽고 권위적이며 자신감이 있는 당신의 목소리에 순응하게 된다.

❁

좋은 결과를 얻으려면 '죄송하지만' 이라는 말을 하라

예의바른 대화는 가족간에 쉽게 퍼진다. 아이들이 당신에게 무엇을 부탁하면 "죄송하지만"이라는 말을 하면서 부탁하라고 얘기해 주어야 한다. "엄마, 죄송하지만 우유 좀 더 주시겠어요?", 혹은 "아빠, 죄송하지만 장화 벗는 것 좀 도와 주시겠어요?"처럼 말이다. 게다가 말뿐만 아니라 행동으로도 가르쳐야 한다. 그러기 위해서는 당신도 예의를 갖춘 대화를 해야 한다. 즉, "침대를 좀 정리할래.", 또는 "좀 조용히 해 주겠니?"처럼 말이다. 그리고 부탁한 일을 아이들이 다 끝내면, "고맙구나." 하고 말해야 한다. 그렇게 함으로써 당신은 권위를 떨어뜨리지 않으면서도 예의를 갖추게 되며, 그렇게 본보기를 보임으로써 아이들에게 누군가가 그들에게 무슨 일을 해 주었을 때 고맙다는 인사를 하게끔 가르쳐 줄 수 있다.

이것은 예의뿐만 아니라 순종하는 것도 효과적으로 가르쳐 준다. 헬렌 켈러에 대해, 앤 설리반이 다음과 같이 말했듯이 말이다.

"저는 그 점에 대해 많이 생각해 보았는데, 생각하면 할수록 어린 아이의 마음에는 순종을 통해서 지식은 물론 사랑도 심어진다는 것을 확신하게 됩니다."

❁

제때에 재우고, 제때에 일어나게 하라

때때로 우리는 부모로서 모든 것을——중요하건 그렇지 않건 간에——문제 삼으려고 한다. 내 생각엔 사람들은 누구나 합리적으로 타협하고 싶은 경우가 있는 듯하다.

어떻게 보면 이 말은 지금까지 내가 한 말과 모순이 되는 것처럼 들릴지도 모르겠다. 하지만 나는 아들 하나와 딸 셋을 키우면서 아이들이 얼마나 철저히 다른가를 알았다. 어떤 아이들은 천성적으로 일을 끝까지 미루는 성격이 있는가 하면, 때로는 그런 성격이 아주 어릴 때부터 몸에 밴다는 것도 알게 되었다.

어떤 아이들은 독립심이나 권위에 대항하는 기질이 좀 있으며, 이 성격은 부모가 그들에게 침대를 정리하라고 하거나, 쓰레기를 버리라고, 혹은 옷을 잘 개라고 하거나 아침에 일어나라고 할 때 자주 표출되는 것 같다. 어떤 아이들은 저녁에 활개를 치는가 하면, 어떤 아이들은 낮에 활개를 치고 다닌다. 부모와 자식이 서로의 특성이 어떤지를 잘 이해하지 못한다면 서로가 끝도 없이 부딪치게 될 것이며, 결국 대화를 방해하는 벽만 쌓게 된다.

예를 들어 아이들은 잠자리로 가는 것을 굉장히 싫어한다. 그리고 또 우습게도 그 다음날 아침이면 침대에 누워서 나오려 하질 않는다. 이 일은 어떻게 해결하면 되겠는가? 우리 집의 경우, 아이들에게 그 다음에 할 일을 미리 알려 주면 더 즐거운 생활을 하게 할 뿐만 아니라, 충돌도 꽤 줄일 수 있음을 알아냈다. 또한 "아빠, 딱 15분만 더 있다 자게 해 주세요"라든지, "전화 한 번만 더 걸어도 돼요?", 혹은 "이것만 끝내게 해 주세요"같이 매일 되풀이되는 말을 듣지 않아도 된다.

우리는 결국 아이의 잠자는 시간이 9시라면, "얘들아, 30분만 더 있으면 잘 시간이구나. 30분 후엔 자러 가야 되니까 물을 마시든지 화장실에 다녀오든지 고양이에게 먹이를 주든지 지금 해야겠구나."
라고 말할 수 있게 되었다. 그렇게 해서 우리는 문제를 부분적으로
해결했다.

　그렇지만 아침에 일어나게 하는 데는 나름대로 기술도 시간도 더
들었다. 우리는 먼저 아이의 방문을 두드린 후 문을 열고는 "자, 10
분 남았구나. 10분 후엔 일어나야 해."라고 말함으로써 우리의 노력
도 훨씬 줄일 수 있었고 아이들과 부딪치는 일도 거의 없어짐을 알
았다.

　우리 부부는 아이들에게 애정을 듬뿍 쏟았다. 아침에 깨울 때나
잠자리에 뉘일 때는 아이들을 기분 좋게 만들어 주고 많이 쓰다듬
어 주고 뽀뽀해 주었다. 이렇게 하는 것은, 하루를 시작하고 마치는
데 있어서 사랑과 아껴줌이 아주 효과적인 방법임을 알아냈기 때문
이다.

　세 살에서 일곱 살까지의 아이들에게는 잠자리에서 얘기해 주는
것이 아주 효과적이다. 성경 이야기가 가장 바람직하긴 하지만, 우
리 집에서는 성경 내용을 바탕으로 우리들이 지어낸 이야기를 해
주었다. 사실 가장 효과적으로 시간을 보내고 한 가족을 사랑의 분
위기 속으로 끌어들이는 방법은 지어낸 이야기를 함께 나누는 일이
다.

　지금까지 우리 딸들은 제 자식들뿐만 아니라 다른 모든 아이들에
게 '스키터, 스캐터, 스쿠터' 이야기를 해 주라고 권했다. 그애들이
어렸을 때에는 잠자리에 드는 일종의 의식의 하나로서 아이들이 원
하는 대로 무서운 세 스키터 이야기를 늘 새롭게 지어서 얘기해 주
곤 했는데, 아이들의 좋아하는 모습은 늘 나를 기쁘게 했다.

조금만 머리를 쓰면, 부모로서 당면하게 되는 대부분의 대화 문제를 해결할 수 있으며 다음에 얘기할, 혹시 당신에게 적용될지도 모르는 일들을 없앨 수 있다고 확신한다.

모든 것은 대화로 해결된다

우리는 여러 가지 방법으로 아이들과 대화를 나눈다. 우리의 몸짓을 통해 간접적으로 이야기를 나누기도 하며, 혹은 말로 함께 지내는 시간 동안 그들과 직접 대화를 나누기도 한다. 결과적으로 볼 때 가장 긍정적이거나 부정적인 결과는 아이들과 직접 대화할 때 생긴다. 부모가 아이들에 대해서 어떻게 느끼느냐는, 아이들이 없을 때 또는 아이가 듣지 않는 것처럼 보일 때 나누는 대화에서 종종 드러난다. 그런데 아이들은 이렇게 무심코 듣게 된 말을 믿게 되고, 그에 따라 반응을 보인다.

나는 어떤 부모가 자식을 바보라느니, 괴물이라고 부르는 것을 들었다. 또 "그애가 중3 읽기 시험에서 떨어지면 골치를 썩게 될 거예요. 그애는 결코 훌륭한 학생이 될 수 없다는 걸 알아요. 학교에서도 그렇게 멍청하니…… 하긴 그럴 줄 알았죠. 집에서도 멍청한 짓을 하니까요"와 같은 깊은 생각 없이 아이에 대해 매정한 말을 하는 것도 들었다. 한번은 두 살짜리 아이를 보고 "지긋지긋한 두 살"이라고 말하는 걸 들었다. 그러나 사실은 '엄청난' 두 살이며, '굉장한' 세 살, '공상적인' 네 살, '떠들썩한' 다섯 살, '멋진' 여섯 살, '경이로운' 일곱 살인데도 말이다.

　그렇기 때문에 아이들에 대한 당신의 생각과 태도가 중요하다. 따라서 당신이 '훌륭한 발견자'가 되는 게 중요하다고 할 수 있다. 당신이 아이들에 대해서 긍정적으로 말하고 칭찬하는 것을 들으면, 아이들은 그것이 그들에 대해서 느끼는 당신의 솔직한 생각이라고 믿게 되고, 그에 따라 반응을 보이게 된다. 그래서 이 책의 상당 부분을 당신과 같은 부모에게 할애하고 있는 것이다. 때로는 당신이 아이들을 잠깐 속일 수 있으나, 평생을 그렇게 속일 수는 없다. 당신의 진실된 생각과 태도가 아이들에게 전해질 것이며, 그것은 바람직한 일일 것이다.

　당신은 지금까지 당신의 아이들을 대하는 멋진 태도를 익혀 오지 않았는가?(다행히도 또 종전보다 좋아지고 있지 않는가?) 물론 이 모든 일은 당신의 헌신과 노력을 필요로 한다. 그렇지만 누가 부정적인 세계에서 긍정적인 아이로 키우는 일이 쉬운 일이라고 할 수 있겠는가?

　마지막으로 모든 사람이 원하면서도 사실은 실천에 옮기기 가장 어려운 가족간의 대화에 있어서 중요한 점들을 말하고자 한다. 그것은 듣는 일, 잘 들어 주는 것이다. 아이나 부모는 자신의 말이 상대방에게 주의 깊게 경청되고 있음을 느끼게 되면, 경청자를 존중할 뿐만 아니라 자신의 말의 가치를 인정하게 되어 또한 자신을 존중하게 된다. 그래서 다음 장에서는 자신에 대해 긍정적인 생각을 갖는 일의 중요성에 대해서 언급하려 한다. 어떻게 부모가 자신에 대해서 긍정적인 생각을 갖고, 또 아이들로 하여금 긍정적인 생각을 갖도록 도와 주느냐에 대해서 말이다.

자기 평가의 시간

① 당신이 자랄 때, 당신의 집에서는 대화를 나누는 데에 어떤 방법이 쓰였는가?

② 자녀와 대화를 나누기 위해서 당신은 어떤 식으로 신중히 임하는가?

③ 지글러는 목소리의 크기가 중요하다고 했다. 하지만 우리가 자신의 목소리를 듣기는 어렵다. 당신이 배우자나 아이들과 얘기 할 때, 당신의 목소리가 어떤지 물어보면 뭐라고 대답하겠는가?

④ 아이들의 요구에 안 된다고 대답은 해야 하지만 좀 부드럽게 얘기하려면 어떻게 말하겠는가? 스윈돌 박사의 조언이 당신에게 도움이 되는가?

⑤ 최근에 자녀의 이야기에 귀를 기울여 들은 때가 언제인가? 또 듣고나서는 뭐라고 이야기했었는가?

제 10 장
건전한 자아상(自我像)의 확립

　여기서는 상당한 시간과 지면을 부모에 대해 생각하는 데 할애했다. 왜냐하면 부모의 자아상, 태도, 도덕관은 자녀에게 직접적으로 큰 영향을 미치기 때문이다. 부모의 자아상이 올바르게 정립되었을 경우에 그들이 자녀들을 가르치고 사랑하고 타이르는 방법은, 열등의식으로 괴로워하는 부모가 사랑에 접근할 경우와는 많은 차이가 날 것이다.

　사실 자아상이 중요하다는 것은 누구나 알고 있다. 수천 권의 책과 팜플렛·사설·기사 등이 우리의 자아상에 대해 이야기해 왔다. 그런데도 열등감, 박약한 자아상은 국가적인 문제거리가 되고 있다. 그 이유는 무엇인가? 물론 많은 이유가 있겠지만, 제2장에서도 언급했듯이 사회의 부정적인 측면과 연결되어 있다. 그래서 조소·학대·자포자기 등은 자기는 물론 자녀에게도 몹시 해롭다는 것은 두말할 나위 없다. 그러면 이들 중 한두 가지만 간단히 살펴보도록 하자.

조롱과 학대

어린아이의 자아상에 부정적인 영향을 미치는 것 중의 하나는 조롱이다. 이것은 가족 중의 한 사람이 알콜중독이나 마약 복용·이혼·자포자기·수감생활, 혹은 편모나 편부에 관계된 문제로써 고통 받고 있는 가정에서 자라나는 아이에게 흔히 발생한다. 더 나아가서 비도덕적이고 저속한 부모 밑에서 자라거나, 친구들을 놀러오게 할 수 없을 정도로 주거 환경이 나쁜 경우도 놀림거리가 된다.

자아상에 악영향을 미치는 것은 아이를 학대하는 것이다. 이것은 12장에서 다룰 것이므로, 여기서는 단지 습관적인 포르노·영화·TV·음악에 나타나는 비도덕성이 나아가 가정 파탄을 가져오며, 이 문제가 사회적으로 엄청나게 증가되고 있다는 것만을 지적해 두는 것으로 마치겠다.

조건 없는 사랑의 필요성

조롱, 학대, 잘못 드러내기 등과 같은 것은 모두 해로운 요소들임에 틀림없다. 이것들은 모두 부정적인 사고에서 비롯된다. 그렇게 보면 이것들은 모두 연관이 되어 있지만, 내 개인적인 의견은 어른이나 아이의 자아상이 형편없게 되는 가장 큰 이유는 부모의 따뜻하고 애정어린 사랑을 받아보지 못했기 때문이라고 본다. 대부분의 경우, 아이는 부모로부터 조건 없는 사랑을 받아야만 자신을 용납하는 일이 가능해진다. 이 결론은 개인적인 연구와 우리 학교의 '나는 할 수 있다'라는 제목의 프로그램과, '우리는 승리하기 위해 태어났다'의 세미나를 통한 다양한 연구에서 얻어진 것이다.

무엇이 부모의 조건 없는 사랑인가? 이것은 문장이 의미하는 말 그대로이다. 어떤 전제 조건도 없이, 즉 그가 누구이기 때문에 사랑한다든지, 그가 무엇을 하기 때문에 사랑한다든지 하는 조건을 붙이지 않고 모조건 누군가를 사랑하는 것을 말한다.

그런데 너무 많은 부모들이 안타깝게도 아이가 방을 깨끗이 치워야 그를 사랑하고, 성적을 잘 받아와야, 11시까지 집에 돌아와야, 말을 잘 듣는 착한 어린이이어야만 사랑한다. 다시 말해 아이에 대해서 조건적인 사랑을 한다는 말이다. 이 말은 때때로 아이가 그의 부모로부터도 사랑을 받을 만한 가치가 없다고 느끼게 된다는 것을 의미한다.

이것은 다시 말해 그의 행위가 나쁘면 사랑도 못 받게 된다는 것이다. 만일 부모가 자신을 무조건 사랑하는 것이 아니라, 자신의 착한 행위만을 사랑한다는 것을 아이가 느끼게 되면, 그때는 판도라 상자 속에 숨어 있던 근심거리들이 튀어나오게 된다.

아이가 자신이 부모의 사랑을 받을 만한 가치가 없다고 느끼게 되면, 아이는 스스로를 사랑받을 수 없는 사람이라고 여기게 된다. 그렇게 되면 당연히 아이는 자기 자신을 사랑하거나 좋게 생각할 수 없을 것이고, 도대체 부모가 아닌 그 누가 그 아이를 사랑하겠는가? 아이 스스로도 자신을 아무 가치가 없는 사람, 무용지물이라고 느끼게 되는 것은 시간 문제이다. 그러한 쓸모 없는 사람이라는 생각이 자아상 확립에 주는 심각한 타격은 엄청난 불행이다.

보잘것없는 자아상의 표출

자아상이 보잘것없는 사람은 그의 본색을 여러 가지로 드러낼 것이다. 한 젊은이에게 마약은 나쁜 것이니 마약을 가까이하지 말라고 하면, 그 젊은이는 "그런 말 하지 마세요. 친구들이 그러는데 마약은 아주 신나는 거래요. 날 대단한 사람처럼 느끼게도 해 주고 갱단처럼 느끼게도 해 줄 거래요. 게다가 난 아무것도 가진 게 없으니까 잃을 것도 없는 걸요"라고 할 것이다. 부모들은 기억해야 할 것이다. '아무 존재 가치도 없는', 그래서 누군가에게 이상하고 잘못된 일을 저질러서라도 인정을 받고 갱단의 '누군가'가 될 기회가 조금이라도 보인다면, 아이는 인정받고, 뭔가 '의미가 있는' 사람이 될 부정적 기회로 기꺼이 뛰어들 것이다.

그 젊은이에게 공부를 하고 방을 정돈하고 법을 준수하라고 해 보자. 그는 늘 이렇게 생각할 것이다. '왜 내가 그것을 해야 되지? 내 앞에는 할 일이 쌓여 있어. 남들은 모두 휴식을 취하는데 난 도대체 이 조직적인 사회를 당해낼 수가 없군. 게다가 난 아무 쓸모가 없는 사람인걸. 내겐 어떤 좋은 일도 어울리지가 않아. 나는 그럴 가치가 없는 놈이야. 그런데 왜 즐기면 안 되지? 용기를 내서 잔뜩 마약이나 먹고 술에 흠뻑 취해서 여자랑 잠도 자 보고, 갱단이 되려면 꼭 해야 된다는 것도 해 보고, 그러면 왜 안 되냐구? 나는 내가 싫어, 내가 잃을 게 뭐가 있지?'

우리가 학교에서 겪게 되는 가슴 아픈 장면 중의 하나는, 볼품 없는 자아상 때문에 모든 일에서 재미를 찾아내야 하고 주위의 웃음을 자아내려고 계속 장난을 쳐야 한다고 느끼는 장난꾸러기들의 모습이다. 그 행동을 보고 다른 학생들이 웃음을 터뜨리고 그를 비웃는 것도 그에게는 일종의 인정을 받는 것으로 느껴진다. 그는 아무에게도 무시받지 않는 것처럼 생각하는 것이다. 극단적인 경우 그 아이는 학교에서 제명되기를 바라기까지 한다. 시험에 합격할 가능성을 전혀 못 느끼기 때문이다. 그래서 낙제점을 받느니 차라리 학교에서 쫓겨나는 게 더 낫다고 여기는 것이다.

자아상이 비참한 경우, 10대들에게 일반적으로 나타나는 현상은 의기소침함, 우울감을 들 수 있다. 특히 우울이나 자기 환멸이 극에 이르면 자살로 이어지기 때문에 이것은 중요한 문제이다. 미국에서 어린이의 사망 이유 가운데 두 번째를 차지하는 것이 바로 자살이다(《유에스 뉴스 앤드 월드 리포트》 1984년 11월 12일자). 사람은 자신을 별볼일 없다고 여기게 되면, 인생의 가능성에 대해서도 그다지 기대를 하지 않게 된다. 그렇기 때문에 우울은 영상화가 되고, 그것은 결국 비참하게도 자살의 준비작업이 되고 마는 것이다.

자신에 대해 부정적으로 생각하는 사람들은, 다른 사람들은 어떻게 그들 자신을 존중하는지를 이해하는 데 애를 먹는다. 그래서 내적인 갈등을 겪게 되며, 그 결과 인간관계까지 망치게 된다. 또 자신에게도 해로운 것을 친구에게 부탁해서 거절이라도 받게 되면 그는 더욱 우울에 빠지게 된다.

그런데 내가 이러한 성격들을 규정해 보고자 하는 이유는 이것이 당신의 자녀에게 잠재되어 있는 문제점을 발견하는 데 도움이 되고 자녀들을 다루는 일에도 더욱 효과적이라고 생각하기 때문이다.

흔한 일 중의 또 하나는, 여자아이들이 자아상이 아주 형편없는 까닭에 자신을 무용지물로 느껴서, 자기는 몸밖에 줄 게 없다고 생각하는 경우이다. 그래서 남자가 조금만 그녀에게 관심을 보여도 그녀는 곧 그의 손아귀에 잡히게 된다. 물론 이것은 TV 주인공을 맡은 10대들이 요란한 색깔로 보다 관능적으로 적나라하게 안방을 침범하는 것과 연관된다.

만일 자아상이 형편없는 젊은이가 다른 사람은 모두 애인이 있는데 자신은 애인이 없다고 느끼면, 그는 누군가를 유혹하려고 자극적으로 몸치장을 할 것이다. 브래지어를 하지 않는 소녀들은 이러한 감정 상태를 잘 보여 준다. 어떤 인간관계든지 육체적으로 이끌려서 이루어진 경우 그 생명은 아주 짧다. 그렇기 때문에 자녀가 이성(異性)에 처음으로 눈뜨기 시작할 때 부모는 이를 주의 깊게 관찰해야 한다. 지혜로운 부모라면, 아들이나 딸이 자극적인 옷을 입으려면 곧 관심을 기울일 것이다.

초라한 자아상은 어떤 일, 어떤 삶의 영역에도 해로운 영향을 끼칠 수 있다고 해도 과언이 아니다. 만일 당신의 자아상이 초라하다면, 혹은 당신의 자녀가 그렇다면, 나는 당신에게 필요한 도움을 주고 싶다. 그럼 어떻게 하면 그 보잘것없는 자아상을 바로잡을 수 있는지 알아보기로 하자.

🏵 무엇이 다른가?

사람은 모두 서로 다르다. 어른이든 아이이든, 10대 청소년이든 우리는 모두 독특한 개개인이다. 한 가족 내에서도 여자 형제는 복잡한 컴퓨터를 고칠 만큼의 재주가 있는가 하면, 다른 형제는 전구도 못 갈아낄 정도로 일이 서투른 경우도 있다. 한 형제는 모델처럼 잘 생긴 데다 총명해서 학교에서 100점만 받는 학생인가 하면, 다른 형제는 겨우 70점을 받는 데다 매력적이지 않다는 생각과 부끄러움을 극복하려고 무척 애를 쓰는 경우도 있다.

그렇기 때문에 아이들에게 같은 것을 기대한다거나, 더욱이 그들을 똑같이 다뤄서는 사회에 기여할 수 있는 긍정적인 사람으로 성장시킬 수가 없다. 그러나 아이의 지능이나 건강 상태나 용모에 상관없이 아이가 갖게 되는 자아상은, 부모가 그 아이를 어떻게 생각하고 느끼는가에 따라 크게 좌우된다는 것을 명심해야 한다.

부모들이여, 명심하라! 일반적으로 재능이 많은 아이는 친구들에게 인정을 받거나 자신에게도 긍정적으로 생각하기 쉽다. 이런저런 이유 때문에 안타깝게도 자신을 비난하게 되는 경우는 재능이 좀 떨어지는 아이의 경우이다. 이런 아이들에게 부모는 '좋은 점을 찾아 주어야' 하고, 아이의 용기를 북돋워 주어야 한다. 또 그 아이에게 각별한 애정을 쏟아야 하며, 동정과 지혜로 아이를 대해야 한다.

자아상을 위해 할 일과 하지 말아야 할 일

이번에는 몇몇 예와 함께 당신과 자녀의 자아상에 큰 영향을 미치게 될 해야 할 것과 하지 말아야 할 것을 살펴보겠다. 이들 중 몇 가지는 이미 다른 장에서 더 상세히 다루었음을 알 수 있을 것이다. 그렇지만 상관없다. 이 자아상에 관한 이야기는 긍정적인 아이를 키우는 데 있어서 기본이 되는 것으로 이 책의 전반에 씌어져 있다. 왜냐하면 이 책이 다루고 있는 전체 주제는 아닐지라도 크게 영향을 미치고 있기 때문이다.

① 부모는 아이에게 자신이 학교 다닐 때 잘했던 것에 대해 자꾸 얘기하고 싶어지는 것을 참아야 한다. 혹자는 농담으로, 시간이 많이 흐른 탓에 부모의 성적도 좋아져 버렸다고도 꼬집고 있다. 사실 대부분의 부모는 아이가 모든 과목에 있어서 100점 맞는 성적표를 받거나, 품행이 완벽하다는 칭찬을 받거나, 100퍼센트 출석하는 등 학생들에게는 현실적으로 불가능한 것들을 요구한다.

② 부모는 아이에게, 자신이 받아들이지 않는 한 그 어느 누구도 그를 열등하게 느끼도록 만들 수 없으며, 결코 열등하게 취급하도록 내버려두어서도 안 된다는 것을 가르치고, 또 자주 상기시켜 주어야 한다. 신은 결코 실수하지 않는다는 것을 알게 해야 한다. '신은 결코 실수하지 않는다'는 속담처럼 누구의 삶이든 의미가 있다는 것을 말이다.

다음에 인용하는 문장을 이해하고 받아들이면 누구라도 자신의 자아상을 발전시킬 수 있을 것이다. 일찍이 성 어거스틴은 "사람들은 높은 산과 엄청난 파도와 긴 강과 넓은 바다와 별의 운행을 의아해하며 여행을 떠나면서도, 자신에 대해서는 전혀 의아해하지 않고 지나쳐 버린다."라고 지적하지 않았던가!

③ 다른 사람이 당신을 어떻게 보느냐에 따라서 당신의 성품이 판명되므로 부모가 아이들에게 대화를 나누고 '일을 처리해 나가는 법'을 가르치는 것은 아이 인생의 전반에 대단히 중요하다. 그래서 부모가 아이들로 하여금 세상을 황홀한 눈으로 바라볼 수 있게 도와 주라는 것이다. 물론 그 방법은 여러 가지가 있다.

예를 들어 아이가 다른 사람에게 소개될 때는 예의바르면서도 아주 기쁘게 "만나게 돼서 정말 기뻐요"라고 말하도록 가르쳐야 하며, 그 사람의 이름을 부르도록 가르쳐야 한다. 그러므로 아이는 보다 사회성이 발달하게 되고, 친구를 많이 얻게 될 것이다. 또한 아이들은 친구를 자신의 가치나 중요성을 판단하는 척도로 여기게 된다.

대화를 마치고 나면, "알게 되어서 아주 기뻐요"라든가, "만나게 되어 정말 기뻐요"라고 말하면서 그 사람의 이름을 다시 부르게 한다. 또한 예의바르게 부탁하는 법과 감사를 표하는 법, 그리고 악수하는 법도 가르쳐야 한다. 사람들과 악수할 때 죽은 물고기같이 하는 악수나 마치 힘자랑을 하는 것 같은 악수가 아닌, 따뜻하고 멋진 악수를 하는 법을 아이에게 가르쳐야 한다는 말이다

전화벨이 울리면 재빨리 받게 하며, 전화 거는 사람이 전해 줄 좋은 소식을 오래 전부터 기다려 온 것처럼(마치 당신이 받은 것처럼) 즐겁게 전화를 받도록 가르친다. 또한 같은 반 친구들이나 부모님

의 친구분들을 반갑게 맞아들이는 법도 가르쳐야 한다.

아이를 다른 사람에게 소개할 때는, 아이 자신이 대단히 귀한 사람임을 보여 준다. 아이가 여섯 살이나 일곱 살이 되기 시작하면 특히 이렇게 해야 한다. 아이를 소개할 때 "이애가 제 아들입니다.", 혹은 "이애가 제 딸입니다."라고 하며 특히 억양에 신경써서 말해야 한다. 당신이 억양을 어떻게 하느냐에 따라, 당신이 그애를 사랑하며 가문을 자랑스러워한다는 것을 전해 줄 수도 있다. 혹은 그애가 당신에게 별로 대단치 않은 존재라는 것도 전해 줄 수 있다.

④ 무엇인가를 완성하는 일도 자아상을 고양시키는 데 크게 기여한다. 기회가 닿는 한, 자주 아이에게 단지 시작만 해 두고 끝을 맺지 못한 집안일을 하도록 시킨다. 일하는 계획표와 실행 가능한 시간을 짜줌으로써 일이 끝날 수 있다는 것을 확신할 수 있도록 도와 줄 수도 있다. 예를 들자면 넓은 정원의 잔디를 깎아야 하는 어린 이에게 일을 두 번에 나누어 하도록 해서, 전체를 생각하면 불가능해 보이지만 일을 조금씩 순서대로 해나가다 보면 일이 끝나게 된다는 것을 알게 해 준다. "마일이라고 생각하면 아주 힘든 일이지만, 인치로 생각하면 아주 손쉬운 일이다."라는 말을 당신도 이미 수천 번은 더 들어 오지 않았는가 !

⑤ 당신은 아이들이 조심스럽게 친구를 선택하고 인생을 낙관적으로 보고 의식 수준이 높은, 포부가 있는 사람들과 어울리도록 신경을 쓰라. 그 결과는 사실 엄청난 것이다.

몇 년 전에 일리노이 주의 벨빌에 있는 한 고등학교에서 있었던 일이다. 〈하이 뉴 시디즌 상〉을 타도록 선정된 아홉 명의 학생 중 세 명은 중학교 때부터 같이 사귀던 모임 출신이었다. 그 모임은 모두 열한 명으로 결성되어 있었다. 그런데 의미심장하게도 이 열한 명은 모두 투표의 마지막 과정까지 후보자로 남아 있었다. 여기에서 알 수 있듯이 인생을 긍정적으로 생각하는 사람과 함께 지내면, 그만큼 아이는 인생에서 성공할 가능성이 많게 된다.

⑥ 사실 모든 사람이 두뇌·신체·외모 등의 '모든 부분'에서 뛰어날 수는 없지만, 아이로 하여금 자신은 적어도 다른 사람들처럼 정직하고 예의바르며 명랑하고 성실하며 신의가 있고 활기가 넘칠 뿐 아니라, 긍정적인 수백 가지의 일들 중에 무엇이든지 할 수 있다는 사실을 납득시킬 수 있다. 이런 장점들은 결혼생활이나 사업에까지 영향을 미치게 되며, 물건을 사려는 고객을 찾아내는 데도 도움이 된다. 이런 자질을 가지고 아이들이 무엇을 할 수 있으며, 자신이 어떤 사람이 될 수 있고, 무엇을 얻게 되는지 이해하게 된다면, 이미 당신은 아이를 긍정적으로 키우고 있는 것이다.

대개의 경우, 어린아이들은 긍정적인 자질에 대해 깊이 생각하지 않기 때문에 자신에게 실망한다. 여러분은 모두 '응원 단장'이 되어 아이들의 용기를 돋워 줄 필요가 있다.

⑦ 아이에게 가르쳐야 할 것 중에서 읽는 것을 가르치는 것도 중요한 일이다. 시카고 13번지 감독관인 앨리스 블레어 박사는 '불가능한' 교육 환경을 다룸에 있어서, 이미 단련된 '사랑의 접근 방법'을 통해 엄청난 성공을 했는데, 그녀의 말에 의하면 10대 소년 범죄자의 90퍼센트가 3학년이 되기 전에 글을 읽기 시작했다고 한다. 비행(非行)은 자존심의 또다른 형태로 글을 읽을 줄 모르면 거의 불가능하다고 한다. 글을 읽는 것은 인생 전반에 걸쳐 매우 중요한 도구이다.

어휘 문제라면 당신은 여러 가지 자료 중에서 적당한 것을 구할 수 있을 것이다. 도서관이나 책방에는 바로 당신의 자녀 수준에 맞는, 어휘를 익히는 데 도움을 줄 만한 책들이 많다. 매일 저녁 10분씩만 한 단어씩 새로운 말을 가르치고, 아이로 하여금 책 이외에서 새로운 말을 하나씩 익히도록 유도해 보라. 그리고 당신이 새로 배우게 된 말을 아이와 함께 익혀 보라. 이러한 방법은 아이가 어른의 말을 배우기 시작하는 데 아주 효과적이며, 이렇게 배운 말은 평생 의미 있게 남을 것이다. 물론 당신에게도 많은 도움이 될 것이다.

⑧ 아이의 자아상을 확립해 주려면 예의를 가르쳐야 한다. 우리 사회는 최근 몇 년 동안 사람들을 말할 수 없이 바쁘게 만들어서, 부모들이 아이들에게 도대체 일반 예절이나 식생활 예절, 그 외의 것을 가르칠 시간이 없었다. 그렇다고 해도 아이에게 이런 것을 교육시키지 않는 것은 부모로서 커다란 태만이 된다.

그러나 많은 부모들이 간단한 식탁 매너도 모르고 있다. 입에 음식을 가득 씹은 채 이야기를 하거나, 포크를 마치 야구방망이라도 잡듯 움켜쥔다. 한번에 고기를 다 썰어 놓는가 하면, 어느 음식을 먹을 때 어떤 스푼을 사용해야 될지도 모르고, 설탕을 저은 스푼을 차나 커피 속에 그대로 담궈 놓고, 테이블 건너편까지 손을 뻗친다든지, 이를 쑤시면서 집이나 식당을 나서는 등 여러 경우가 있다. 만일 식탁 매너에 대해 잘 알지 못할 경우, 그런 기술과 예절을 배울 수 있는 곳에 가서 지도받을 것을 권하고 싶다.

⑨ 또한 자녀에게 상상하는 법을 가르쳐 주라.

몇 년 전 내가 살을 뺄 때에 즐겨 애용했던 방법이 있다. 목욕탕

거울 앞에 기수복을 입고 서 있는 사람을 그려본 뒤 내 자신을 그 사람으로 생각하는 것이었다. 이것은 매주 효과적인 상상력 활용법 이었다. 나의 상상이 실현되던 어느 날, 나는 내 자신이 아주 날씬 해졌음을 깨달았다.

어떤 분야에서나 성공한 사람들은 이 상상력의 과정을 거친다. 유명한 골프 선수인 잭 니클라우스는 '공이 구멍으로 들어가는 것을 본다'고 했다. 댈러스 카우보이즈 팀의 라파엘 셉틴은 공을 차기 전에 골문 한가운데로 공이 들어가는 것을 '본다'는 것이다. 위대한 작곡가나 극작가들은 오선지에 악보를 옮기기 전에 이미 완성된 작품을 '본다.'

그러므로 긍정적인 아이를 성공적으로 키우려면 부모들도 아직 어린아이들을 보면서 그애들이 더 말할 수 없이 세련되고, 유능하며 긍정적인 어른이 되어 있는 것을 '보아야' 한다. 뿐만 아니라 아이들 자신도 장래에 훌륭한 사람이 되어 있는 자신의 모습을 '볼 수 있도록' 해 주어야 한다. 경영에 참여하든지, 유명한 운동선수로 뛰든지, 훌륭한 배우자나 부모가 되든지, 혹은 사업을 직접 소유하게 되든지 간에 당신이 원하는 모습으로, 그 위치에 있는 당신 자신을 볼 필요가 있다.

⑩ 건전한 자아상을 확립하는 데 있어서 가장 중요한 요소 중의 하나는 긍정적이고 사랑이 넘치는 환경을 조성하는 일이다. 물론 집안에서의 분위기와 태도에 대하여 말하는 것이다. 우리 집에 전화가 오면, 나는 여러 가지 방법으로 전화를 받는다. 수화기를 들고는 노래하듯이 "좋은 아침 되세요"라고 한다. 대개 상대방은 잠깐 아무 말이 없게 마련이다. 그러면 또다른 곡조를 흥얼거리면서, "말

씀하지 않으시면 끊겠습니다."라고 말한다.

이렇게 말하면 전화건 사람은 으레 "실례지만 누구시죠?" 하고 묻는다. "당신을 도와 줄 수 있는 사람입니다. 그런데 누구를 바꿔 드릴까요?" 하고 내가 말하면, 전화 건 사람은 또 내게 묻는다. "오늘 정말 기분이 좋으세요?" 그러면 나는 "물론이죠, 몇 년 전에 오늘을 기분 좋게 보내리라고 작정했거든요." 하고 대답한다. 심리학자들에 의하면, 당신이 바라는 바에 따라 실제로 당신의 느낌이 결정된다고 한다.

때때로 여섯 살 난 손녀 키퍼(관리자)――우리가 그녀를 보았을 때 우리는 '키퍼' 한 명을 얻게 되었기 때문에 그렇게 이름을 지었다――나 아홉 살짜리 손주 선샤인(햇빛)을 찾는 전화가 오면, "안녕, 나는 키퍼(혹은 선샤인)의 멋진 할아버지란다."라고 대답한다. 그 말을 듣는 사랑스런 손주 녀석들의 얼굴은 참으로 볼 만하다. 그러나 무엇보다도 중요한 점은 그것이 그애들의 장래에 미칠 영향이 크다는 것이다.

내가 전화를 받을 때 즐겨 대답하는 것 가운데, "안녕하세요 진지글러의 행복한 남편입니다."가 있다. 이 말은 사실이지만, 다른 사람에게 점수를 올려줄 수 있기 때문에 나는 좋아한다. 뿐만 아니라, 전화를 건 사람도 자신의 배우자에 대해 장점을 내게 얘기해 줄 수도 있다.

가정에 사랑과 행복이 가득하면 가족 구성원의 기분이 좋아질 것이며, 집에 있기를 좋아하게 된다. 이렇게 되면 아이들도 친구 집에 가서 놀지 않고, 집으로 친구를 놀러오게 한다. 솔직히 말해서 나는 내 아이들에게 무슨 일이 일어나는지 전혀 알 수 없는 곳에서 놀게 하기보다는 애들이 좀 많더라도 집안에서 놀게 하고 싶다. 그러면 아이에게 무슨 일이 벌어지고 있는지를 잘 알 수 있어 마음이 놓인다.

⑪ 어린아이의 자아상을 확립시켜 주기에 가장 적합하면서도 쉽고 빠른 방법은, 개인보다는 좀더 큰 가치 있는 집단의 주요 구성원이 되어 그에게 자부심을 느끼게 해 주는 것이다. 이 책의 다른 부분에서도 언급했듯이, 이것은 가정에서부터 출발하는 게 좋다. 그렇게 되면 교회·학교·지역 단체 등 어느 집단을 통해서도 아이는 자부심을 느낄 수 있게 된다.

⑫ 자아상을 확립하는 아주 효과적인 방법은, 하루를 시작할 때 거울을 바라보면서 그날 하루 최선을 다할 것과 자신에게도 그날 하루가 최선의 날이 되도록 노력할 것을 선서하는 일이 필요하다. 그리고는 선서한 대로 실천하는 것이다.

잠자리에 들 때에도 자신을 바라본 채 정직하게 "나는 오늘 최선을 다해서 살았어."라고 말하라. 당신이 최선을 다했다는 사실보다 더 당신을 기쁘게 할 일은 없다. 당신이 아이이든 어른이든 정말로 그렇게 된다. 또한 이런 과정은 그 누구보다도 당신의 성공과 행복에 관계가 있다. 왜냐하면 당신의 재질을 바탕으로 자신을 '최고로' 만들어 줄 것이기 때문이다. 그리고 아이들에게 최고가 되는 방법을 가르침으로써 그들에게도 확고한 자아상을 확립할 수 있게 된다.

⑬ 때때로 아이들은 신체적 결함 때문에 부정적인 자아상을 갖게 된다. 특히 코가 크거나, 귀가 뻗쳤거나 언청이인 경우에는 더욱 그렇다. 그렇지만 이 문제는 개인별로 깊이 있게 살펴보는 심리학적 접근을 필요로 할 때가 많다. 특히 이때에는 '신중성이나 충고'가

가장 핵심이 될 것이다. 그런데 나는 드문 경우이긴 하지만 성형수술을 받은 후 극적으로 성격이 변하는 경우도 보았다.

생각해 보면 참 믿기 어려운 일이지만, 우리 부부는 막내 딸아이 줄리가 일곱 살 때 자신의 귀에 대해 이야기했을 때에도, 그 문제를 전혀 인식하지 못하고 있었다. 그때까지 우리는 수천만 번도 넘게 그 딸애를 보아 왔지만, 줄리는 언제나 명랑하고 눈이 맑으며 아주 예쁜 외모였다. 그런데 그애가 갑자기 "아빠, 제가 귀를 가리느라고 늘 머리를 기르고 있는 거 아셨어요?"라며 울었다. 나는 한 번도 그것을 눈치채지 못했다. 결국 그애는 자신의 귀가 어떻게 뻗쳐 있는지 나에게 보여 주었다.

솔직히 말해서 지금도 나는 그애의 귀가 그렇게 뻗쳐 나왔다고는 생각하지 않지만, 그애에게는 그것이 심각한 문제였다. 자기 스스로가 그렇다고 인정하는 한, 그것은 심각한 문제이다. 그래서 아내와 나는 딸아이에게 성형수술을 받게 해야겠다고 작정을 했다. 당신이 요즘 우리 딸아이를 보게 되면 귀를 내놓고 있는 것을 발견하게 될 것이다. 그렇다. 수술이 그 아이에게 자신감을 주고 자아상을 바꿔 놓은 것이다.

보다 건전한 자아상을 확립하기 위해서 부모가 해야 할 일과 하지 말아야 할 일을 다시 살펴볼 때, 이 모든 작업은 결국 아이로 하여금 자신을 인정시키기 위한 것임을 명심하라. 아이러니컬하게도 일단 본인이 자신을 인정하고 나면, 다른 사람이 그 사람을 인정하기란 시간 문제이다. 그렇게 되면 아이는 다른 사람에게는 물론 그의 친구들조차도 그와 친해지려고 한다. 이 과정 역시 그야말로 훌륭한 이미지를 구축하게 되는 길이다.

자아 확립에 대해 마지막으로 덧붙이는 말

당신의 자녀가 아홉 살에서 열다섯 살 가량 될 때가 인생의 다른 어느 때보다도 마약을 복용하게 되거나 나쁜 짓을 하게 될 위험성이 가장 높다는 것을 나는 확실히 말해두고 싶다. 이 시기는 아이에게 있어서 신체적·정신적으로 변화가 많은 아주 중요한 때이다. 게다가 이 시기는 방송매체나 친구·가정·교회·학교를 통해 여러 가지의 가치관을 받아들이게 된다. 그런데 이 다양한 가치관은 서로 상충될 때가 많아서 아이는 어느 것이 올바르고, 어느 것이 그릇된 것인지에 대해 혼란을 겪게 된다.

바로 이러한 때에 아이들은, 당신이 그들에게 다가가 안아 주고 입맞추어 주면서 당신이 그들을 무척이나 사랑하며, 또한 그들을 필요로 하고 있다고 말해 주기를 간절히 바란다. 아이들에게는 이러한 다가감이 절실히 느껴질 뿐더러, 당신의 이런 다가섬이야말로 참으로 그들이 원하는 것이다. 그런데 우습게도 아이들은 부모를 가장 필요로 하는 상대로 여겨 편하게 느끼면서도, 한편으로는 당신과 함께 있는 것을 가장 불편해한다. 그래서 아이들은 자꾸 당신에게서 멀어지려고 할 것이다. 이렇게 멀어질 때, 당신은 아이를 너무 윽박지르지 말고 오히려 그들을 이해하면서 다가서야 한다.

또한 이 시기에 아이는 학교를 두 번 정도 바꾸게 된다. 자녀들은 새로운 관계, 새로운 시기로 인해 새로운 압박이나 친구, 그밖의 영향으로 인해 상처받기가 쉽다. 전에 다니던 학교에서는 인정받는 잘 알려진 학생이었는데, 새 학교로 전학오게 됨으로써 완전히 새로운 환경에 접하게 되는 것이다. 이렇게 적응을 못 하고 있을 때, 마약을 사용하는 아이들과 제멋대로 행동하는 아이들이 새로 전학 온 아이에게 손을 뻗치려 하는 경우가 많다. 우리 딸애의 경우에, 우리가 처음으로 댈러스로 이사갔을 때 학교에 간 첫날 마약을 사용할 것을 권유받았다고 한다. 그러므로 이 시기에 특히 아이에게 관심을 갖고 주의를 기울일 필요가 있다. 이 시기는 아이가 행복하게 자라나는 데 있어서 아주 중요한 시기이기 때문이다.

당신은 시간을 내어 아이와 함께 지내고, 아이에게 늘 신경을 쓰면서, 아이의 친구를 주의해서 살피며, 또한 아이가 학교에서 있었던 일이나 사람들에 대해 이야기할 때 그것을 주의 깊게 들어야 한다. 그런데 아이가 그 이전까지의 있었던 일을 모두 얘기하지 않았을 경우에는, 새로 학교를 바꾸었을 때에도 부모에게 새삼스럽게 학교에서 있었던 일을 모두 얘기하지는 않을 것이다. 그렇기 때문에 아이와의 대화는 그 이전부터 생활화되어야 하는 것이다.

✿ 자기 평가의 시간

① 아이가 자신의 부정적인 자아상을 어떻게 드러내는지 말해보라. 당신의 자녀는 어떤 성격을 지니고 있는가?

② 당신은 자아상을 확립하기 위해 해야 될 일을 규칙적으로 몇 번씩이나 실천하고 있는가?

③ 지그는 아이의 자아상이 화립되는 데 있어서 왜 아홉 살에서 열다섯 살 때가 중요하다고 했는지 요약해 보라.

④ 지그는 이 중요한 시기에 부모들이 특별히 어떻게 해 주어야 한다고 제안하고 있는가?

⑤ 자녀들과의 관계에 있어서 조롱이나 학대는 금지되어야 한다. 당신은 이에 당신은 동의하는가? 만약 그렇다면 어떻게 그것을 실천하고 있는가? 그렇게 함으로써 가정에는 어떤 이로움이 있겠는가?

제 11 장
성(性)

축복인가, 저주인가

인생의 제반 요인들 가운데에서 선이나 악에 대한 가장 많은 잠
재력을 갖고 있는 것이 성(性)이다. 성이 신의 의도대로 올바르게
사용될 때, 그것은 진실로 더욱 많은 기쁨과 행복을 가져다 줄 것
이다.

그것은 거의 불가해한 아름다운 사랑의 관계 속으로 남편과 아내
를 데려다 줄 것이며, 인류를 영속케 하여 세대와 세대간을 통해서
가족적인 사랑이 계속되도록 해 줄 것이다. 그러나 부도덕한 방식
으로(혼외 정사) 성이 잘못 사용되고 무절제해질 때 성(性)은 우리에
게 다른 어떤 요인들보다도 더욱 커다란 슬픔을 안겨 준다.

❦

누가 저니와 메리에게 성을 가르쳐 줄 것인가?

오늘날의 교육에서 가장 열띤 논란의 대상은 학교에서의 성교육 문제이다.

많은 사람들이 사회적으로 날로 늘어가고 있는 불의의 임신·낙태·에이즈(*AIDS*)·성병 등의 사례들을 방지하거나 감소시키기 위한 성교육의 절대적 필요성을 솔직하게 느끼고 있다. 반면 그것에 반대하는 이들도 많다.

도덕적 가치의 수반이 없이 성교육이 실시되는 지역에서 난혼(亂婚)·임신·성병 등이 헤아릴 수 없을 만큼 늘어간다는 증거가 확실하게 나타나 있다. 우리에게 참으로 필요한 것은 학교에서의 산아제한에 관한 더욱 많은 정보가 아니라, 가정에서의 도덕적 가치와 자기통제에 대한 가르침이라는 것이 바로 나의 확고한 신념이다.

아이들은 매우 어렸을 때부터 TV나 음악, 잘못된 정보가 실려 있는 기사 등에 의해 성적(性的) 충동을 받아 왔기 때문에 성교육은 어렸을 때부터 부모가──그리고 매우 드문 경우에 학교가──가르쳐야만 한다는 점을 또한 믿고 있다.

❦

성교육은 매일 실시되고 있다

만약 어머니와 아버지가 아이들 앞에서 공공연하게 서로를 깊이 생각하고 사랑한다는 증거로 두 손을 잡고 사랑을 표현하며, 성적

인 충동으로서가 아닌 포옹을 보여 준다면, 일찍부터 아이들은 가
족이란 하나의 사랑의 단위이며, 자기 자신의 배우자를 갖는다는
것은 근사한 일임을 배우게 된다.

부모가 서로에 대해 친절과 애정을 표현할 때 아이들은 자신과
반대되는 성(性)에 대한 올바른 태도와 행동에 관해서 다른 어떤
방법에 의해서 보다 더욱 많은 것을 배우게 된다. 그러한 부모들은
그들의 아이들에게 그들이 관찰할 수 있는 성교육에 관한 효과적인
평생 실험실을 제공해 준 셈이다. 이것은 아이들에게 성과 그들의
인생에서의 성의 역할을 가르쳐 줄 문을 효율적으로 열어 준다.

솔직히 나는 내 아들이 이웃에게, 엄마와 아빠가 집에서 싸우고
있다는 말보다는 어머니와 아버지가 집에서 서로 껴안고 있다는 말
을 퍼뜨리는 편이 더 좋다고 생각한다. 내가 아는 바로, 내 아들은
내가 자신의 어머니에게 부드럽고 빠르게 키스를 해 주는 모습을
결코 본 적이 없다. 그러나 우리가 손을 잡고 껴안은 모습을 그 아
이가 자주 보았었다는 것을 알고 있다.

부모들이 어린아이로서는 같이 연출할 수 없는 애정표현을 부부
간에 표현하고 즐기는 모습을 보여 주어야 한다고는 생각하지 않는
다. 그럼에도 불구하고 나의 아들은 엄마와 아빠가 서로를 사랑하
는 명확한 그림을 지니고 있었다. 그로서는 부모가 서로를 사랑하
고 껴안는 모습을 본다는 것은 TV를 보면서 역겨워하지 않을 정도
로 '정상적'인 일인 것이다. 나는 그것이야말로 아이가 결혼할 여자
와 영원하고 긍정적인 관계를 유지하면서 자라나갈 긍정적인 아이
로 커갈 수 있는 최선의 방법이라고 믿는다.

❦
성교육

　성교육은 약 네 살이나 다섯 살 때부터 시작하는 것이 좋다. 많은 책들이 당신의 이 일을 도와 줄 수 있다. 이러한 책들은 자연스러운 방법으로 성의 문을 열어 줄 것이며, 몇 달, 몇 년 앞서서 어린 아이의 성교육을 지속시켜 줄 것이다. 이러한 접근방식은 당신의 아이가 성적 고통을 당하게 될 가능성을 극적으로 감소시킨다(아이들을 성적으로 괴롭히는 사람 중의 80퍼센트 이상이 가족, 친구, 그리고 믿을만하다고 생각되는 사람들이라는 사실을 기억하라).

　당신의 아이가 이 문제를 일으키게 될 날을 기다리는 대신, 유아교육의 한 부분으로서 당신이 게임을 하거나 어떤 책을 읽을 때 자연스럽게 이 책을 집어들고 아이와 함께 읽기 시작하면서 이야기를 해 보라. 당신은 다른 책들을 읽을 때 냈었던 목소리와 똑같은 활기차고 흥미 가득한 목소리로 읽어야만 한다.

　이러한 몇 가지 수업들이 어린시절의 호기심을 만족시켜 주며 아마 어린아이가 생각했었을 문제들에 대해 해답을 내려주게 된다. 그것들은 또한 훗날 더욱 자세한 토론을 위한 무대를 마련해 준다. 문제가 좀더 복잡해지고 성숙해지며 세밀해진다는 것은 당연하다.

　당신의 아이, 특히 당신의 딸에게 세상의 방식에 따라 성교육을 시킴에 있어서 매우 중요한 사실은 그녀가 일을 맡기 시작했을 때와 관련되어 있다. 대부분의 경우 이것에는 아기 돌보기도 포함된다. 10대의 아기 돌보는 일에 대해서 어머니와 아버지는 여기에 관련되는 상황들과 사람들을 확실하게 알아 둘 필요가 있다. 당신은 그녀가 돌보고 있는 사람을 얼마나 사랑하고 믿든지간에 당신의 딸과 매우 진지한 대화를 나누어야 한다.

남자들 중에는 젊은 소녀로 하여금 저항할 수 없는 어떤 강렬한 매력을 느끼게 하는 이들이 있어서, 만약 그들에게 도덕상의 자제력이 결여되어 있다면 그들은 그들이 취하는 모든 행동을 합리화하고 정당화시킬 것이다. 이 점을 염두에 두고, 당신은 당신의 딸에게 세상에는 어린 소녀들을 존중해 주지 않는 남자들이 있다는 사실을 주지시켜 두어야만 한다. 그러나 남자란 '진실로' 어떠한 존재인가에 대해 딸에게 말해 주는 경우에 있어서는, 엄마가 하루 종일 해 줄 수 있는 것보다 아빠가 단 몇 분 동안에 더욱 많은 이야기를 딸에게 해 줄 수가 있다.

예를 들어서 소녀를 유혹하기 위해 열렬히 애를 쓰고 있는 소년들은(그들은 그것을 사랑과 혼동할지도 모르겠으나 대개는 그렇지 않다) 영원한 사랑과 또한 영원히 입을 다물 것을 맹세할 것이다. 그것은 이 경우만의 일이 아니다. 그것은 대부분의 남자들에게 있어서 '에스오피(SOP)', 즉 정해진 수술절차와 마찬가지며, 사회에서 격리된 행위가 아닌 우발적인 것이다. 남자의 이기심이란 그가 착실한 사람이거나 또는 그 소녀와 결혼하기로 약속을 한 상태와는 상관없이 어떠한 상황에서도 일반적으로 일어날 수가 있다.

아버지는 딸에게 명확한 용어로 아담자 이브 이래 남자가 사용하는 가장 오래 된 계교는 여자에게 자신의 처녀성을 포기함으로써 그에 대한 사랑을 증명해 보일 것을 요구하는 것이라는 사실을 말해 줄 수 있다. '사려 깊은' 딸이라면 어리석은 행동은 하지 않을 것이다. 그러나 남자를 향한 순수한 애정일지라도 마음의 동요를 일으킬 수 있는 상황에서 열정이 끓어오르는 순간에 이르게 되면, 그 소녀가 미리 주의를 받고 경계심을 갖고 있지 않았다면 밖으로 나가게 될 수도 있다.

어머니는 여자들을 이해하고 있기 때문에 자신의 아들에게 여자의 사랑과 존경을 받으려면 어떻게 해야 하는지 말해 줄 수가 있다. 어머니는 아들에게 여자들에 대한 시각을 정립해 주고, 여자들이 어떻게 생각하고 느끼는지를 설명해 줄 수 있다. 어머니는 자기의 아들에게 건전치 못한 관계에 빠지지 않도록 올바른 주의를 줄 수가 있다.

당신의 아이에게 성교육을 시작할 때부터, 당신은 성이란 하느님께서 '오직' 남편과 아내를 위해서 따로 마련해 놓으신 아름다운 선물임을 강조해야 한다. 소녀와 소년 모두에게 자신들의 순결이야말로 미래의 배우자에게 줄 수 있는 가장 귀중한 선물임을 가르쳐 주고 상기시켜 줘야 한다. 오늘날의 전문가나 인도주의자들이 뭐라고 말하든간에 결혼 전의 성관계는 단지 죄악일 뿐만 아니라, 이 책의 다른 부분에서도 철저하게 다루었듯이 무책임한 일이며, 당사자에게도 일생 최대의 비극이다.

오늘날의 비극은 수많은 부모들이 그들의 자녀들에게 혼외정사란 흔히 있을 수 있는 일이 아니라는 것을 단 한 번도 말해 주지 않았다는 사실이다. 또한 그것은 절대로 옳지 못한 일이라는 것도 말해 주지 않았다. 대부분의 경우, 부모들은 자녀들에게 그들의 순결을 잃어버리는 것은 곧 자신의 미래의 배우자를 사취하는 것이요, 너무도 귀중한 자신의 한 부분을 포기해 버리는 것임을 말해 주지 않는다. 비탄스럽게도, 수많은 부모들이 아이들에게 순결이란 무엇이며, 또는 그것을 어떻게 잃게 되는지 결코 말해 준 적도 없으며, 또한 임신이나 성병에 걸릴 가능성에 대해서도 언급해 본 적이 없다고 한다.

그러나 나는 여러분들에게 성이란 더러운 것이라는 암시를 자녀들에게 조금이라도 비추지 말라고 경고하는 바이다. 한 아이에게 일생 동안 성이란 더러운 것이라고 가르쳐 놓고서, 그가 첫날밤에는 성이란 하느님으로부터 부여받은 아름다운 선물임을 믿으리라고 기대한다는 것은 비현실적이며 모순된 이야기이다.

이 책을 쓰기 위해 모았던 정보들을 종합해 본 결과, 자신의 아이들에게 성교육을 시키지 않는 부모는 자녀들을 성적으로 비정상적인 사람으로 만든다는 결론에 도달하게 되었다. 그 결말이 너무도 비참한 것이라는 점에서 아이에게 성교육을 시키지 않는 부모들은 진실로 어린이 학대의 죄나 최소한 태만의 죄를 범하는 것이다.

여기서 중요한 사실은 만약 자녀를 올바르게 가르치지 못하고 그 결과로 아이가 고통을 받는다면 더이상 죄 짓기를 계속하지 말라는 것이다. 나는 모든 부모들이 자녀를 사랑하고 아이에게 교육이 필요한 몇 년 동안 아이를 가르치기 위해서 최선을 다한다는 점을 믿고 싶다.

만약 부모가 그들의 아들과 딸들에게 처음부터 순결은 아주 소중하며, 혼전 성관계는 절대 금지사항임을 가르쳐 준다면, 앞날의 슬픔과 불행은 미연에 막을 수가 있다. 그러므로 부모들이여, 성교육을 정식으로 가르쳐 주진 못할지라도 아들과 딸들에게 그들이 결혼할 때는 순결한 몸이어야 한다는 것을 납득시켜 주기만 한다면, 그들이 자신의 명예를 보호하고 말 못 할 슬픔으로부터 피해갈 수 있도록 도와 주는 게 된다. 그러면 어떻게, 언제, 어디서 당신의 아이들에게 '인생의 진실'을 가르칠 것인가?

성교육에서의 부모의 역할에 관하여 미리 조 히킹거 여사는 몇가지 충고를 해 준다. 그녀는 어린아이가 의문을 가졌을 때, 그 첫단계는 그가 정말로 알고 싶어하는가를 부모가 확인하는 것임을 지적했다. 가장 간단한 방법은 그 아이에게 문제의 답을 되묻는 것이다. 이렇게 하면 당신의 대답의 초점을 그가 알고 싶어하는 지식에 맞출 수 있고, 그가 잘못 알고 있는 개념들을 알아낼 수가 있다.

그녀는 성기능 장애자의 80퍼센트는 그 부부들이 기본적인 해부학상의 지식을 갖고 있다면 막을 수 있다는 점과, 대부분의 고교생들이 생식기의 구조를 그리지도 못했거니와 그 기능을 설명하지도 못했다고 말한다.

그녀는 우리에게(부모들) 해부학적인 용어들을 설명할 수 있는 좋은 사전이 필요하며, 우리가 우리의 아이들과 함께 이야기를 나눌 때 그것을 사용할 수 있어야 한다고 주장한다. 또한 소년과 소녀들에게 그들이 성장하면서 경험하게 될 일들, 가령 몽정이라든가 월경 등에 대비시켜야만 한다. 그러한 일은 준비되어 있지 않은 아이에게는 상처가 될 수 있다.

아이들이 10대로 성장함에 따라 부모가 그들에게 성에 관해서 말하기는 더욱더 어려워진다. 10대는 부모가 자기를 내버려두기를 원하는 만큼 당신의 보호와 지도가 필요하다. 자녀는 자신이 독립된 개체로 살아나갈 수 있는지를 완전히 확신하지 못한다. 자녀들도 그것을 알고 있다.

실제 사례에 의한 성교육

히킹거 여사는 성교육에서 하느님의 역할을 강조하고, 성이란 하느님께서 남녀에게 주신 선물임을 말해 주어야 한다고 주장했다. 18세의 아이들에게 그저 남자들이란 자기들이 얻을 수 있는 것을 원하며, 모든 소녀들은 성가신 존재들이요, 자기와 반대인 성에 대하여 애정을 표시한다는 것은 불결한 일이라고 말하는 것은 옳지 않다. 또한 성교는 나쁜 것이라고 말해 놓고, 결혼 첫날밤에 성은 하느님으로부터 받은 선물임을 납득시킬 수는 없을 것이다.

또 그녀는 아이들에게 어른의 몸이 노출되는 문제에 관해서 이야기를 한 후에 옷을 벗은 상태로 아이들의 눈에 띄었던 부모는 조용하게 그리고 확실하게 반응을 나타내 보일 필요가 있음을 말하고 있다.

이 문제는 나체에 관한 문제라기보다 자존심에 관한 문제이다. "다른 사람의 방에 들어오기 전에는 노크를 해야지. 나가 주겠니? 내가 곧 옷을 입고 나서 나가마."라고 말하는 것이 바람직스럽다. 당신이 날카롭게 소리를 지르고 침대 위에 널려 있는 침대 카바를 잡아당긴다면, 아이들에게 벗은 몸을 본다는 것은 대단히 나쁜 것이라는 생각을 갖게 할 뿐이다. 당신이 어떤 반응을 보이는가에 따라서 훗날 육체에 대한 아이들의 태도가 결정된다

신중한 어머니여, 아들을 선동하지 말라

선정적인 실내복 차림으로 아침을 준비하는 어머니를 가진 중학생 소년은 어머니의 모습으로부터 자신의 성적인 반응을 감지하고는 어떤 죄의식을 느끼게 될지도 모른다. 부모들은 자신도 모르게 자녀들이 유혹받는 일이 없도록 해야 한다. 생리학자 조이스 브라더스 씨는 어린시절 그들의 어머니나 어머니의 역할을 대리하였던 사람들에게서 과도한 성적 충동을 받아 온 결과 강간범이 된 남자들이 있다는 결론을 내리게 되었다.

그런 행동은 겉으로는 그들이 자신의 어머니로부터 너무도 많은 사랑과 보살핌을 받아왔기 때문인 것처럼 보일지도 모르나 실제로는 그들이 끊임없이 성적 충동을 경험해 왔기 때문이다. 대부분의 경우 어머니에 의해서 받았던 이러한 충동은 잔인함과 난폭함, 구타 등과 교체된다. 공격은 쉽게 일어나는 사건이 되고, 이 소년들은 여자란 폭력으로 쟁취된다는 생각을 가지고 자라난다.

강간범이 결혼했을 때, 아마 그의 어머니에게 느꼈던 감정과 비슷한 감정이 느껴지는 여자를 고른다 해도 전혀 놀랄 일이 아니다. 아버지와 딸 사이에, 그리고 어머니와 아들 사이의 정상적이고 건강한 사랑의 감정은 나중에 모든 육체적이고 정신적인 건강에 결정적으로 중요한 영향을 미치며, 이것은 훌륭한 가족관계에 있어서 필수적이다.

어머니와 아버지와의 관계

정신과 의사인 존 코지크 씨는 대부분의 부모들은 딸이 순진한 사춘기에서 어른으로 성숙할 때 아버지 역할의 불확실함 때문에 자신들의 아이들을 '잃어버린다'고 말했다.

수년 전 FBI의 보고서에 따르면, 아버지로부터 정상적인 가족의 사랑을 계속적으로 받아온 소녀들은 성적으로 방황하는 소녀들의 사례에 있어서 극적인 감소를 보였다고 밝혀졌다. 코지크 박사는 자신을 보잘것없는 존재로 생각하는 불완전한 아버지들이 성숙해 가는 딸애를 껴안아 주고 잡아주기를 그만둔다는 점을 주의 깊게 관찰하였다.

아버지의 무릎 위에 앉아 있던 어린 소녀가 어느 날 갑자기 아버지로부터 멀어지게 된다.

당신은 현명한 대화를 발전시키고 견고한 관계를 쌓아가고, 딸에게 절실하게 필요한 건전한 사랑과 애정을 보여 줌으로써 그녀를 성적 곤경으로부터 보호해야 한다. 그러나 아버지들은 그 애정을 아이들이 성적인 것으로 받아들이지 않도록 주의해야 한다. 만약 딸이 그녀의 아버지에게 받은 어떤 종류의 애정에 불편해하는 기색을 나타낸다면, 아버지는 그러한 애정의 표현을 곧바로 그만두어야 한다.

이와 같은 위험한 시기에 아버지는 딸의 남자 친구에 대해서 주의를 기울일 필요가 있다. 대부분 여성적 면모를 갖추어 가는 중학교 2학년 내지 3학년 정도의 소녀들은 동급생, 또는 상급생 소년들로부터 데이트 신청을 받게 된다. 우선 소녀가 소년과 단둘만의 데이트를 승낙받기 위해서는 열여섯 살이 되어야 하고, 남녀 두 쌍의 데이트인 경우에도 열다섯 살 이상이어야 한다. 부모들은 특히 열두 살 또는 열서너 살 정도의 딸에게 세 살 내지 다섯 살 위의 남학생이 보이는 호의에 각별히 경계심을 가져야 한다.

상급생인 남학생의 호의는 단지 아첨일 수가 있으며, 그녀는 그 호의로 사물에 대한 자신의 감각을 잃어버릴지도 모른다. 어쩌면 그녀에게 보이는 상급생의 호의는 때때로 미숙함과 자신에 대한 자격지심의 표시일 수가 있다.

고등학교 2학년 내지 3학년으로서 12∼14세 정도의 소녀에게 흥미를 느끼고 있는 아들을 둔 부모는 아들에게 그런 흥미를 그만둘 것을 강력하게 종용해야 한다. 부모는 아들과 함께 성의 역할과 책임에 대해서 깊이 있게 대화를 나누고, 그와 함께 더 많은 시간을 정기적으로 갖기 시작해야 한다.

현실적으로 부끄러워하고 어색해하며 더듬거리는 열네 살 소년이 당신의 열두 살 또는 열세 살 난 딸에 대하여 어떤 모험을 할 잠재력을 갖고 있음을 경고해 둔다. 대부분의 그러한 위험은 '시간과 기회'라는 말로 포장되어 있다.

만약 그들에게 감독받지 않는 상태에서 함께 공부를 하거나 TV 시청을 허락한다면, 당신은 어색한 부끄러움을 이겨낼 수 있는 그들의 육체 속에 흐르는 격렬한 호르몬과, 그들이 친밀함을 느끼게 되면서 '자라나게 되는' 위험을 방치하는 셈이 된다. 친밀함과 기회는 모험에의 '시도'를 초래한다는 것을 기억하고, 그들을 감독하라. 부모들은 그들로 하여금 계속 바쁘도록 해야 하며, 그들의 에너지를 건전한 출구로 전환시켜야 한다.

당신이 아이와 성에 대한 심각한 토론을 나누었든, 그렇지 않았든 간에 나는 당신에게 어머니와 딸, 또는 아버지와 아들이 적어도 하루를 함께 보낼 수 있는 기회를 따로 마련할 것을 권하고 싶다.

結婚을 위한 기초

나의 아들이 열여섯 살이었을 때, 우리는 함께 주말을 보냈었다. 아들 녀석은 그때 어떤 귀여운 소녀에게 상당한 관심을 갖고 있었다. 아들은 클럽에 나가기도 하고 교회나 학교에서 다른 소녀들과도 함께 어울렸으나, 그가 어떤 특정 소녀에 대해서 일시적인 관심 이상의 것을 보여 주기는 처음이었다. 우리는 쉽게 그것을 알아챌 수 있었다. 전화벨 소리가 울리면 아무도 그에게 전화받으라고 하지 않았으나 아들은 두어 걸음 빠르게 서둘러서 전화기 앞으로 갔다. 아들은 면도할 때도 보통때와는 다른 세심한 주의를 기울였다. 소녀의 전화를 기다리는 뛰는 듯한 걸음걸이는 우리 아들이 다 컸음을 말해 주고 있었다.

이 점을 염두해 두고 나는 그와 함께 떠나는 여행계획을 세웠다. 우리는 아름다운 대화 시간을 많이 가졌다. 여기서 나의 아들과 함께 나누었던 대화 중 중요한 것들을 요약해서 말하면 다음과 같다.

첫번째로, 혼외 정사는 건달들이나 하는 행위이며 패배적인 것이라고 말했다. 그것은 도덕적·성서적으로 옳지 못한 일이다. 하느님은 단 하나의 예외도 두지 않으셨다. 하느님은 분명하게 말씀하셨다.

"남편과 아내와의 관계 이외의 정사는 죄이니라."

하느님은 우리에게서 '재미있는' 것들을 금하시고 싶으셔서 그런 것이 아니라, 우리를 너무도 사랑하신 나머지 우리로 하여금 우리에게 가능한 최선의 삶을 살게 하시고 싶으셨기 때문에 우리들에게 이런 말씀을 하신 것이다.

내가 다루었던 두 번째 분야는, 젊은이들의 99.9퍼센트는 그러한 인자들과 호르몬이 날뛰기 시작했을 때 이미 성관계를 알고 있던 것이었다. 결혼생활에서의 건전한 성관계는 인간이 가질 수 있는 가장 아름다운 경험 중의 하나이다. 영화나 텔레비전·소설·잡지들은 이러한 생각들을 철저하게 다뤄 왔으며, 내가 남자와 여자 사이의 애정을 부정했다면 그것은 어리석기 짝이 없는 일이며, 내가 말해 주었어야 했던 그 어떤 것에 대한 나의 아들의 확신을 깨뜨리는 일이었을 것이다

세 번째 요점은 모든 성공적인 결혼생활은 믿음 위에 기초한다는 점이다. 만약 아들과 여자 친구가 마음을 나누는 동안 성적인 충동을 자제하지 못하고 서로의 몸을 허락하고 나서 결혼하게 됐다면, 결국에 가서는 불가피한 상황이 일어나게 될 것이다. 다시 말해서 그들은 서로 다른 이유로, 즉 아이의 임박한 출산이나 또는 사업 출장 등으로 인하여 별거하게 될 것이다. 그러나 만약 그들이 혼전의 성관계를 삼가였었다면, 그들은 성공적인 결혼생활의 근본바탕이 되는 신뢰를 쌓아갔을 것이다. 나는 이 점을 분명하게 강조했다. 나의 기억과 내가 읽었던 모든 지식에 의하면 열여섯 살에서 열여덟 살까지의 젊은이들은 성적 충동이 최고 절정에 도달해 있기 때

문에, 그들이 이 시기에 자신을 극기하고 성에 관해 이겨낼 수 있다면, 그들의 배우자에게 진실됨을 보이는 데 어려움이 줄어들 것이다.

네 번째 요점은 만약 그녀가 그에게 알맞은 소녀가 아니라면, 언젠가 그녀가 다른 사람에게 "내 인생에서 일어났던 진실로 아름다운 일들 중의 하나는 톰 지글러가 나의 첫 남자 친구였고, 그가 나를 숙녀처럼 대해 주었다는 사실이야."라고 말하도록 하는 것은 분명히 의미 있고 가치 있는 일일 것이다. 나는 나의 아들에게 그들은 인생의 친구일 수 있으며, 그렇게 한 점 티가 없는 깨끗한 양심을 갖고 걸어나가야 한다고 말해 주었다

다섯 번째로 나는 아들에게 섹스에 빠진다는 것은 네가 남자이든 여자이든 옳지 못한 일일 뿐 아니라, 일단 네가 성적 경험을 갖게 되면 그 다음에 네 머리에 떠오르는 생각은 '두 번째의 성 경험'이라고 말해 주었다. 실제로 이것은 종종 난혼(亂婚)을 초래하게 되고, 그로부터 생기는 결과란 황폐의 길뿐이다.

만약 그녀가 임신을 하게 된다면 그는 다음과 같은 것을 결정해야만 된다. 결혼해야 하는가, 낙태시켜야 되는가? 아기는 결혼생활 중에 태어나야 되는가? 기독교인들은 낙태를 살인시하기 때문에 그럴 가능성은 배제될 것이기 때문에 다른 결정이 내려져야만 할 것이다. 당신의 자녀는 아이를 키우고자 하겠는가, 그렇지 않으면 아이를 유산시켜 버리겠는가?

이런 결정을 한다는 것은 지극히 고통스러운 일이다. 대안마다 나름대로의 문제가 내재되어 있다. 임신 상태에 있는 10대에게는 건강문제가 평균치보다 더욱 심각해진다. 그들에게서 태어나는 아기

는 10대가 아닌 어머니에게서 태어나는 아기와 비교할 때 기형아들이 훨씬 많다. 불행하게도 유아의 사망률 또한 높다.

나는 나의 아들에게 원하지도 않고 계획에도 없는 임신은 완전하게, 그리고 전적으로 10대의 두 남녀의 인생을 모두 뒤바꿔 놓는다는 사실을 역설하였다. 만약 그 일에 대한 책임감으로 그가 서둘러 일찍 결혼하게 된다면, 아마 자신이 받아야 할 교육을 포기해야만 할 것이며, 미래에 대한 그의 계획과 그의 희망과 꿈도 단념해야만 할 것이라고 말했다. 만약 그 소녀와 결혼하지 않는다면, 그는 자신이 신뢰를 저버렸다는 생각과 함께 일생을 고통 속에서 보내게 될 것이 아닌가.

나는 그들이 혼전 성관계에 빠진다면 아마 강렬한 죄의식에 사로잡히게 되어, 그 결과 결혼해야만 한다는 강박관념에 빠지게 될 것이라는 사실을 말해 두었다. 죄의 결과로서 이루어진 결혼은 행복하고 건강한 일생 동안의 관계를 위한 견고한 기초를 쌓지 못한다.

너는 결코 알 수 없을 것이다

"만약 네가 그 소녀와 성관계를 갖게 된다면, 너는 결코 진실로 그 소녀를 알 수 없게 될 것이다." 언뜻 이상한 이야기같이 들릴지도 모르겠지만, 그 이유는 간단하고 명백하다. 일단 성관계가 시작되면 그것이 중단될 가능성은 매우 희박해진다.

실제로 섹스 장면이 떠오르게 되면 모든 커플들의 생각은 더욱 많은 섹스로 치닫게 된다(이 점은 특히 소년에게 해당된다). 그들은 가능한 모든 수단을 짜내 성적 교제를 계속할 것이다. 나는 나의 아들에게, 그것은 자신을 비겁자와 거짓말쟁이로 만들어 버리는 것이며 그가 소녀의 부모들과 함께 즐길 수 있는 아름답고 열려진 관계에 심한 타격을 주는 것이라고 말했다.

또한 만약 섹스가 관심의 주요 초점이라면 그들은 당연히 견고한 결혼생활의 바탕이 되는 지극히 중요한 대화들을 없애 버리거나 소홀하게 될 것이라고 말해 주었다. 그들은 결코 다음과 같은 물음들을 해결하지 못할 것이다. 우리 둘 다, 아니면 한 사람만 일할 것인가? 아기는 몇 명을 낳을 것인가? 우리들의 육아 철학은 무엇인가? 우리는 어떤 유사점과 차이점을 갖고 있는가?

그때는 대체로 나의 아들과 함께 보냈던 가장 중요한 시간 중의 하나였다. 그러나 반복해서 말하지만 우리는 그 이전에 이미 많은 시간을 함께 보냈었으며, 그때는 단지 그가 자람에 따라 관심을 기울이는 모든 것에 관해 서로 이야기를 나누었을 뿐이다.

자녀를 긍정적이고 도덕적으로 키우고 그들에게 미래에 대한 준비를 시키기 위하여 그들을 이해하고 그들의 말을 경청해야 한다.

어떤 문제나 주제에 대한 대화, 특히 어린시절에 민감했던 문제에 대한 자녀와의 대화는 마침표가 아닌 쉼표로 끝난다. 대화가 끝날 무렵에, 현명한 부모라면 다음과 같이 말할 것이다.

"네가 계속 대화를 나누고 싶어한다면 나는 언제든지 기꺼이 응하리라는 점을 기억해 두었으면 좋겠다. 그리고 나는 너에게 언제나 성실하게 답변해 줄 것을 약속하마."

이러한 접근방식은 상식적이면서도 자녀에게 신뢰감을 준다.

동성애에 관한 문제

오늘날 부모들이 관심을 기울이는 또 하나의 주요 문제는 동성애에 관한 것이다. 많은 부모들은 자녀들이 올바르게 자라날 수 있게 하기 위하여 자신들이 할 수 있는 것이 무엇인지 알고 싶어한다. 이 문제에서 가장 결정적인 역할을 담당하는 것은 아버지이다. 아버지가 육체적, 정신적으로 집을 떠나 있을 때, 아이들은 성의 역할 조정에 있어서 고통받을지도 모른다. 남성 동성연애자들은 구속력 있고 친밀한 어머니와, 절대적이고 거리감 있는 아버지 사이에서 동성연애자가 많이 발생한다고 말한다. 동성연애자인 아들의 아버지는 평범한 아버지들보다 덜 다정다감하다는 보고가 있다.

40대의 남성 동성연애자에 관한 연구서에는, 그들이 자신들의 아버지와 다정한 때를 보냈다는 사례는 단 한 건도 없었다는 사실이 나타나 있다. 동성연애자의 아버지는 그들의 가족에게 무관심하고 소외되어 있었다는 사실이 증명됐다. 대부분의 경우, 아버지는 어머니에게 집안일에 관한 결정권을 모두 맡겨 버렸었다. 그러한 아버지의 아들은 종종 전형적인 남성적 활동에 대해 흥미를 느끼지 못했다.

많은 동성연애 남자들은 그들의 가정과 어린시절은 어머니가 지배하였음을 말한다. 그러한 기정에서는 어머니뿐만 아니라 아버지도 그 아들에게 남성적인 활동과 태도를 심어 주지 못한다. 또한 동성연애의 유혹에 빠지는 원인은 부모들이 그 아이에게 동성연애도 좋다고 말했었는지, 또는 근친상간적이고 동성애적인 행위를 연상시켰는지의 여부와 관계된다고 할 수 있다.

　나는 당신이나 당신의 자녀가 동성연애에 **빠졌**더라도 거기서 **빠**져나올 수 있다는 희망을 결코 포기하지 말도록 권하기 위해서 동성연애라는 문제를 제기했다. 성적으로 올바르게 자라날 수 있는 긍정적이고 도덕적인 아이로 키우기 위해 우리는 그들의 말에 귀를 기울이고 대화를 나누어야 하며, 그들을 하나의 인격체 ——처음에는 작은 인간, 그리고는 10대의 인간——로 보아야 한다. 단지 어리다는 이유로 부모가 금기시하는 일에 그들도 성적인 감흥을 느낀다는 사실을 우리는 이해해 주어야 한다.

자기 평가의 시간

　① 누가 당신에게 성에 관해 가르쳐 주었는가?

　② 당신은 당신의 아이들이 어떻게 성에 관해 배우기를 원하는가? 누구에게서?

　③ 당신은 어머니로서 당신의 아이들과 함께 성에 관한 지식에 대하여 더 좋은 무엇을 말해 줄 수 있는가?

　④ 실제적인 지식으로 무장되어 있다면 당신의 아들과 딸은 어떠한 상황에 직면해도 보다 훌륭하게 대처하게 될 것이다. 틀리는가, 맞는가?

　⑤ 만약 당신의 아이들에게 성에 관해 가르치는 방식에 잘못이 있다고 하자. 당신은 이것을 시정하기 위해 무엇을 할 수 있는가? 지글러가 권하는 바를 다시 한 번 유의해 보자.

제 12 장
성적 학대와 괴롭힘

✿

성적으로 학대받는 아이를 찾아내어 도와준다

이 장은 이 책의 가장 중요한 부분이다. 성적 학대에 대한 경각심을 일깨우고 몇 가지 지침을 제공함으로 많은 아이들을 성적 학대의 희생물에서 구할 수 있을 것이다. 성적으로 학대받아 온 어린이가 정신적인 문제 없이 긍정적으로 자라기는 어렵다.

성적 학대의 약 80퍼센트는 아이가 알고 있는 어떤 사람, 즉 아버지나 계부, 오빠, 아저씨, 소년단장, 이웃사람, 성직자, 또는 어떤 모임의 리더에 의해 저질러진다. 성적 학대를 일찍 발견해서 중지시키면 시킬수록 회복의 확률은 높아진다.

다음은 사회적으로 성적 학대에 관심을 불러일으킨 캐롤린 포와로의 글이다.

가끔 희생자는 침묵하게 된다. 행복하고 활달했던 아이가 갑작스럽게 풀이 죽어 있다. 그들은 악몽을 꾸거나 전에 결코 경험하지 못했던 두려움을 나타낸다. 또한 아이의 호기심은 짓눌려진다.

만약 아이들이 집 밖에서 성적 학대를 받고 왔다면 학교나 탁아소에 가지 않으려고 울거나 엄마에게 매달릴지도 모른다. 또는 퇴행하기 시작한다. 즉, 치료법학자와 사회사업가들의 말대로 화장실에서의 습관을 잊어버리거나 아기처럼 말하기 시작한다.

"한 어린이가 어떤 때는 입을 연 채로 또는 다른 이상한 방식으로 행동하거나, 전혀 사용해 본 적이 없는 용어를 몸의 다른 부분들에 대해서 쓰기도 한다. 과도한 수음은 학대의 신호가 될 수도 있다."라고 포츠워드에 있는 〈텍사스지부 어린이 보호소〉에서 성적 학대를 받는 어린이들을 위한 사회복지 사업원들의 관리자 앤 클라크 씨도 말한다.

자신의 아이들에게서 이러한 행위를 발견한 부모들을 위해 카운셀러들은 이렇게 충고한다.

"당신의 마음이 흔들린다 해도 평정을 유지하십시오. 무관심한 목소리로 무관심하게 말하십시오. 과민한 행동은 어린이를 다치게 할 것입니다."

"부모들은 놀라거나 화를 내거나 역겨워하거나, 또는 이 모든 행동을 취할지도 모른다. 만약 부모들이 충격과 놀라움으로 반응한다면, 그 아이는 '내가 무언가 나쁜 짓을 했구나.'라고 생각할지도 모른다"고 양육 지도센터의 상담 관리자는 말하였다.

포츠워스의 어린이 연구센터에서 근무하는 치료법학자 딜만은 "특히 매우 어린아이는 그 부모의 초기 반응에 따라 마음의 문을

닫아 버린 채 그에 관한 단 한 마디도 꺼내지 않을 만큼 상처받을
수 있다.”고 말한다. “어린이들은 어른들의 감정에 매우 민감하다.”

물론 부모들이 극도로 긴장하는 것은 당연하다. 그러나 곧바로 어
린이 보호소를 찾는다거나 자세한 내용을 알고 싶어서라기보다는
그 아이에게 충고해 줄 어떤 전문가를 찾기 위해서 상담소를 찾는
등의 조치를 취한다고 어린이 연구센터의 상담자 앨리스 위덴호프
씨는 말한다.

가장 중요한 일은 그 어린이를 도와줄 치료법학자와 부모들이 그
어린이에게는 절대 잘못이 없다고 납득시키는 것이다.

“그들은 아무런 책임이 없으며, 그들이 죄라고 생각하는 것은 실
상 아무것도 아니라는 점을 이해시켜야 한다.”

아이에게 죄를 범한 사람에게 문제가 있으며 그것은 어른의 죄라
는 것과, 그런 일이 다시는 일어나지 않도록 그를 보호할 것임을
그에게 말해 주어야 한다.”고 상담자는 말한다.

어린이에게 재확인시켜 주기 위해서 “이 사람이 너에게 장난을
쳤고 너에게 거짓말을 했단다. 그래서 네가 상처받은 거야.”라고 말
해도 괜찮다. 딜만은 “만약 아이가 정말로 인생의 긍정적인 면을 다
시 보고 그가 주위의 다른 어른들을 믿을 수 있게 되면 그것으로
도움이 될 것이다.”라고 말한다. 그리고 상담자들은 “그들의 자부심
을 세워 주어야만 한다. 그들이 긍정적인 감각을 되찾으면 되찾을
수록 그들은 그들에게 일어났었던 일로부터 해방될 수 있다. 만약
그들이 어떤 임무나 또는 학교에서 성취감을 경험할 수 있다면, 그
것이 치료에도 도움이 될 수 있다.”라고 말한다.

성적 학대라는 충격적인 문제는——학대 그 자체가 아닌——치료

법학자들이 반드시 다루어야만 할 문제이다. 이것은 죄악이며 공포이며 악몽이며 우울함이며, 그리고 열등의식이다. 그런 경험은 소녀들에게 있어 '손상된 선(善)'이며 나이 든 소년들에게는 그 경험 때문에 자기는 동생연애자가 될 것이라는 느낌을 갖는다고 어느 상담자는 말하였다.

❦

아이들에게 어떻게 해야 하는지 말해 주라

만약 이와 같은 일이 아이에게 다시 발생했을 때는, 그들이 함께 상담할 수 있는 사람들의 자세한 명단을 주고 누군가가 항상 곁에 있다는 것을 느끼도록 가능한 한 여러 사람들을 그 명단 속에 적는 것도 '좋은 생각'이라고 그 상담자는 덧붙여 말한다.

아이들은 어른들이 치료법학자와 정신적인 문제를 논할 때와 아주 똑같은 형태로 놀이를 하거나 말을 함으로써 그들이 다른 문제로 천천히 방향전환할 때 일종의 카타르시스를 경험한다. 딜만은 "나는 펀칭백 인형을 때리면서 자꾸만 '그는 나빠, 그는 나빠, 그가 나를 다시 한 번만 아프게 하면, 그도 아프게 해 줄 거야'라고 외치던 한 소녀를 알고 있다."라고 말한다.

아이들을 학대로부터 보호하기 위해 그들에게 육체의 어떤 부분들은 비밀스럽고 특별해서 다른 사람들이 그곳을 만져서는 안 된다는 점을 가르쳐 주어야 한다고 말하는 상담자들도 있다. 어린아이들은 '좋은 손길과 나쁜 손길' 사이의 차이점을 알 필요가 있으며, 만약 누군가가 그들을 '나쁜' 손길로 만지려 한다면 소리를 질러 말해야 한다는 점을 알려 주어야 한다. 그들은 성적 학대나 '기묘한 기분'이 동반되는 '흠칫 놀라게 하는 것'에 대해서 부모나 또는 다른 어른들에게 항상 솔직하게 이야기할 수 있어야 한다는 사실을 알고 있어야 한다고 딜만 씨는 말한다.

웨덴호프 씨는, "아이들에게 어떤 경우에는 '나를 만지지 마세요'라든가 '나를 내버려둬요'라고 어른에게 말해도 괜찮다는 점을 가르쳐 줄 필요가 있다."고 말하였다. 그러나 모든 상담자들이 건전한 커뮤니케이션과 '어린이를 놀라게 하는 것' 사이의 차이점을 구별하는 것에 대해 강조하였다.

✦

누가 치한인가? 왜 그런 행위를 저지르는가?

아버지나 다른 어른들이 어린아이와 근친상간적인 관계를 갖게 된다는 생각은 너무도 불쾌하고 믿을 수 없는 일이라서 상상조차 할 수가 없다. 그런 짓을 저지르는 사람들은 과연 누구인가?

"대부분의 치한들은 열등의식과 자격지심, 충동에 대한 자제력 결여, 즐거운 감상적인 사건들을 지니고 있다. 우리가 보았던 많은 치한들은 고독한 자들이거나, 자신이 학대받고 알콜이나 다른 약들을 복용해 왔으며 여자에 대한 부정적인 경험, 가령 굴욕적인 데이트 경험이나 결혼생활을 가졌던 자들이었다. 이 치한들은 어린아이가 아닌 성인을 파트너로 할 경우 성기능 장애가 일어나는 자들도 있다. 종종 불안정한 가정에서 성장한 치한들은 일관된 정규 교육과 사랑이 결여돼 있었고, 어린시절 부모에게 소외당했거나 학대받았던 자들이었다."

평균적으로 아이를 대상으로 하는 치한들은 폭력적인 위협을 쓰지 않는다. 그는 희생물(아이)을 유혹한다. 치한들은 '싫어요'라고 말할 가능성이 가장 적을 듯한 어린이를 선택한다. 그리고 저항하는 아이는 단념한다(부모들이여, 이 마지막 문장을 유의하라).

"이 남자들은 어린이들과 같이 지낼 수 있는 기회를 노린다. 그들은 사회적으로 믿을 만한 위치에서 어린아이들을 다룰 수 있는 영원한 직업이나 공공사업, 즉 코치·보이스카웃, 여름 캠프의 카운셀러 등의 자리를 구한다." 사우드 캘리포니아 대학 정신연구소의 소장으로 있으면서 12년 동안 천 명 이상의 치한들을 보아 왔던 브루스 그로스 박사의 말이다.

로스앤젤레스 의료센터의 내과 원장인 로날드 슈미트 박사는 "그들은 사회에서 전형적인 사람으로 보인다. 그런 유형의 사내들이 어린 소녀를 더 좋아하게 될 때, 어린 소녀들과 자리를 함께 할 기회가 더욱 줄어들면 그들은 딸에게 접근할 기회를 얻고자 홀로 된 어머니를 찾아나설 것이다. 일반적으로 그는 자신이 어린이들과 무언가 좋은 것을 같이 나눈다고 믿는다. 그는 어떤 의무감으로 아이들에게 성교를 가르치려 한다. 그는 아이들로서는 인정되지 않는 어른들과의 관계에 자기가 정상적으로 하나의 차원을 제공했다고 생각한다. 그는 자신의 임무가 아이들에게 성을 경험할 기회를 제공해 주는 것이라고 느낀다."라고 말한다.

그러나 이유를 불문하고 일단 한 남자가 한 어린이를 괴롭혔다면 그것은 상습적으로 되어 버린다. 금기가 일단 무너지면 그것은 사정없이 가속도가 붙는다.

🏵

치한들은 이렇게 유혹한다

치한에게 희생당한 아이들 가운데 약 80퍼센트는 그 치한을 알고 있다. 그 치한은 좋은 이웃사람이거나 마음씨 좋은 아저씨일 수 있다. 그는 아이의 부모들에게 말할 것이다. "당신을 도와드릴까요? 한 이삼일 정도 아이를 데리고 있고 싶군요." 일단 이 자의 손안에 아이가 놓여지면, 그는 사탕과 장난감·공원 산책·영화 관람 등으로 아이를 유혹한다. 친절한 아저씨가 간지럽히거나 레슬링을 해주면 아마 아이는 치한의 뒤를 따를 것이다.

아이를 일단 유혹한 다음 단계는 춘화(春花)이다. FBI의 케네스 레닝 씨는 그것이 아이나 젊은이들의 자제력을 무력화시키는 데 유효한 자료로 작용한다고 말한다(네 살이나 다섯 살 된 아이는 춘화를 보고 그것을 어떤 '격려'라고 생각한다). 뉴욕 경찰국의 조사관인 다니엘 미헬코 씨는 이렇게 증언하고 있다.

"치한들은 '단순한 누드'라고 불리우는 사진으로부터 시작한다. 이 사진은 벌거벗은 어린아이들이 평범한 자세로 웃고 있는 그림이다. 치한이 보이는 단순한 누드에는 이전의 희생자들의 스냅 사진, 나체 마을의 잡지, 성교육 교재들과 어린이용의 성교육 책자로써 선전되는《나에게 보여주세요》라는 책들도 포함될 수 있다. 그것은 성경과 같은 것들이다."

아이들은 호기심이 많다. 그들은 사진을 보고 이것 저것 물어볼 것이다. "이 아이들은 어떻게 벌거숭이가 되었죠?" 그러면 아이가 믿고 있는 그 사람은 설명해 주면서 말한다 "내가 나쁜 짓을 하겠니? 이 아이들은 즐거운 시간을 보내고 있단다. 너는 이애들만큼이나 귀엽고 이쁘단다. 내가 너를 사진 찍어도 되겠니?" 아이들이 치한에게 깊이 빠지면 빠질수록 그들로부터 도망치기가 더 어려워진다고, 전문가들은 말한다. 아이에게는 여전히 유혹이 계속되며, 본격적으로 검은 마수가 드러날 때까지 아이의 사진을 찍고 나서, 그들은 그 사진들을 부모에게 보이겠다고 아이를 협박할 것이다.

🌿 우리의 목적을 기억하라

내가 이 책을 통해서 몇 차례 지적한 대로, 우리는 자녀를 미래의 긍정적인 아이로 키우기 위해 온갖 노력을 기울이고 있다. 처음부터 아이에게 도덕적 가치를 가르치고 부모와 자녀들 사이에 견고한 유대를 쌓는다면, 남편과 아버지들은 가정에서 성공적인 관계를 정립할 것이요, 창녀나 다른 여성에게 관심을 갖지 않을 것이며, 아내와 어머니들은 남편과 자녀들과의 충만한 관계를 발전시키기 위해 정성을 기울일 것이다.

만약 당신이 자녀의 안전과 행복을 염려하는 부모이며, 아이들을 치한으로부터 보호하기 위해 가능한 모든 일을 한다면, 나는 오늘날의 도덕적 풍토에 관심을 가질 것을 강력하게 권한다. 당신은 건전하고 윤리적이며 도덕적이고 법을 준수하는 시민이면서도, 불행하게도 어쩔 수 없이 한 명의 치한 때문에 당신의 아이를 잃을 수도 있다. 어린아이를 가진 부모들은 자녀를 지도하는 일 뿐만 아니라 인생의 모든 면에서 아이를 관찰해야 한다. 당신은 언제나 주의를 기울여서 아이들과 접촉하는 사람들을 알아야 한다.

그리고 나는 세 가지를 간곡히 부탁하려 한다.

첫째, 건전한 한 시민으로서 절대로 춘화를 파는 어떠한 상인과 단 일초라도 거래하지 말라는 것이다. 당신의 시간과 용기가 허락한다면, 그(춘화를 파는 상인)에게 확고하면서도 부드러운 태도로 당신이 그가 운영하는 가게에 다시 오려 하지 않는 이유를 말해 주어야 한다. 여기에는 일용 잡화상이나 약국·식료품 가게·호텔·모텔, 그밖에 뻔뻔스럽게도 포르노 잡지를 '성인잡지'라 이름붙여서 파는 모든 사업체도 포함된다.

두 번째, TV에 선정적인 내용이 나오면 곧바로 편지를 띄워 그런 포르노 같은 프로그램의 상영을 계속 후원한다면 당신 회사의 물건들을 결코 사지 않을 것이라고 경고해 두어야 한다. 만약 이 책을 읽은 독자들이 한 달에 한 통씩 그런 편지를 보낸다면 TV 프로그램에 실로 막대한 영향을 미칠 것이다.

세 번째 당신에게 권하는 것은 〈국제중재위원회(national federation of decency)〉에의 가입이다. 거기서 발행하는 간행물을 구독하는 데에는 일년에 15달러밖에 들지 않는다. 그렇게 된다면 당신은 매달마다 광고회사뿐 아니라 어떤 프로그램과 정보망들이 가장 유해한가를 알 수 있게 된다. 이 일은 포르노 사진가들에게서 그들의 잡지를 발행하는 것과 그들이 TV 쇼를 방송할 수 있는 권리를 규제하려는 것이 아님을 명심하기 바란다. 이러한 행동은 분명히 우리의 권리에 속할 뿐 아니라, 또한 우리의 책임이라는 것은 이 책의

머리글에도 명백하게 밝힌 바 있다. 결국 이렇게 성적 고통과 강간
으로부터 구해 내는 아이, 아내, 여동생, 또는 어머니는 바로 당신
의 아이요, 아내요, 여동생이요, 어머니가 될지도 모른다.

성적 학대는 절대로 용납될 수 없다

직장에서의 성폭력이 날로 급증하고 있다. 그러나 다행히도 그 괴
롭힘이 심해지면 법에 호소할 수 있다. 이 방법은 비록 당신의 아
들과 딸이 직장을 잃게 되겠지만 분명 가장 바람직한 선택이다. 이
점을 염두에 두고, 그들이 직장에 들어섰을 때 원하지도 않는 성적
관심들을 처리할 수 있도록 준비시킬 수 있는지에 대해 알아보자.

성적인 괴롭힘은 때때로 교묘하고 점잖은 방식으로 나타난다(물론
대부분 위험한 종류이다). 또 어떤 경우에는 잔인하고 야만적이며 계
속적이다. 당신은 이러한 모든 경우에 대비를 시키고 또 주의시켜
야 한다.

아이들에게 이 문제에 관해 가르쳐 주는 일은 당신의 딸이 첫번
째 직장에 들어가기 전부터 일찌감치 시작해야 한다. 또한 그녀의
아기 돌보는 일과 관련된 모든 상황들과 사람들을 어머니와 아버지
는 알고 있어야 한다.

다음의 여러 가지 내용들은 당신의 딸과 함께 이야기하는 데에
많은 도움이 될 것이다.

① 당신이 아기를 돌볼 때 누군가가 집에 온다면(만약 네가 그 사
람을 모르고, 네가 돌보는 아이가 너에게 그는 잠시 들른 것이라고 말

해 주지 않는다면), 우리에게 그를 들어오게 해도 되는지 물어보고 허락받기 전에는 그를 집안에 들여서는 안 된다. 그는 아마 당황해하며, 자신의 나쁜 목적을 버리고 돌아서야 할 것이다. 그리고 너는 너 자신뿐 아니라, 그 아이에 대해서도 책임이 있다는 사실을 기억해야 한다.

② 저녁시간에 누가 너를 불편하게 하는 말이나 행동을 한다면, 너는 우리에게 그가 했던 말과 행동을 정확하게 알려 주어야 한다.

대부분의 경우, 부모들은 딸이 밖에 나가 아기 돌보기를 끝마치고 집에 돌아왔을 때 저녁시간 동안의 일들을 자연스럽게 탐문해 봐야 한다. 이것은 훗날 당신의 딸이 직장에 첫발을 디딜 때를 대비한 훌륭한 준비가 될 수 있다.

당신은 조심스럽게, 그 집의 어떤 남자가——오빠이든 남편이든 아저씨든, 또는 방문한 이웃 사람이든——어떤 암시적인 말을 했다든가, 또는 장난으로 그녀를 껴안으려 했다면, 즉시 부모에게 말해야 한다는 점을 딸에게 주지시켜야 한다.

차로 태워주거나 집까지 바래다 주는 사람은 그녀를 더욱 가까이 알고 싶어할 것이며, 그녀의 어깨 위에 손을 얹거나 자신의 팔을 그녀의 팔 주위에 갖다대려 한다면, 그녀는 그 사람에게 그것이 자신을 불편하게 한다는 점을 말하고 나서 그 일을 부모에게 말해야 한다.

만약 당신의 딸에게 부당한 행위를 했던 약간의 증거라도 있다면, 그녀가 부당한 행위를 당한 그 집의 아기 보는 일을 그만두도록 해야 한다.

✿

어떤 남자들은 매우 우회적이다

정규 직업으로의 입문은 또 다른 문제이다. 당신의 딸이 적어도 열여섯 살이 되면 그녀와 허심탄회하게 이야기할 수 있다. 그 나이가 된 딸은 자신의 성욕과 일의 세계에서 일어날 수 있는 가능성들을 깨닫게 될 것이다. 그러나 열여섯 살의 소녀는 스물한 살의 남자와도 상대가 안 되며 서른네 살 또는 쉰네 살의 남자와는 더욱 그러하다

대부분 나이가 지긋한 사람들은 '아버지 같은' 방식을 취하며, 그들은 이것을 무례한 행위와 요구의 변명으로 이용한다. 당신의 딸에 대한 우정어린 그들의 말과 시도들 또한 미리 계획된 음모의 부분일 수도 있다. 이런 사람들 가운데 전형적인 한 남자는 당신 딸의 어깨 위에 손을 얹기 위해서 천 번의 '사심 없는' 우발적인 제스처를 보일지도 모른다.

나는 당신과 당신의 딸을 성적인 문제에 대한 편집증적 환자로 만들고 싶지는 않지만, 주의를 받은 사람이 미리 무장할 수 있고, 또 만일을 대비하기 위해서도 무장되어야 한다.

아첨과 호의는 유혹하는 자들의 주요 무기이다.

"당신은 정말 매력적인 소녀군요"

"정말 멋있는 옷이군요"

"맹세하건대 당신의 아버지는 당신에게서 소년들을 쫓아 보내기 위해 야구 방망이를 갖고 계실 겁니다."

"매혹적인 향기로군요"

"당신은 그 옷을 입었을 때 무슨 일이 일어날지 두렵지 않습니까?"

"부디 화내지 마십시오. 당신이라면 좀더 좋은 일을 쉽게 구할 수 있습니다."

많은 소녀들은 이러한 아부를 현명하게 처리할 분별력을 갖추고 있지 못하다.

이러한 종류의 호의는 소녀의 사고에 심각한 손상을 입히고 업무수행을 방해할 수 있다(우리의 어린 딸들은 그럴 위험이 없긴 하지만 어린 소년들은 공격적인 여자들과 남성 동성연애자들과 나이 많은 여자들에게 그 목표물이 되고 있다는 점을 덧붙여 말해 둔다).

이쯤해서 나는 당신에게 명백한 사실을 상기시켜야만 하겠다. 남자들은 대부분의 장소에서 올바르고 예의바르며 또 존경할 만하다. 그들은 한 팀의 멤버로서 그녀와 함께 일하고 그녀를 한 개인으로서 알고 싶어하기 때문에 당신의 딸에게 관심을 갖는다. 당신의 딸이 무뚝뚝한 성격으로 주위에 있는 모든 남자들을 의심한다는 것은 비현실적이며, 또 그것은 불행한 일이다. 사실 다정함과 친밀함의 사이에는 매우 가느다란 선이 있을 뿐이다. 그 둘 사이를 구별할 수 있는 가장 좋은 훈련은 아버지와 딸과의 관계이다. 이는 진실로 아버지는 딸에게 '자연스런' 애정을 표현하고 그녀의 일생 동안 그녀를 진실하게 칭찬해 주어야 한다는 중요성을 강조하고 있다.

🏵️

딸들이여 신중하라

당신은 그녀가 직장에서 겪는 곤란을 신중하고 분별력 있게 처리할 것을 주의시켜 주어야 한다. 그렇다고 냉담하거나 무뚝뚝해야 한다는 뜻이 아니라, 그녀의 품위를 떨어뜨리고 그녀의 인생에 부정적인 해악을 끼치려는 남자들로부터 인격적으로 또는 성적으로 괴롭힘을 당하지 말아야 한다는 뜻이다. 그것은 또한 당신의 딸이 마치 흑사병과 같은 회사에서의 불장난, 특히 유부남과의 불장난을 피해야 함을 뜻한다. 그것은 종종 실연과 재앙을 초래하기도 한다.

이 점을 염두에 두고 당신은 당신의 딸과 심각하게 이야기를 나누어서 그 회사의 남자들을 무심코 유혹하는 일이 없도록, 그녀의 태도나 행동이 '매우 신중해야 함'을 경계시켜야 한다. 어머니들이여, '눈이 열쇠이다'라고 말해 주라. 그것이 당신의 딸에게 도움이 될 수 있는 것이다. 당신은 딸에게, 만약 그녀가 조심하지 않는다면 단 한 번의 눈길로 그녀는 엄청난 불장난을 저지를 수 있다는 것을 주의깊게 가르치고, 또 딸의 모습을 세심하게 살펴보아야 한다. 너무 좁거나 너무 짧은 스커트는 곤란한 일을 야기시킨다. 너무 달라붙는 스웨터나 속이 훤히 들여다보이는 블라우스는 일에 능률적이지도 않고 적당하지도 않다. 어떤 경우 그것은 남자들의 성적 행동을 유발시키는 동기가 되기까지 한다.

밖에서 당신의 딸을 기다리고 있는 많은 남자들이 있다는 것을 명심하고 있어야 한다. 여자의 유혹적인 행동과 옷차림은 어느 때든지, 특히 사무실에서는 적당하지 않다는 것을 당신의 딸에게 깊이 명심시켜 두어야 한다. 현명한 아버지는 그의 딸에게 남성의 눈길을 끄는 것이 아닌, 영혼을 끄는 중요한 통찰력을 심어줄 수 있을 것이다.

🏵️

미리 준비하라!

당신의 딸이 분명히 이해해야 할 것은 고용주나 동료가 도덕심을 모독했을 때, 그것은 심각한 문제가 된다는 점이다. 그것은 가볍거나 경솔하게 처리되어서는 안 되며, 분노를 자제할 필요가 있다. 물론 사회에 첫발을 내디딘 젊은 소녀는 좀 어려울 것이다. 그리고 바로 이것이 당신이 딸에게 미리 경고하고 가능한 모든 대책을 강구해야 하는 이유이다. 만약 당신의 딸이 최초의 증거와 함께 그 상사의 승진을 차단시킬 수 없다면(대부분의 경우 이런 상황에 있다) 더욱 분명한 태도를 보여 주어야 한다.

또 하나의 대안은 그녀가 상사에게 충격을 받았고, 그가 그런 일을 하리라고는 믿을 수 없었다고 말하면서 화를 내는 것일 수도 있다. 만약 그 남자가 아버지만큼 나이가 많지 않다면 그녀는 그에게 더 젊었더라면 아버지 생각이 났을 것이라고 말함으로써 그를 낙담시킨다.

일반적으로 이러한 방법은 상당히 어렵다. 모든 사람들은 미래를 위해 좋은 직장을 구하기 때문이다. 그것이 이들 도덕적인 파산자들이 어린 소녀들과 방종한 관계를 맺는 정확한 이유이다. 더욱이 이런 유혹 중의 하나는 소녀들에게 사무적인 용어로 말하는 것이다.

그것은 정말로 야비하고 무책임한 짓이다.

더군다나 그녀가 지금 매우 어렵게 직장을 얻어 일하는 상황이라면 문제는 더욱 복잡해진다. 그러므로 성적 학대를 당한다는 것은 특별한 고통이다. 만약 이러한 학대가 계속될지의 여부를 확실히 깨달을 경우, 그녀는 법적 조치를 강구하려 할 것이다. 그 결과로 해고된다면, 그녀도 정확하게 법적으로 대응할 것이다. 나는 어린 소녀가 나이 많은 상사나 그녀의 고용주를 상대로 이러한 일들을 한다는 것이 얼마나 힘든지를 안다. 그러나 조건이 어떠하든, 어머니와 아버지는 모든 상황을 신중하게 이해할 필요가 있다. 왜냐하면 어떠한 직업도 성적 학대나 도덕적 타협의 위험을 무릅쓰고까지 일할 필요는 없기 때문이다.

만약 당신이 성적 학대의 희생자라면

마지막으로 사회적·윤리적으로 금기사항인 근친상간에 대해 몇 마디하고 싶다. 근친상간은 빈번하게 발생하고 있으며, 이는 우리가 직면한 최대의 비극이다. 우리는 이 문제의 심각성을 인지하고, 이것이 우리 아이들에게도 일어날 수 있다는 사실을 직시하여 그 문제를 공개토론회에서 정면으로 다루어야 한다.

언젠가 내가 이 주제를 다룬 후, 한 참관자가 나에게 왔다. 그는 나에게 악수를 하고 나를 바라본 다음 감정에 복받치는 목소리로 간단하게 말했다. "고맙습니다." 그리고 아무 말도 하지 않았다. 그러나 그가 나의 이름을 알고 있는 만큼 확실하게 나도 청중들 가운데는 희생자가 있다는 것을 알고 있다.

어느 작은 모임에서 강연하면서 사람들의 얼굴과 눈을 살펴보면, 나는 어린시절 희생물이 되었던 사람을 알아낼 수 있게 되었다.

나는 최근에 일어난 사례를 언급하려 한다.

시카고에서 여섯 명의 여자들이 함께 세미나에 참석했다. 그날 저녁 집으로 가는 도중, 나는 그들 중 세 명이 어렸을 때 근친상간의 희생자였음을 알게 되었고, 그들은 세미나가 끝난 뒤 각각 안도감과 죄로부터 구원됐다는 느낌이 한데 어우러져 새로운 희망에 부풀어 있었다.

또 하나의 사례로 교회에서의 강연을 들 수 있다. 나를 잘 알고 있는 한 여성이 찾아와서 그와 같은 주제를 교회에서 다루었다는 점에 충격을 받았다고 고백했다. 그날 저녁 그녀의 남편과 저녁을 먹는 동안, 그녀는 새삼스럽게 놀라움을 나타내면서 그와 같은 장소에서는 희생자란 거의 없을 것이기 때문에 강의가 부적절했던 것 같다고 말하였다. 그리고 잠시 어색한 침묵히 흘렀다. 그때 그녀의 남편은 그가 여섯 살 때, 한 이웃사람이 그를 괴롭혔었다는 사실을 실토하였다. 이것은 그 남편이 다른 사람에게 그 이야기를 고백한 최초의 일이었다

나는 문제를 깨닫는 것이 곧 그것을 해결하는 길이라고 믿을 만큼 순진하지는 않다. 그러나 나는 하나의 문제가 존재한다면, 그것이 알려지고 말해질 때까지는 그 문제는 결코 해결되지 못할 것이라는 사실을 확신한다.

나는 이들과 다른 무수한 사람들이, 그들에게 기꺼이 도움을 줄 수 있는 사람 앞에 나아가 그들의 문제를 알리고 가능한 모든 도움

을 구하라고 말하고 싶다.

부모로서의 당신의 능력은 오래 전에 일어났던 사건이나 또는 일련의 사건들에 의해 영향을 받기 때문이다.

※

당신은 즉시 조치를 취해야만 한다

만약 당신의 배우자가 당신의 아이에게 성적 학대를 하고 당신은 그 사실을 알면서도 결코 인정하려 들지 않는다면, 당신은 단호하게 문제를 직시해야만 할 의무가 있다. 아이의 보호는 분명히 어느 누구의 인생에서나 가장 중요한 일이다. 만약 당신이 자신의 안전을 두려워한다면 도움을 요청할 것을 권한다.

성직자나 변호사뿐만 아니라 법관들도 당신에게 자신의 삶을 보호하고 당신 아이의 삶이 파괴되는 것을 막아야 한다는 충고를 할 것이다. 당신이 지금 당장 조치를 취하지 않는다면 당신의 아이를 계속 학대할 병든 정신의 소유자를 대하게 된다.

현실적으로 당신의 상황이 이렇다면, 이 단계는 '가족'이 없는 것과 같다. 도움을 통해서 당신이 '가족'을 가질 수 있는 기회는 언제나 존재한다. 나는 당신에게 조치를 취할 것을, 그것도 지금 당장 취할 것을 권고하는 바이다.

혹시 당신이 어린이 학대나 배우자 학대, 또는 다른 사람들에 대한——대부분은 어린이들에 대한——성적 학대의 죄를 진 사람이라면, 나는 내가 할 수 있는 한 최대로 부드럽게 사랑을 가지고 그것에 대해 당신과 이야기해 보고 싶다. 동시에 '당신의 행위'에 대해 말할 때는 강력하고 고압적이며 설득력 있기를 원한다.

그러나 확실하게 단언하자면 당신은 병든 비참한 인간이다. 당신은 당신이 영원한 상처를 입혔던 그 아이의 삶을 파괴한 것일 뿐만 아니라, 당신 자신에게도 막대한 손상을 입히고 있다. 나도 당신에게 전문가의 도움을 받을 것을 권한다. 당신이 잘못을 저질렀다는 것을 알 수 있는 기회는 매우 적다. 진실하게 그 짓을 그만둘 것을 당신 자신에게 약속하라. 지금이 바로 당신이 그만두고자 하는 진지한 노력을 기울일 기회이다. 그러나 당신이 스스로 자신의 편도선을 제거할 수 없듯이, 당신이 갖고 있는 이 무섭고 끔찍한 질병을 당신 스스로 고칠 수는 없다.

그러므로 이 글을 다 읽고 난 다음 전화를 걸어 도움을 요청하라. 당신을 도와줄 수 있는 수많은 곳이 있거니와, 그곳들은 대부분 무료이다. 당신이 가까이에 도움을 줄 수 있는 누군가가 있을 것이다. 기독교인 치료법학자나 정신과 의사에게 찾아가는 것도 좋으며, 당신에게는 바로 지금 도움이 필요하다. 그렇지 않으면 당신은 언제까지나 비참하고 파괴적인 인간이 될 것이다. 기억하라. 신은 존재한다. 그는 당신을 사랑하시며 당신을 돕고 싶어하신다. 하느님은 정확하게 그것을 할 수 있으며 하실 것이다. 그러나 그도 종종 숙련된 카운셀러를 통해서 도와주신다. 당신은 항상 지식을 습득하여 이러한 불행이 일어나지 않도록 당신의 아이들에게 견고한 도덕적 기초를 마련해 주어라.

자기 평가를 위한 시간

① 성적 학대를 당한 아이가 보여 주는 특징들은 무엇인가?

② 어머니와 아버지들은 치한들로부터 자신의 아이를 보호하기 위해 어떻게 공동 노력을 할 수 있는가?

③ 어린아이를 노리는 치한들 중 가장 흔한 사람은 누구인가?

④ 당신에게 딸이 있다면, 직장에서 그녀를 보호하기 위해 어떠한 세부 사항을 권하고 있는가?

⑤ 부모로서 당신은 어린아이 학대의 남모르는 희생자가 될 수도 있다. 그렇다면 당신은 이 문제를 누구와 의논하겠는가? 당신의 배우자, 성직자, 전문 치료법학자? 이 책에서 지그 씨는 무엇을 권하고 있는가?

제 13 장
용서란 위대한 인생의 궁극적인 긍정

우리는 앞장에서 아주 자세히 성적 학대를 다루었으므로, 만약 당신이 희생자라면 당신을 위한 궁극적인 해결책이 무엇일까에 대해 신중하게 검토해 볼 필요가 있다. 또한 몇 년 동안 심리적으로 깊은 상처를 지니고 있다면, 당신은 자신에게 충분한 만족을 느낄 수 없기 때문에 아이들을 훌륭하게 키울 수도 없다. 그렇다면 그 해결책은 무엇인가?

그것은 바로 용서이다! 인생에서 가장 중요하고 어려우며 위험한 일은 확실히 용서하는 일이다. 성경은 이 문제에 대하여 명백한 해답을 내리고 있다.

"너희가 사람의 과실을 용서하면 너희 하느님께서도 너희 과실을 용서하시려니와, 너희가 사람의 과실을 용서하지 아니하면 너희 아버지께서도 너희 과실을 용서하지 아니하시리라."

마태복음 6장 14절~15절

　용서는 하느님의 사랑과 권능에 이르는 분명한 길을 열어 줄 것이다. 그리고 분위기를 밝게 해 주어서 당신을 학대하거나 귀찮게 하였던 사람들에게도 대화의 문을 열어 줄 것이다. 만일 당신과 친척 사이에 또는 옛 친구 사이에, 또는 당신과 당신을 학대했던 사람(나는 그러한 사람이 지금 성인이 됐으리라 가정한다) 사이의 증오·분노·비판만이 내재되어 있다면, 당신은 '오직 용서를 통해서만' 완전히 자유로울 수 있다.

　어느 해, 나는 어떤 문제로 괴로워하던 사람으로부터 크리스마스 카드를 받았다. 그의 편지에서 그는, "두 가지 심각한 문제가 있으며, 그것은 전적으로 내가 잘못한 것이라고 확신해 왔다."고 말하였다. 이 글을 다 쓰고 났을 때 그는 모든 잘못은 자신에게 있다는 사실을 깨닫게 된 것이었다. 그러면서 그는 자신의 생활을 새롭게 지속시키고 싶다고 하였다. 그는 용서를 구하고, 자기의 잘못을 시인하였다. 나는 그와 연락을 하고 싶었지만, 불행히도 그는 주소를 써넣지 않았다. 그러나 나는 그것을 유감스럽게 생각하지는 않는다. 내가 주소에 의지해 왔다면 그 남자나 편지에 적힌 사건을 내가 아직까지 생각해 낼 수가 없었을 것이기 때문이다. 이 사건은 아직도 그의 인생에서 무척 중요한 비중을 차지하고 있음이 확실하다. 때문에 나는 그가 편지를 보냈다는 사실이 무척 기뻤다. 왜냐하면 그는 이제 자신이 고민하던 것으로부터 해방되었기 때문이다.

　나는 이 책에서 당신의 아이들을 위해, 그리고 당신에게도 더욱

많은 일을 가능케 해 주고 마음의 평정을 제공하고 행복한 인생을
한껏 만끽할 수 있도록 도와준다고 믿는다. 생활하는 가운데 당신
을 괴롭혔다고 생각되는 사람들을 찾아보라. 그들 각각에게 당신이
아픔을 주었을지도 모르는 일에 대해 용서를 구하라. 그리고 나서
각 사람들에게 당신이 분명하게 그들을 용서하였음을 확인시켜 주
어라. 이 일은 아마도 당신이 하려고 하는 일 중에서 가장 어려운
일일지도 모른다. 또한 당신이 하려고 하는 일 중에서 가장 위험한
일일지도 모르지만, 가장 중요한 일이 될 것이다.

나는 청중들에게 이렇게 말하였다.

"여러분은 자신의 인생에서 당신들을 괴롭히고 모욕을 주었거나
손해를 입힌 사람들을 그 죄에 상관없이 용서해 주어야만 합니다."

물론 그 죄는 유괴·절도·간통·명예 훼손 등이 될 수도 있다.
통계학에 나타난 바로는 근친상간과 유아 학대는 그러한 죄를 진
사람들에게서 흔히 나타난다는 것이다.

수천 명의 성인들이 어린시절 그들이 받았던 상처의 깊은 흉터를
지니고 있다. 그들에게는 정신적 외상(外傷)의 치료가 절실하게 필
요하다.

용서하라

당신이 만약 어떤 범죄의 희생자라면, 용서하는 법을 배워야만 한
다. 특히 당신이 근친상간의 희생자라면 두 가지 해야 할 일이 있
다. 첫째, 당신은 당신 자신을 용서해야 한다. 당신은 그같은 일을

조장할 만한 아무 짓도 하지 않았고 이같은 가장 경악할 만한 형태의 유아 학대를 방지할 수 있는 그 어떤 일도 분명 불가능하였을 것이다. 그러므로 당신 자신을 용서하라.

만약 당신이 어떤 죄의식을 느낀다면, 그 죄의식의 뿌리는 범죄자가 그의 마음속에 심어 놓은 씨앗으로 거슬러올라갈 수 있다.

두 번째 해야 할 일은 당신을 희생의 제물로 만든 그 사람을 용서하는 일이다. 이것은 실로 어렵고도 힘든 일이다. 그러나 죄의식에서 해방되고 싶다면 그것은 필수 조건이다. 만약 당신이 가해자인 그 사람을 용서하기가 도무지 불가능하다고 생각되면, 그 문제를 해결해 줄 수 있는 전문가에 의지할 것을 권한다.

자신과 가해자 모두를 용서하는 것은 매우 힘들고 또 위험한 일이다. 그것은 마땅히 가해자가 당신에게 용서를 구해야 한다는 생각과 감정에 기인하기 때문이다. 그러나 당신에게도 최소한의 책임이 있다는 점을 상기시켜 주고 싶다. 당신은 당신을 학대했던 친척·배우자·가족의 신임을 받는 친구, 또는 그 가해자가 누구이든지 그를 용서하면서 이렇게 말해야 한다.

"나는 나의 미래와 나의 행동, 그리고 나의 성공이나 실패에 대해서 전적으로 나의 책임을 인정하였다. 나는 더이상 나의 훌륭하지 못한 처신이나 알콜 중독, 약물 남용, 또는 그 어떤 문제점에 대한 책임을 당신에게 전가하지는 않겠다."

당신이 당신 자신의 행위에 대한 이러한 책임을 인정하고 따라서 당신의 성공에 대한 책임을 인정한다면, 당신은 자유와 인격의 성장, 개인적인 성공을 향해 커다란 일보를 내디딘 셈이다. 바로 이 때문에 위험한 일이라는 것이다.

당신은 두 가지의 다른 가치 있는 목적을 수행해 낸 셈이 될 수도 있다. 첫째로, 당신의 용서로 인해 가해자는 자신의 역겨운 행위를 직시하고 당신과 다른 희생자(혹 있다면)에게 용서를 구할 수 있게 된다. 이렇게 한다면 당신은 그 사람을 자유롭게 해 줄 수가 있고, 그가 자신의 충만한 잠재력을 발휘할 수 있도록 해주는 기회를 제공하는 것이 된다.

둘째로, 당신의 아이를 보호하는 셈이 된다. 유아 학대자나 근친상간의 범죄자들 중에는 희생자가 그 행위를 증오하는 만큼, 그것이 가해자인 자신의 마음에 매우 강렬한 인상을 심어 준 나머지 그와 똑같은 행위를 되풀이할 가능성이 높아지기 때문이다.

그렇다. 용서는 실제적이고, 정신적으로 건전한 것이며, 당신의 육체적·정신적 건강에도 매우 중요한 것이다.

만약 당신이 어떤 이기적인 이유에서나 또는 바라는 것을 얻기 위하여 용서를 구한다면 그것은 수치요, 어릿광대짓에 지나지 않는다는 것을 알아야 한다. 이것은 중요한 일이다. 만약 당신이 친구나 연인 때문에 실제적으로 또는 추측에 의한 곤란을 겪었다면, 당신이 받은 손해나 기분나빴던 것을 상관하지 말고 그 사람을 용서하라. 또한 당신이 그에게 했을지도 모를 행위에 대하여 그에게 용서를 구하라. 그것이야말로 당신이 서로를 위해 할 수 있는 최선의 길이다, 그것은 당신과 하느님과의 관계를 밝게 해 줄 뿐 아니라, 상처를 치유하고 그 사람과의 화해로 가는 문을 활짝 열어 줄 것이다.

자기 평가의 시간

① 당신의 가정에서도 용서하기를 행동 원리로 하고 있는가? 그렇지 않다면 그렇게 만들기 위해 어떤 조처를 취할 수 있는가?

② 지글러는 다른 사람들을 용서하는 것이 위험스럽다고 하였다. 왜그런가?

③ 지글러는 다른 사람을 용서하면 커다란 이익을 얻을 수 있다고 하였다. 그것은 무엇 때문인가?

④ 현재 당신이 용서해야 할 사람이 있는가? 당신의 아이인가, 아니면 배우자인가? 그렇다면 무엇이 용서하고자 하는 행동을 방해하고 있는 것인가?

⑤ 용서는 당신과 가해자인 그 사람과의 관계를 밝게 해 줄 뿐 아니라 (   )로 가는 문을 활짝 열어 준다.

제 14 장
탁월한 긍정적 어린이로 만드는 열쇠

※

진실로 결함을 갖고 있는 아이

결함을 갖고 있는 아이는 여러 형태로 나타난다. 예를 들어 보자. 프레디는 심각한 결함을 지니고 있는 아이였다. 나는 수년 전 취사 도구 세트를 팔기 위해 사우스캐롤라이나의 어떤 집을 방문하였을 때 그를 만났었다. 그는 겉으로 보기에는 전혀 이상이 없는 것처럼 보였다.

그는 아름다운 금발과 푸른 눈의 조숙한 아홉 살 사내아이였다. 그는 나이에 비해서 키가 컸다. 그의 아버지는 아이가 운동에 천부적인 소질이 있다고 했다. 학교 성적은 좋았고 어느 모로 보나 훌륭한 학생이라는 느낌을 주었다.

그러나 내가 보기에, 그는 내가 만났던 가장 큰 결함을 가지고 있는 아이들 중의 하나였다. 그 아이는 행동상에 결함이 있었다.

프레디는 거칠고 이기적이고 요구가 많으며, 남을 생각할 줄 모르는 아이였다. 그는 가족들을 위협하고 교묘히 다루는 데 뛰어난 기질이 있었다. 학교에서는 그의 선생님이나 반친구들이 그를 좋아하지 않았다. 친구들의 집을 방문했을 때도, 그는 친구의 어머니가 내놓는 어떤 음식이든지 가장 좋은 부분만을 먹으려 했기 때문에 어느 누구에게도 환영받지 못했다. 그는 남의 집에 있는 장난감을 마음대로 가지고 갔고, 모든 것을 자기 뜻대로 하려고 하였다. 훗날 프레디가 성장하여 직업을 얻게 된다면, 그는 아마도 가는 곳마다 지금 주위의 친구들에게서 받고 있는 것과 똑같은 근본적인 배척에 직면하게 될 것이다.

그러나 그것은 완전히 프레디의 잘못만이 아니다. 그는 단지 그가 배워 왔던 것과 똑같은 행동을 하고 있을 뿐이다. 그의 부모는 그를 응석받이로 키웠고 그를 버릇 없는 아이로 만들어 놓았다. 그들은 그 아이를 너무나도 사랑한 나머지 그에게 안 된다는 말을 할 수가 없었던 것이다. 그의 변덕과 요구사항들·신경질·야비함·이기심, 그리고 무분별함에 안 된다는 말을 하지 못함으로써, 그의 부모들은 그 아이가 성장함에 따라 회사와 학교와 사회로부터도 그들 부모가 결코 말한 적이 없었던, 안 된다는 말을 그의 아들에게 하지 않을 수 없도록 만든 것이다. 다른 아이들처럼 프레디도 주위의 모든 사람들에게 충분히 사랑받기를 원하였다. 이 얼마나 비극적인 결과인가?

우리는 모두 때때로 반항하고 싶은 마음이 일어난다. 아이는 성장하는 각 단계마다 그러한 방향의 행동을 취하기 마련이다. 긍정적인 아이로 키우고 싶어하는 부모로서, 당신은 아이의 반항이 당신을 이기고 싶다거나 또는 당신이 그에게 복종하기를 원한다는 뜻이 아님을 깨달아야 한다. 그가 원하는 것은 당신의 견실함과 강건함, 그러면서도 다정다감함을 재확인하는 것이다. 그에게는 행동의 경계선과 그가 신뢰감을 갖고 따를 수 있는 권위가 필요하다.

만약 당신이 오늘은 당신의 아이가 입을 열지 못하도록 해 놓고, 다음날은 그가 말대꾸를 하거나 건방진 행동을 하여도 벌을 주지 않고 놔둔다면, 당신은 아이에게 엄청난 내적 혼란과 문제를 야기시키는 것이다. 시카고 대학 출신의 세계적으로 저명한 심리학자 부루노 베틀 하임 박사는, 부모가 어린아이의 말대꾸나 부모를 무시하는 행동을 그대로 내버려둔다면 그것은 아이에게 막대한 해를 입히는 것이라고 지적하였다. 어린아이의 안전은 그가 믿을 수 있고, 아울러 세상을 살아가는 힘과 지도를 기대할 수 있는 부모에게 달려 있다. 아이가 부모를 무시하거나 하찮게 볼 때 그 아이는 존경할 사람이 아무도 없는 것이다. 따라서 그는 그의 안정감을 상실하게 된다.

응석에 대한 관대함에 있어서 가장 비참한 일 가운데 하나는, 부모가 어린아이의 방종함과 아이가 원하는 모든 것을 하도록 그냥 내버려둘 때인데, 어린아이의 머리 속에는 다른 사람들도 그와 똑같은 방식으로 자기를 대해 줄 것이며, 또 그래야 한다는 관념이 심어지게 된다. 그러나 실제로 이런 생각은 비합리적이며 비현실적일 뿐이다. 그것은 곧바로 확인된다. 응석받이 어린이가 다른 집에 놀러가거나 또는 방문을 할 때, 특히 학교에 들어갈 때 그 아이는 '성가신 일'에 직면하게 될 것이다.

이것은 이 아이가 오늘날 이 세상에서 살아남기 위한 준비가 전혀 되어 있지 않다는 얘기이다. 결국 어린아이와 부모 양쪽에 심각한 문제가 발생하게 된다. 부모의 절친한 많은 친구들은, 파괴적이고 이기적이며 예의 바르지도 못하고 성질이 나쁜데다가 자신들의 아이들을 괴롭히는 그 '조그만 괴물(그들의 생각이다)'의 집에 가고 싶어하지 않을 것이다. 이로 말미암아 그 제멋대로인 아이는 자신이 배척받고 있음을 느끼게 되고 그 아이의 자존심과 자긍심은 심한 타격을 받게 된다.

훈육과 규율은 우주의 보편적 법칙의 한 부분이다. 그의 작은 세계(그의 가정)에 의한 사랑이 깃든 훈육을 받아 보지 못한 아이는 세상의 자연법의 한 부분에 의해서 사랑이 없는 훈육을 받게 될 것이다.

부모는 친구가 아니다

부모들 중에는 자신의 아이들의 친구가 되려고 열심히 노력하는 사람도 있다. 아이가 어른들의 이름을 불러도 내버려두고 그들을 동등한 존재로 대하려 한다. 그러나 다섯 살의 아이와 서른 살의 어른은 결코 동등하지 않다.

만일 당신이 당신의 아이와 친구가 된다면, 당신이 아이를 훈육시키거나 지도할 때 또는 당신이 아이에게 어떤 행동과 임무를 요구하게 될 때, 그 아이가 과연 '친구'의 명령에 순순히 복종하려 하겠는가? 결국 당신은 아이와 동등한 존재가 되어 버린다. 적어도 그것은 그가 보호와 상담과 지도와 사랑의 훈육을 기대할 수 있었던 어머니 또는 아버지가 되지 못하고 그의 친구가 됨으로써 그의 마음속에 자리잡힌 관념인 것이다.

훈육이란 아이가 가야 할 길을 가르쳐 주는 것이다. 때문에 훈육
에는 당신의 아이들이 배울 수 있도록 도와주기 위해 당신이 하는
모든 일이 포함된다. 유감스럽게도 현재는 훈육이란 말이 왜곡되어
사용되고 있다. 대부분의 사람들은 그것을 벌(罰)이나 유쾌하지 못
한 어떤 것으로 생각하고 있다. 그러나 그리스어나 히브리어에서는
징벌, 점령, 비난, 교육, 훈련, 지도, 양육, 책망 등이 내포되어 있다.
훈육의 목적은 긍정적인 것이다. 즉, 최대의 발전을 지향하는 결함
과 약점이 없는 전인(全人)을 양성하는 것이다.

사실 당신이 당신의 아이를 훈육시키든 그렇지 않든, 당신은 어떤
특별한 가치 기준에 의거해서 아이를 만족시키는 것이다. 만약 당
신이 현실적으로 아이에 대하여 맹목적인 사랑이 아닌 훌륭한 훈육
을 베푼다면, 당신은 분명 현명한 부모라고 할 수 있다.

나는 이런 생각을 사랑한다.

"자기 뜻대로 일을 하는 사람이 큰일을 해낸 적은 없다. 소인은
자기 뜻대로 할 것이요, 대인은 자신의 영역을 통제하는 법칙에 순
응한다."

자녀를 훈육시키는 것은, 당신이 자녀에게 그의 미래의 성공과 행
복을 가져다 줄 가장 중요한 도구 중의 하나를 주는 것이다. 아이
들은 본능적으로 이것을 알고 있는 것 같다. 예를 들어 부모가 이
혼을 해서 아이에게 누구와 함께 살 것인지를 선택하라고 한다면,
그 아이는 대개 자신을 훈육시키던 부모를 선택한다. 그 부모는 그
에게 가장 많은 요구를 했고 가장 확실한 존재였기 때문일 것이다.

진정한 훈육은 사랑의 표현이며 그에게 광범위한 최선의 이익을

가져다 준다는 것을 이미 알고 있다. 훈육하는 사람은 아이에게 무엇이 행해져야 하고, 또 그것이 언제 행해져야 하는지를 알고 조절해서 행하는 사람이다. 그는 자신이 원하는 것만을 행하지 않고 필요한 일을 행하는 실리적인 사람이다.

나와 레드헤드가 콜로라도에서 휴가를 보내고 있던 어느 여름 무렵, 우리는 우연히 TV에서 낯익은 해설자를 보았다. 그때 그 해설자는 어느 누구보다도 헐리우드의 스타들을 많이 알고 있었다. 토론은 코미디언 프레디의 죽음에 관한 것이었다. 프레디는 그 자신의 인생을 상실해 버린 사람이었다. 나는 예전에 이 해설자에게 이렇게 물었던 적이 있다.

"당신은 우연이든 또는 고의로든 자신의 인생을 상실해 버릴 위험에 처해 있을지도 모르는 운동 스타, 음악 스타, TV스타, 영화 스타들 중의 누군가를 아십니까?"

잠시 생각을 한 뒤 그녀는 내가 들어 왔던 말 중에 가장 슬픈 말로 대답하였다.

"나는 이 분야에서 일하는 사람 가운데 고의든 우연이든 자신의 인생을 상실해 버릴 위험에 처해 있지 않은 사람은 한 명도 모릅니다. 그들 중의 단 한 사람도 삶을 행복해하는 것을 보지 못했기 때문이죠."

이 얼마나 비극적인 일인가? 대체로 이런 사람들은 일반 사람들이 일년 동안 쓰는 돈보다 더 많은 돈을 한 달만에 한 벌의 의상값으로 써버리기도 한다. 그들에게는 전용 비행기가 있어서 가고 싶은 곳은 어디든지 갈 수 있다. 그들에게는 대단한 명성이 주어진다. 그들 가운데에는 강력한 카리스마를 지니고 있어서 여성팬이나 남성팬들을 쫓아 버리기 위한 경호원을 고용해야만 하는 이들도 있다. 그들은 우상시되고 칭송받으나, 그들 중의 단 한 사람도 행복하지 못하다. 당신이 소유하고 있는 것이 당신을 행복하게 만들지 않는다는 사실은 날이 갈수록 더욱더 명백해진다. 그것이야말로 내가 이 책에서 당신이 당신의 자녀들에게 가르쳐 주는 인생의 품격은, 당신이 그들에게 주는 물질보다 훨씬 더 중요한 것임을 누차 강조하는 이유이다.

부모들을 위한 실질적인 묘안들

존슨 여사는 빌리의 방에 들어가서 그의 손가락에 붕대가 감겨져 있는 것을 보았다.

"무슨 일이니?"

"해머로 손가락을 쳤어요"

"나는 우는 소리를 못 들었는데……."

"나는 엄마가 안 계신 줄 알았어요"

A. H. 베르젠

이 사소한 농담은 인생에도 그대로 적용된다. 긍정적인 아이로 키우기 위해서 부모나 할아버지, 할머니들은 가끔씩 어린이를 소홀히 할 필요가 있다. 예를 들어 어린이가 넘어졌을 때, 만약 어머니가 달려와서 그를 일으켜 세우고 애처로워하는 표정을 보이면서 괜찮다는 위로와 함께 상처에 키스를 해 준다면, 그들에게는 어떤 습관이 형성되어 버린다는 것을 관찰하였을 것이다. 무슨 일이 생길 때마다 아이는 울 것이고, 부모도 그 아이의 방식대로 그를 울보로 키울 것이다. 따라서 그 울보 아이는 너무도 오랜 세월 동안을 그들 부모에게 의지하게 될 것이다.

그러나 오해하지 말라. 만약 당신의 아이가 넘어져서 정말 다쳤다면 그때는 분명히 당신의 간호가 필요하다. 그러나 나는 그들이 자기 자신에게 스스로 상처를 입히는 경우를 많이 보아 왔다. 우리가 곁눈질로 보고 있을 때 그들의 반응——울면서 간호를 요구하거나, 아니면 하고 있던 일을 계속하는 것——은 전적으로 우리가 달려가서 그들의 상처에 키스를 해 주는가의 여부에 달려 있다. 첫아이를 기르고 난 뒤, 우리는 다른 세 명의 아이들의 행동들을 유심히 관찰해 볼 수 있게 되었다.

우리가 습득한 아주 쉬운 한 가지 기술은 어린 딸아이의 직접적인 반응을 관찰해 보는 것이었다. 그녀가 울어야 할지 웃어야 할지를 결정하지 못했을 때, 우리도 "이리 와, 내가 안아줄게."라고 말하곤 한다. 일어나서 우리에게 다가오면 우리는 그 아이에게 이상이 없음을 알고 안심한다.

어느 기억할 만한 한 가지 경우는 너무나 깜찍해서 '서니(햇빛)'이라고 불렀던 내 손녀가 네 살 때였다. 짐작컨대 어떤 육체적 감정상의 상처 때문에 울고 있었다. 나는 커다란 그릇을 가지고 가서 그 손녀딸에게, 너의 눈물은 너무도 값진 것이어서 그냥 사라져서는 안 되니 눈물을 모두 이 그릇에 담으라고 말하였다. 그러자 우리는 곧 둘다 기분이 좋아져서 눈물 모으기를 하지 않아도 되었다.

그냥 내버려둬야 할 또 하나의 일은 어린아이들의 싸움이다. 당신의 아이와 다른 아이가 그들이 앞으로 하게 될 **28,211번**의 싸움 가운데 한 번의 싸움을 할 때라도 당신은 일정한 거리를 두고 그들의 나이가 같고 그들의 키도 비슷함을 생각해야 한다. 그렇다고 해서 당신의 아이가 다른 아이에게 상처를 입히거나 또는 다른 아이가 당신의 아이에게 상처를 입히더라도 방치해 두라는 말은 아니다. 나는 단지, 네 살 난 두 어린아이들에게는 장난감을 가지고 노는 것도 그들 방식대로 서로의 차이가 있기 때문에 불가피하게 사소한 다툼을 하기 마련이라는 것을 말하고자 하는 것이다. 만약 부모가 참견을 한다면, 일은 엉뚱하게 번져서 그 아이들은 더이상 함께 놀지 않을 것이다. 그 결과 부모들뿐 아니라 그 아이들까지 상처를 받게 될 것이다.

아마도 당신은 물을 것이다. "그렇다면 언제 우리의 아이를 일으켜 세워야 한다는 것입니까?" 또 "아이들 싸움에 끼어들어야 할 때는 언제입니까?" 하지만 이러한 질문에 해답을 줄 수 있는 책은 이 세상에 한 권도 없다. 당신은 하느님께서 부모로서의 당신에게 내려주신 상식과 본능적인 판단에 의지할 수밖에 없다. 명백한 것은 당신과 아이가 나이가 들면서, 당신은 당신과 당신의 아이를 위한 최선의 결정을 능숙하게 내릴 수 있게 될 것이다.

'유파 나무'(맹독을 갖고 있는 나무)와 같은 부모가 되지 말라

어머니가 집에 있으면서 아이를 기르는 이점에 대해서는 지금까

지 장황하게 다루긴 했지만, 어머니가 아이들에게 스스로 알아서
행동하도록 가르쳐서 부모에게 전적으로 의지하지 않도록 해야 함
을 다시 한 번 강조한다. 부모가 저지를 수 있는 최악의 실수는 자
신들의 모든 시간과 주의, 정력을 아이에게 바치는 것이다.

유파 나무는 인도네시아에서 자란다. 그 나무에는 독이 들어 있어
서 어느 정도 자라면 주위의 모든 식물들이 죽어 버리고 만다. 그
나무는 숨어서 그늘을 만들고 다른 나무들을 파괴한다. 이 나무와
같은 부모는 아이들의 성장을 저지하고, 실제로 아이의 인생 그 자
체를 질식시키지는 않는다 하더라도 사실상 성장을 방해하여, 아이
들을 평생 '아기'의 상태에 머무르게 만들어 버린다. 어떻게 '유파
나무' 부모가 되는가 하는 한 예가 여기에 있다 .

공간의 제한과 아기를 돌보는 데 유용하다는 이유로 아기를 자신
들의 침대에 뉘여 놓고 한밤에 같이 자는 실수를 저지르는 부모가
있다. 이러한 행동은 아기가 아프다거나 심히 보챈다거나, 또는 아
기에게 평안과 어머니가 옆에 있다는 안심을 시킬 필요가 있다고
판단되는 경우가 아니라면 전혀 불필요한 일이다.

그밖의 문제로 신체상의 어떤 일이 일어나든 그렇지 않든 간에,
이런 상황이 계속된다면 남편과 아내와의 정상적인 생활방식은 와
해될 것이다(여기서 내가 말하고자 하는 것은 아기가 아침 일찍 일어
나서 어머니와 아버지가 잠들고 있는 침대로 기어들어가 부모를 끌어안
으려 한다는 뜻이 아니다).

여기서 중요한 사실은 아이는 부모와 함께 자는 데 익숙해져서
곧 어느 곳에서도 자려고 하지를 않거나 잠잘 수 없게 될 것이다.
이런 상황이 벌어졌을 때 당신의 결혼생활은 암초에 직면하게 된다.

즉, 아이가 항상 당신의 침대에서 자야 하는 상황이 벌어질 것임을 말하는 것이다.

그러므로 아이는 따로 자기 방에 재워야 한다. 물론 처음으로 혼자 자는 날 밤에는 잠을 이루지 못할 수도 있다. 그러나 서서히 자기의 방에서 혼자 잘 수 있게 될 것이다. 그리하여 당신은 전보다 더욱 숙면을 취하여 더욱 좋은 부모의 역할을 수행할 수 있게 될 것이다.

조기 교육을 실시하라

할 수 있는 한 일찍부터 아이들에게 무언가를 가르치기 시작하라. 물론 신체적 위험이 전혀 따르지 않는 일, 가령 칼을 사용하거나 잔디 깎는 기계 등 다칠 위험이 있는 도구를 사용해야 하는 일은 제외되어야 한다. 그러나 마루 닦기, 쓰레기 버리기, 이부자리 깔기와 개기 등은 아이들에게 적당한 활동이다.

물론 그 일을 당신이 직접 한다면 아이보다 훨씬 쉽게 할 것이다. 시간을 소비하면서 아이들에게 일일이 그 방법을 가르쳐 주고 납득시키는 것보다 훨씬 적은 노력으로 이러한 일들을 더 빠르게, 보다 잘해낼 수 있을 것은 두말할 나위 없다. 문제는 네 살의 어린이는 자신의 한계를 알지 못한다는 것이다. 그는 자신이 어떤 일이든 할 수 있다고 믿고 한번 해 보고 싶어서 안달한다. 당신이 아이를 옆으로 밀어놓고 "자, 이것은 아버지가 해야 해."라고 말한다면, 당신은 아이에게 다음과 같은 말을 하고 있는 셈이다.

"너는 그 일을 해낼 수 없어. 그렇지만 아버지나 어머니는 할 수 있단다."

아마도 당신은 아이에게 그 사실을 납득시켜 줄 시간이 필요할 것이다. 그러나 아이가 일곱 살이나 열 살이 되면, 그가 하는 모든 일마다 당신이 훨씬 잘 해낼 수 있음을 그에게 완전히 납득시켜야만 될 것이다. 그렇게 하지 않으면 그 아이는 모든 일을 당신에게 미룰 뿐만 아니라, 당신을 도와 집안일을 거들어 주는 것도 완강히 거부할 것이다. 그 결과, 아이는 일하기를 꺼려하고, 일은 모두 당신이 처리하는 것이 당연하다는 결론을 내리게 될 것이다.

당신은 일찍부터 아이들에게 집안의 사소한 일들을 하도록 요구하고, 그것들을 가르쳐 줌으로써 자녀를 긍정적인 아이로 키워야 한다. 한 단계, 한 단계 올라가면서 그들은 자연스럽게, 자신들이 부모보다 더욱 훌륭히 여러 가지 많은 일들을 완수해 낼 수 있는 날이 올 때까지 기쁜 마음으로 책임을 다할 것이다. 그리고 그날은, 훈육은 반드시 그 대가를 지불한다는 사실을 당신이 깨닫게 되는 날이다.

이중의 고역

"그 일 때문에 너보다 내가 더 깊은 상처를 받았어."라는 말은 여러 세대가 흐르면서 전해 내려오는 말이다. 의심할 여지 없이 많은 어린아이들이 이 말을 들어 왔고, 또 이런 생각을 하게 된다. "그래요? 그러면 잠시 동안 우리 서로 자리를 바꿔 보지요." 부모들은 자녀로부터 이러한 위로를 받을 때면 아이가 자신들에게 유감을 품고 있다고 느끼게 된다. 그러나 그것은 양육의 가장 힘든 부분 가운데 하나다. 나는 그 딜레머를 '이중의 고역'이라 부른다. 그것은 두 방향으로 총알이 나가는 쌍열박이총과 같다. 쏘기 전에 당신은 그것에 대해 생각해 봐야 한다.

당신의 징벌 방식은 양육에서 매우 민감한 부분이다. 왜냐하면 당신이 사용한 방식은 그들의 자존심에 커다란 영향을 끼치게 되기 때문이다. 여기서 주의할 점은 당신은 '행위자'가 아닌 '행위'를 질책해야 한다는 것이다. 당신이 아이들을 자상하게 이해해 줄 때 그들은 자신들에게 무엇이 요구되는가를 깨닫게 된다. 그래서 만약 그들이 그 요구받은 것과 약속한 것을 이행하지 않았을 때는, 그들은 스스로 꾸중을 기다리거나 먼저 요구하기도 한다. 가르침을 통하지 않고 일을 수행하면 나중에 당신의 효과적인 가르침을 통한 다른 일의 수행을 불가능하게 할 우려가 많다.

아이들은 자신이 서툴러서 간신히 그 일을 해냈을 때는 일종의 죄의식을 느낀다. 그런 죄의식을 덜어주고 당신의 권위와 규율을 강화시킬 수 있는 유일한 방법은 효과적으로 그 일을 처리하는 것이다.

❦

당신은 결국 그들을 때려야만 하는가?

빌리 그레함은 언젠가 그의 두 살 난 아이가 화가 나서 자기를 때린 적이 있다고 하였다.

"나는 그 아이가 어디서 그런 못된 버릇을 배웠는지 모르겠습니다. 그러나 내가 확실히 알고 있는 사실은, 만약 그 아이가 자라서 담배를 피운다면 나는 그 아이에게 쥬스를 마시게 할 것입니다. 내가 그 아이에게 어떤 일을 해 준 뒤에는 그는 두 번 다시 내게 침을 뱉지 않게 될 것입니다."

신체상의 훈육(체벌)은 과연 필요한가?

"몇 가지 이유로 해서 그렇다. 무엇보다도 우선 두 살에서 열두 살까지의 아이들은 인생에서 부모의 가르침을 듣고 이해하며 따를 수 있을 만큼의 성숙도가 결여되어 있는 10여 년간을 부모와 살게 된다. 인간성을 형성하는 한 부분은 개인의 의지 문제이다. 아이들은 의지의 어떤 조절 없이 세계와 가정과 사회 안으로 뛰어든다. 성숙함의 가장 중요한 면의 하나는 자기 통제나 자기 훈련을 배우는 것이다. 어린아이에게는 단지 이런 종류의 성숙이 없을 뿐이다. 훈육은 문자 그대로 '훈련시키는 것'을 의미하며, 어린아이들에게는 많은 훈련이 필요하다. 훈련의 대부분은 말로 하는 것이어야 하지만, 어떤 때는 단호한 신체적인 훈련도 필요하다. 즉, 당신의 아이가 고의로 말을 듣지 않을 때, 그때가 바로 신체상의 훈련이 필요한 시기이다.

그것이 당신의 뜻을 가장 빠르고 정확하게 아이에게 전달할 수 있는 방법이다. 만일 어린아이가 위험한 일 ——차도에서 논다든가, 의자 위에 서 있는다든가, 지붕 위를 기어올라간다든가 또는 성냥이나 가사도구를 가지고 노는 일 등——을 하는 데 대해 몇 번의 경고를 했음에도 불구하고 그 일을 계속하려고 한다면, 당신은 재빨리 이에 대응해야 한다. 이것은 절대 필요한 일이다. 손바닥을 조금 때리는 것은 당신의 뜻을 신속하게 전해 주는 행동이다.

아이들은 무언가를 요구할 것이다. 그러나 아이들은 자신들이 요구하는 것이 무엇인지를 항상 이해하고 행동하는 것은 아니다. 그들이 부모의 지도를 이해하고 따르기 전에 고의적으로 말을 듣지 않는 경우도 있을지 모른다. 그런 때는 그들이 요구하는 것을 들어주지 않아도 된다. 만일 아이들이 대들면 때려줘야 한다. 이것은 매우 중요한 일이다. 물론 당신이 때리려고 하면 항의를 받을 것임을 알고 있어야 한다. 당신은 아이들이 항상 그들이 원하는 것이 무엇인지를 알고 있는 것이 아니며, 으레 그냥 그래 본다는 사실 또한 기억하고 있어야 한다.

신중하게 사용하라

당신은 무엇보다도 먼저 체벌이 훈육의 한 수단일 뿐임을 깨달아야 한다. 체벌은 고의적으로 불복종할 때만 신중하게 사용되어야 한다. 체벌을 가하는 방식 또한 중요하다. 당신이 화가 나 있을 때는 결코 아이를 때려서는 안 된다. 이때 아이들은 당신을 화나게 하는 행동을 할 수도 있고 또 실제로 그렇게 할 것이다. 그러므로 이때 아이를 때려서는 안 된다.

나의 친구이자 정신과 의사인 존 코지크는, 만약 당신이 아이의 불복종 때문에 화가 나 있고 그래서 아이를 때려야만 한다면, 잠시 동안 마음을 가라앉힐 시간적 여유를 가지도록 제의하고 있다. 아이에게 행하는 체벌의 강도는 그 아이가 잘못한 일과 걸맞는 것이며, 당신의 분노와는 전혀 상관이 없음을 확인해야 할 필요가 있다. 가능한 한 다른 부모와 같이 있을 것과, 아이에게 체벌을 가한 후에는 반드시 안아주면서 사랑을 표현한 다음, 그 이유에 대해서 설명해 주도록 코지크 박사는 권한다.

아이가 부모에게 반항하거나 불복종할 때는 죄의식을 느낀다. 체벌은 그 죄의식을 제거하는 데 도움이 되며, 아이의 눈물은 그의 죄를 씻어주고 양심을 깨끗하게 해 줄 것이다.

그렇다면 체벌은 얼마나 필요한가? 아이가 성장해 감에 따라 다른 때보다 더 빈번히 체벌을 가해야 할 시기가 올 것이다. 아이가 학교에 들어갈 나이가 되면 일찍부터 적절한 교육이 행해졌기 때문에 체벌을 가할 필요가 점점 감소된다. 물론 그 필요 여부는 부모가 결정할 일이다. 부모 외에 어느 누구도 진실로 판단할 수 없다.

그러나 몇 가지 일리 있는 충고에 대해 생각해 보자. 어린아이가 당신의 말을 이해하고, 위험하고 곤란한 그들의 요구에 대한 당신의 가르침을 알아들을 수 있을 때까지(생후 약 15개월에서 18개월까지), 당신은 아이에게 신체적인 체벌을 가하지 말아야 한다.

❀

당신의 훈육방식에 신중하라

요즘 '유아 흔들기 증후군'이 빈번히 발생하고 있다. 부모들이 아기들을 너무 흔들어 버린 결과 뇌에 이상이 생기는 증상이다. 보통 부모들은 아기의 울음을 그치게 하거나, 단순히 아이들의 서투름 때문에 일어나는 잘못을 벌주기 위해서 그런 행동을 한다. 그러한 노력은 아이들이 자신들에게 요구되는 것이 무엇인지를 이해하기에는 너무 어리기 때문에 아무런 효과도 없을 뿐더러, 만약 부모들이 어린아이들에게 요구하는 것이 과연 어떠한 것이었는가를 스스로 이해하여 적절한 조치를 취했다면 아이의 뇌를 손상시키는 비극은 피할 수 있을 것이다. 유아를 흔드는 것은 훈육이 아니다. 그것은 학대이다. 유아들은 배고프거나 덥거나 춥거나 불편하거나 축축하거나, 아플 때 울기 마련이다. 어린아이들은 걸음마조차 서투르기 마련이다. 아이다운 서투름 때문에, 아이가 물건을 부수거나 망가뜨려 놓았을 때 가해지는 체벌은 아이를 당황하게 만들 뿐이다. 당신은 아이의 머리가 갈색이 아니고 검은 색이라고 해서 때리지는 않는다. 또한 주근깨나 보조개가 있을 때도 마찬가지이다. 어린애 같고 미숙하다고 해서 때리지는 않는다.

그러나 저녁시간에 어린아이가 말썽을 부린다면 어떠한가? 이때는 체벌 도구를 이용해서 때려줘야 한다. 아이가 유치원이나 학교에 들어갈 때도 고의적인 불복종에 대해서는 계속적인 체벌이 필요하다. 그러나 그의 행동 뒤에 있는 동기에 관해서도 가르침을 줄 필요가 있다. 허락의 제한이라든가, 다른 특권의 감축이 아닌 다른 체벌의 수단이 더욱 효과적이다.

그것은 체벌 도구에 관하여 또다른 문제를 야기시킬 수도 있기 때문이다. 하나의 예로, 당신은 손보다 가벼운 자와 같은 중립적인 물건을 사용한다. 중요한 것은 체벌 도구가 아이에게 상처를 입힐 수도 있는 무서운 것이어서는 안 된다는 사실이다. 그것은 만에 하나 어떤 비극을 가져올지도 모르기 때문이다. 사용하는 도구는 충분한 사랑을 전해 줄 수 있는 것이라야 한다. 즉, 사랑을 갖고 체벌에 임해야 한다는 것이다.

다시 말해서 체벌이 필요한 시기가 되면 손이 아니라, 당신과 개인적으로 관련이 없는 중립적인 물건을 사용해야 한다. 이것은 매우 중요하다. 만약 상황이 급박하고 아이의 반응을 보기 위해 한번 손으로 재빨리 때리는 정도는 괜찮다. 그러나 부모의 가르침에 대한 아이의 반복적이고 심각한 반항을 바로잡아 주는 체벌인 경우에는 좀더 '정식적인' 방식이 필요하다.

❦ 때와 장소에 유의하라

체벌할 때 또 하나 유의해야 할 것은 아이가 크든 작든 절대로 얼굴을 때려서는 안 된다는 점이다. 흥미 있는 사실로, 사람의 몸은 민감하지만 본래부터 충격에 잘 견뎌낼 수 있는 '체벌상의 접촉 부위'를 갖추고 있다는 것이다. 옳은 말이다. 엉덩이야말로 필요한 체벌을 가하기 위한 비교적 안전한 곳이다.

가정의 달콤한 즐거움에는 가끔씩 아이에 대한 단호한 신체상의 훈육이 조화가 되어야 한다. 그것이 자녀교육에 있어서 정상적인 교육방식이다. 체벌은 신중한 자제심과 함께 사용되어야 하며, 긍정적인 아이로 키우고자 노력하는 사람들이 사용할 것이다.

조각가의 끌이 울퉁불퉁한 돌을 깎아내고 다듬어 마침내 걸작을 만들어 내는 것처럼, 체벌에서 오는 짧은 순간의 충격이 아이들의 잘못된 행동과 생각을 바로잡을 것이다. 체벌은 아이의 미숙함과 이기적인 무분별함을 없애 버리고 부정적인 세계에 직면하여 승리할 수 있도록 성숙과 고난을 향해 그 아이를 밀어부칠 것이다.

모든 부모들에게 주는 경고

가끔 체벌과 유아 학대 사이에는 가느다란 경계선이 존재한다. 만약 당신이 자제력을 완전히 상실한 나머지 아이를 너무나 혹독하게 때린다면, 당신은 체벌을 영원히 포기해야만 한다. 만약 아이의 몸에 한 시간 뒤에도 때린 자국이나 타박상, 찰과상 등이 남는다면, 당신의 체벌은 도를 지나친 것이다. 이것은 이 책에서 강조한 훈육에 관한 구절 중 가장 중요한 구절이다.

체벌은 필요하다. 체벌 없이는 자녀를 훌륭하게 키울 수가 없다. 그러나 체벌이 아이를 억누르거나 전제적이어서는 안 된다. 체벌은 지도와 노력, 옳은 판단의 습관으로 인도해야 한다. 훌륭한 체벌은 나약함이 아닌 강인함을 기르며 진부함이 아닌 독창성을 낳는다. 그리고 방종이 아닌 책임감을 낳는다. 그것은 또한 사랑하고 희생할 수 있는 성격 창조에도 도움이 될 수 있다.

자기 평가의 시간

① 지글러는 프레디를 하나의 실례로서 사용했다. 왜 그랬는가?
② 지글러가 말하고 있는 훈육의 정의는?
③ '유파 나무'란 무엇인가?

④ 체벌에 대한 지글러의 견해는? 지글러의 말에 의하면, 이 책에서 훈육에 관해 가장 중요한 구절은 무엇인가?

⑤ 지글러는 훈육이란 (   )거나 (   )해서는 안 된다고 하였다. 훌륭한 훈육은 나약함이 아닌 (   )을 낳는다. 진부함이 아닌 (   )을 낳는다. 당신은 이에 찬성하는가?

제 15 장

긍정적인 인내를 통해서 긍정적인 어린이가 길러진다

"정복하는 방법은 언제나 간단하다. 일정 기간 열심히 노력하고, 또 얼마간 참아내고, 늘 믿으면서 결코 처음으로 되돌아가지만 않으면 된다."

심즈

끝까지 밀고 나가야 한다

어린이라면 누구나 중국의 '대나무 이야기'를 알아둘 필요가 있다. 내 친구 조엘 웰든은 뛰어난 얘기꾼인데, 한번은 이런 이야기를 했다.

중국 사람들은 대나무 씨를 뿌리고 물을 주고 거름을 준다. 그렇지만 첫 해에는 싹이 돋아나지 않는다. 그 이듬해에도 물을 주고 거름을 주지만 여전히 아무 일도 없다. 3~4년이 지나도 역시 마찬가지이다. 5년째가 되어 또 물을 주고 거름을 준다. 그런데 5년째가 되면 대나무는 약 6주 동안에 대략 27킬로미터 가량이 자란다는 것이다.

따라서 대나무가 6주 동안에 27킬로미터가 자랐는지, 아니면 5년 동안에 그만큼 자라게 된 것인지가 문제가 될 것이다. 그러나 말할 것도 없이 대나무는 5년 동안에 27킬로미터가 자란 것이 분명하다. 매년 물과 거름을 흡수하지 못했다면 결코 그렇게 자라지 못했을 테니까.

우리는 모두 중국 대나무와 같은 경험을 했다. 누구나 대수나 물리·화학 숙제를 놓고 애먹은 적이 있을 것이다. 아무리 풀어도 도대체 답을 얻어낼 수가 없었다. 다시 또 시도해 보지만 여전히 안 풀린다. 그래도 또 해 본다. 이번에도 또 안 풀린다. 결국 할 수 없이 선생님께 가서 웃으며, "선생님, 알아냈어요. 책이 틀렸어요!"라고 말한다. 그러면 선생님은 웃으시며 "한 번만 더 풀어 보겠니?"라고 말씀하신다. 그런데 이때 돌아와서 풀어 보면 결국 답이 나온다. 일단 한 번 풀고 나면 그 답이 너무 쉽고 뻔한 것이어서 자기가 그걸 못 풀어서 쩔쩔맸다는 것에 놀라기까지 한다.

나는 이 이야기를 통해서 우리가 그 문제의 답을 얻어낼 수 있었던 것은 반짝이는 머리 덕택이 아니라, 인내 덕택이었음을 강조하고 싶다.

먼저 훈련을 하고 즐거움은 나중에

나는 24년 동안에 선택에 의해서 몸무게가 90킬로그램이 넘게 되었다. 내가 '선택에 의해서'라고 한 것은 결코 우연히 어떤 것을 먹은 적이 없기 때문이다. 오늘 과식했을 경우에는 이미 다음날 살이 많이 찌게 될 것이 당연한 것이다.

그런데 마흔다섯 살 때 나는 나의 체중과 건강을 위해서 무언가를 하기로 작정했다. 그래서 나는 먹는 습관과 운동하는 습관을 바꾸어서 74킬로그램까지 줄였다. 그러자 내 인생이 완전히 바뀌어 버렸다. 그렇지만 16킬로그램를 줄이기 위해 보냈던 그 열 달은, 내가 지금까지 결코 겪어보지 못했던 가장 견디기 어려웠던 시기였음을 말해 두고 싶다. 열 달 중 아홉 달 동안은 조깅하는 것을 죽도록 싫어했고, 그렇지 않으면 숨이 차는 것을 지겨워했고, 건강상태가 좋아진다는 것은 더더욱 지겨웠다(조깅을 시작할 때까지만 해도 내가 생각하는 운동은 기껏해야 욕조에 물을 받아 목욕을 하고는 물을 빼는 게 고작이었음을 밝혀두어야겠다).

요즘 나는 일주일에 평균 다섯 번씩 조깅을 한다. 그러면 기분이 훨씬 좋아질 뿐만 아니라 힘이 솟고, 스물다섯 살 때에는 전혀 생각조차 할 수 없었던 일을 해내기도 한다. 너무나 조깅을 좋아하고 즐기기 때문에 바깥 온도가 영하 40도일 때도 나는 조깅을 했다(물론 실내에서).

이 사실을 생각할 때마다 친구인 스티브 브라운의 말을 떠올리게 된다.

"할 가치가 있는 일이라면 잘할 수 있을 때까지는 잘못할 만하다."

긍정적인 아이로 키우기 위해서 우리가 가르칠 수 있는 것 중에서 가장 중요한 것은 인내이다. 우리의 아이들은 빈번이 '달면 삼키고 쓰면 뱉어 버린다.' 아이들은 숙제를 하고 싶거나 하기 싫거나 간에 숙제를 해야 하는 것이다. 기분이 좋든지 나쁘든 학교에는 가야 할 것이다(물론 오해하지는 말아 주기 바란다. 나는 열이 나고 앓거나 정말로 병이 든 아이를 그렇게 해야 한다고 말하는 것은 아니다).

단지 아이들뿐만 아니라 우리도 무언가를 하고 싶지 않거나 하고 싶은 생각이 백퍼센트 들지 않기 때문에 그만두려는, 흔히 있을 수 있는 경우에 대해 이야기하는 것이다.

어쨌든 그것을 하라

성공한 사람들은 백퍼센트로 하고 싶은 생각이 들지 않은 때 많은 것을 했다. 그런데 재미있는 사실은, 우리가 어떤 일을 시작할 때는 별로 하고 싶은 생각이 없다가도 일을 끝낼 때는 그 일을 좋아하게 된다는 것이다. 이 사실이 시사하는 바는 아주 단순하면서도 깊이가 있다. 즉, '논리로는 감정을 변화시킬 수 없지만, 행동으로는 감정을 변화시킬 수 있다'는 것이다. 이 가르침은 아주 귀중한 것이지만, 이것을 아이들에게 가르치기는 좀 어렵다. 그렇지만 줄기찬 사랑이라면 얼마든지 가르칠 수 있다.

자신의 능력을 최대한 활용하는 사람은 끈질긴 사람만이 결국 무언가를 이루어 낸다는 것을 알기 때문에 노력하는 것이다. 우리들은 틀림없이 좌절이나 실패, 퇴보로 인해 어려움을 당할 순간이 있다. 그러나 우리는 '실패하더라도 현명하게 실패해야 한다'고 주장하는 대발명가 찰스 캐터링의 삶의 태도를 배워야 한다.

그는 일단 실패하면, 문제를 다시 분석해서 왜 실패했는지 발견해야 한다고 주장한다. 그러면 매번 실패할 때마다 성공의 언덕으로 한 발씩 더 오르게 되는 결과를 낳게 된다.

그는 또한 "실패에 굴하지 말고 끊임없이 노력해야 한다."고 말한다. 실패하게 되면 정직하게 패배를 맞을 필요가 있다. 성공한 척하지 말라. 단지 실패하거든 그 실패를 헛되게 하지 말라. 실패를 통하여 배울 수 있는 것은 모두 배워라. 어떠한 실패도 당신에게 무엇인가를 가르쳐 줄 수 있다. 사실 당신이 실패를 통해 무언가를 배웠다면, 당신은 앞으로는 더이상 실패하지 않을 것이다.

무엇보다도 중요한 것은, 실패했다는 이유로 다시 시도하는 것을 포기하는 일이 없도록 하는 것이다. 요컨대 당신의 아이가 처음 넘어졌을 때, 당신은 결코 "그래, 넘어졌구나. 평생을 거기에 앉아 있어라."라고 말하지는 않을 것이다.

당신은 어쩌면 손실을 되돌릴 수 없거나, 피해를 원상태로 돌리거나, 결과를 뒤집어 놓을 수 없을지도 모른다. 하지만 어떤 실패를 했든 걸음마를 하는 아기처럼 다시 일어나 새롭게 시작하면 된다. 그러나 이때는 더 현명하고 더 지혜롭고 민감하며, 또한 각오가 단단한 사람이 되어야만 한다.

실패를 통해 이로움을 터득하는 것이 바로 성공의 열쇠이다. 당신이 살아가는 동안 하루하루의 삶에서 이 도움을 얻어내는 것을 보고 당신의 자녀들은 실패뿐만 아니라, 더 나아가 다른 일에도 이 방법을 적용할 수 있게 될 것이다.

다른 유명한 예로, 탐험가 프리조프 난센의 이야기가 있다. 그는 북극을 탐험하던 중 친구와 함께 길을 잃은 채 식량마저 떨어지고 말았다. 그래서 말과 개를 비롯하여 그들이 가지고 있던 것을 모두 식량으로 대체했다. 그리고는 거기서부터 수백 마일 떨어진 어딘가에 다른 살아 있는 사람이 있다는 아무 확신도 없는 상태에서 찬바람만 쌩쌩 불어대는 혹한의 허허벌판을 걷다가, 그의 친구는 모든 것을 포기하고 눈 위에 죽어 넘어지고 말았다. 그러나 난센의 강한 의지는 실패를 인정할 수가 없었다. 그는 계속해서 나는 '한 발 더 걸을 수 있어. 단지 한 발만 더……'고 생각했다. 그가 한 일이라고는 단지 이것뿐이었다. 실종된 탐험가를 찾아나선 미국 원정대에게 비틀거리며 걸어들어갈 때까지 그는 계속해서 그렇게 걸어갔다

이 얘기가 시사하는 바는 매우 명확하다. 당신이 비틀거리면서라도 앞으로 계속 나아갈 때 당신은 어디로 가게 될지 모른다. 난센이 그랬듯이 말이다. 그러나 분명한 것은 당신이 주저앉아 있을 때는 어떤 곳에도 다다르지 못한다는 점이다.

어느 현자(賢者)는 이렇게 지적했다. 지식과 성장을 끈질기게 추구하는 것은 곧 행복을 추구하는 길과 한 가지라고 말이다. 그러므로 자녀들을 긍정적이고 생산적인 사람으로 키우기 위해서는, 행복해지고자 하는 것은 모든 사람의 바람이기 때문에 끈질기게 행복을 추구하는 일은 높이 평가받을 만하다고 가르쳐 주어야 한다.

부모들이 본을 보여 주어야 한다

중도에서 중단하는 사람은 승리하지 못하며, 승리하는 사람은 중단하지 않는다는 말은 맞는 얘기이다. 유감스럽게도 아이들은 인내심이 없다.

대부분의 아이들은 일을 하다가 도중에 그만둔다. 어떤 일을 하느라 쩔쩔매다가 지치면 그 일을 내팽개쳐 버린다. 겨우 걸음마를 하는 아이나 조금 더 큰 아이나 모두 그런 식이다. 그렇지만 장난감을 치우고, 집안의 물건들을 잘 정리하고, 휴지를 버리고, 이부자리를 개고, 어머니의 설거지를 도와주고 집안의 잡다한 일을 할 만큼의 책임감이 생기기 시작하면, 아이에게 인내력을 가르치기 시작해야 한다.

부모로서 아이들이 제때에 자기가 할 일을 다 알아서 하고, 또 그 일을 잘 끝마치는 것을 보는 것은 아주 흐뭇한 일이다. 이유가 어떻든간에 아이들이 일찍부터 제 할 일을 하지 않게 되면, 그때부터는 계속 책임을 회피하려고 한다. 그렇게 되면 부모는 그제야 규칙을 정하게 되지만, 이 규칙은 그다지 실효를 거두지 못한다. 부모인 당신이 자녀들에게 인내심을 심어 주려거든 부모가 의지를 갖고 밀고나가야 한다. 말할 것도 없이 아이들은 당신의 방법을 그다지 좋아하지는 않겠지만, 훗날 커서 뒤돌아보게 될 때 평생을 두고 당신에게 고마워할 것이다.

오래 전에 캘빈 쿨리지는 "인내심과 바꿀 만한 것은 세상에 아무것도 없다. 재능으로도 안 된다. 재능이 있으면서도 성공하지 못한 사람은 아주 많다. 천재적 재질도 안 된다. 쓰여지지 않는 천재적 재질은 잊혀진 속담에 불과하다. 교육만 가지고도 안 된다. 세상은 교육을 받고도 제구실을 못하는 사람으로 꽉 차 있다"라고 지적했다.

당신이 자녀들에게 인내의 중요성을 가르치면, 아이는 잠시 중단하는 일은 있어도 목표에 다다를 때까지 포기하지 않을 것이며, 계속 추진하는 동안 순수하고 끈질긴 인내심만 있으면 안 풀리는 문제는 거의 없다는 것을 깨닫게 될 것이다.

자기 평가의 시간

① 중국 대나무 이야기를 당신 나름대로 설명하라.

② 찰스 케터링에게서 배울 점은 무엇인가? 이 교훈이 당신의 생활에 효과적이었는가? 당신의 자녀에게 당신은 이것을 어떤식으로 가르쳐 주겠는가?

③ 지글러는 아이들은 원래 인내심이 없다고 생각하는데, 이 문제를 해결하기 위해 어떻게 하라고 제안하고 있는가?

④ 스티브 브라운의 말을 인용하여 완성하라.

"무슨 일이든 할 가치가 있다면, 잘할 수 있을 때까지는(   )."

⑤ 당신이 자녀에게 힘든 일을 계속하라고 마지막으로 다그친 때가 언제인가? 다그치기가 힘들었는가? 지글러는 그렇게 할만하다고 했는데, 당신도 그렇게 생각하는가?

제 16 장
진정한 사랑

"사랑은 아무 이유도 달지 않고 아낌없이 주는 것, 너무 조금밖에
주지 않았나 염려할 정도로 모든 것을 아낌없이 주는 것이다."

한나 모어

특별한 아이

많은 부모들이 예쁘고 깔끔하며, 두뇌도 우수하고 건강한 아기를
낳는 축복을 받지 못하고 있다. 신체적으로나 정신적으로, 아니면
정서적으로 문제를 지닌 채 태어난 아이들로 힘들어 한다. 이것이
어떤 경우는 아주 심하고, 또 어떤 때는 그리 대단치 않기도 하다.
나는 《정상에서 만납시다》라는 책을 통해서 뇌성마비 소년에 대해

생생히, 그리고 자세하게 써놓은 바 있다.

그 소년의 부모인 버니와 엘렌 로프칙은 나와 친형제처럼 가까웠다. 서른 명의 의사들이 그들의 아들인 데이빗을 희망이 없으니 사설교육원에 넣으라고 충고했었다. 그애를 위해서나 가족을 위해서나 그렇게 하는 것이 바람직하다는 것이었다. 그렇지만 로프칙 부부는 자기의 아이를 문제시하기보다는 해결에 더 관심이 많은 다른 박사를 찾아냈다. 그가 바로 세계적으로 명망이 높은 펄스타인 박사였다.

오스트레일리아에서 온 소년이 검사를 취소하는 바람에, 버니는 박사와 약속을 할 수 있게 되어 검사를 할 수 있었다. 검사는 아주 광범위했다. 펄스타인 박사는 데이빗이 완쾌되리라는 것을 확신했다. 치료를 위해 해야 할 일이 있었다. 그 중 한 가지는, 데이빗의 증상을 치료하기 위해서는 그의 다리에 무거운 교정기를 끼워 놓고는 밤마다 조금씩 조이는 일이었다. 물론 고통도 점점 더해 간다. 부모가 교정기를 끼우려 할 때마다 어린 데이빗은 발버둥쳤다.

그런데 얼마 후 데이빗은 까만 머리에 아름다운 초록눈, 그리고 혈색도 아주 좋은 소년이 되었다. 데이빗은 매번 울면서 애원했다. 물론 많은 부모들도 이런 상황에 부딪쳤을 테고, 버니와 엘렌 로프칙의 어려움을 이해할 것이다. 그들은 그 고통에도 불구하고, 아이의 우는 얼굴을 보고 안스러운 마음에도 그 일을 결코 포기하지 않았다. 왜냐하면 그만큼 데이빗을 사랑했기 때문이었다.

그 어린 데이빗이 지금은 스물여섯 살의 청년이 되었다. 가슴이 떡 벌어진 88킬로그램의 청년으로, 현재 캐나다의 위니펙에서 콘도미니엄 세일과 부동산계에서 손꼽히는 사람이 되었다. 그는 모든 면에서 뛰어나다. 물론 사랑은 쉬운 일이 아니며 부모 자신에게 편리한 대로 하는 것이 아니라, 아이에게 가장 바람직한 방향으로 해 주는 것이다.

말할 것도 없이 아이를 키우려고 할 때 그들이 해달라는 대로 하는 것이 더 수월할 뿐더러, 아이와의 말다툼도 줄어드는 경우가 많을 것이다.

아이들을 TV 앞에 내버려두거나, 아무 음식이나 되는 대로 먹도록 하는 것이 편한 경우가 많다. 그리고 왜 아홉 시가 되면 잠자리에 들어야 되는지 설명하는 것보다, 열 시까지 그냥 놀게 두는 것이 편할 것이고, 좀더 발전하면 아침 일찍 일어나서 새벽 한 시까지 잠자리에 들지 않아도 그냥 내버려두는 게 편해질 것이다.

하지만 이렇게 되면 급기야 다른 모든 아이들처럼 당신은 자녀들과 부딪치지 않을 수 없게 된다. 자녀를 진정으로 사랑한다는 것은 당신이 편한 대로 하는 것이 아니라 아이에게 가장 바람직한 일을 해 주는 것이다.

진실한 사랑과 거짓 사랑

부정적인 세상에서 긍정적인 아이로 키우는 데 있어서 가장 중요한 것은 역시 깊고 진실한 사랑이다. 아이들은 TV에서 자주 보게 되는 거짓 사랑과 진실한 사랑의 차이를 분명히 이해해야 한다.

언젠가 내 아내가 예금을 하러 은행에 갔었던 때의 일이다. 당신도 알겠지만, 예금 담당 계원은 돈을 셀 때는 그것에 온 정신을 집중한다. 그들이 순식간에 돈을 세기 때문에 그들이 센 돈이 얼마인지 어떻게 아는가 궁금할 정도이다. 사실 나는 그들이 더 많이 주지나 않을까 걱정이 되어서 확실하게 잘 세었는지 확인하려고 번번이 다시 센다.

이날도 은행계원이 돈을 세다가 갑자기 멈추더니, 20달러짜리 지폐 한 장을 뽑아서는, "지글러 부인, 이 돈은 위조지폐입니다."라고 말하였다. 그 은행원은 위조지폐를 금방 알아내었던 것이다. 대부분의 은행에서는 위조지폐를 만지는 경우가 극히 드물어서 그렇게도 빨리 알아낼 수 있었던 것이다. 그런데 은행원이 돈뭉치 속에서 쳐다보지도 않고 위조지폐를 찾아낸다는 것은 느낌에 의한 차이 때문인 것이다. 하물며 진실한 사랑과 거짓 사랑에는 얼마나 엄청난 차이가 있겠는가. TV나 덤핑 서적에서 이와 같은 예를 많이 볼 수 있다.

한 남자가 여자를 만나서 한 시간만에 저녁을 먹고 의미 있는 관계를 이루어 사랑에 빠진 뒤 결국 자러 간다. 그들의 관계는 의미 있기 때문에 도덕적으로도 전혀 잘못이 없으며, 진실하다고 설명하느라 TV는 애를 쓰기도 한다.

사전에서는 사랑을 '이성에 대한 달콤하고 열정적인 연모'라고 정의하고 있다. 진실한 사랑은 달콤하고 열정적인 연모보다도 훨씬 대단한 것이다. 아이가 진정한 사랑이 어떤 것인지 알게 되면, 즉 어떠한 연유에서 부모 중의 한 사람이 앓아눕게 되고 다른 한 사람이 그를 성실하게 보살피는 것을 보면, 그 병이 며칠 동안 누워 있는 정도이든, 아니면 수년간 사랑과 정성으로 돌봐줘야 할 경우이든 그 아이를 긍정적으로 키울 수 있는 가능성은 매우 크다. 왜냐하면 아이는 진실한 사랑이 실천되는 것을 보게 되기 때문이다. 아이에게 이보다 더 강렬한 영향을 미칠 수 있는 경우는 없다.

사랑의 표현

몇 년 전에 아들녀석과 이야기를 나누다가, "얘야, 누가 너한테 아빠의 어떤 면이 가장 좋으냐고 물으면 뭐라고 대답할래?" 하고 물었던 일이 생각난다. 아이는 잠시 생각해 보더니, "아빠가 엄마를 사랑하는 게 제일 좋다고 대답하겠어요"라고 말했다. 그래서 그 이유를 물었더니, "아빠가 엄마를 사랑하면 엄마를 잘 대해 주실 테고, 엄마를 잘 대해 주시면 엄마가 분명히 아빠를 사랑하니까, 가족은 늘 함께 살 수 있을 테니까요 그렇게 되면 내가 아빠랑 같이 살아야 할지, 엄마랑 같이 살아야 할지를 결정해야 될 일은 없을 거 아니겠어요"라고 대답했다. 그날은 전혀 몰랐는데, 나중에 알고 보니 바로 그날 그애의 친구 한 명이 바로 그런 결정을 내려야 했던 것이다. 부모가 서로에 대한 사랑을 자식들 앞에서 나타내 보이는 일은 아주 중요하다. 부부가 서로 진실하게 사랑한다면 그들은 서로에 대해서 신경을 많이 써주고, 또 필요한 것들을 챙겨줄 것이다. 이렇게 하는 것은 부부 본인들에게도 이롭지만, 아이들에게 있어서는 더더욱 유익한 일이다.

지금 내가 우리 집처럼 앉아서 글을 쓰고 있는 이곳은 텍사스 동부에 있는 한 호수이다. 아내와 나는 휴양을 위해서 이곳에 자주 오는데, 나의 글은 대부분 이곳에서 씌어진다. 오늘밤은 안개가 아주 짙게 끼었다. 아들녀석도 방학 때라서 우리와 함께 있는데, 오늘 이 아이와 아내가 이곳에서 48미터 가량 떨어진 타일러에 가서 외식을 하고 영화를 보기로 되어 있었다. 나는 글 쓸 게 많아서 빠지기로 했다. 그런데 시간이 갈수록 안개가 더 짙게 끼기 시작하더니 출발할 즈음에는 거의 앞이 안 보일 정도로 짙게 끼었다. 아들녀석은 가고 싶어 안달이었지만, 아내는 좀 염려를 했다. 솔직히 말해서 나는 더 걱정스러웠다.

그래서 가지 말라고 부탁했다. 무슨 급한 용무였다면 그렇게 극구 말리지는 않았을 것이다. 하지만 안개가 자욱한 위험한 길을 그냥 가게 내버려둘 수는 없었다. 내가 기분을 망쳐놓는 사람이거나, 그들이 즐거운 시간을 보내고 휴식을 취한다는 게 부러워서 집에 그냥 있으라고 한 것은 아니었다. 결코 그럴 리는 없다. 나도 가족들이 즐거워하는 것을 보면 아주 기쁘다. 오히려 그들을 너무 사랑하기 때문에 그 위험하기 짝이 없는 안개 속으로 가는 것을 볼 수가 없을 뿐이다. 이것이 진정으로 사랑을 행동으로 내보이는 게 아닌가 하는 생각이 든다.

대부분의 부모들, 특히 아버지들은 그들의 사랑을 얼마만큼이나 아이들에게 주어야 하는지에 대해서 잘못 생각하고 있다.

언젠가 《우리는 이기려고 태어났다》라는 제목의 세미나에 참석했던 40, 50, 60대의 분들 가운데 얼마나 많은 분들이, 본인들이 어렸을 때 부모님이 사랑한다고 말해 주거나 안아 주고 뽀뽀해 준 기억이 없다고 말했는지 모른다. 그런데 더욱 가슴아픈 일은 그런 그들도 역시 어른이 되면, 자신의 자식과 손주에게 애정을 표현하지 않는다는 점이다. 다행히도 이런 일이 되풀이되는 것은 막을 수 있다.

대개의 부모들은 자신의 어릴 적을 생각해서 그런 애정표현이 없는 생활의 공허함을 알게 되어 적어도 본인의 자식들에게는 그렇게 하지 않는다. 많은 부모들이 차츰, 그러나 확실하게 그들의 자녀를 인정해 주고 그들에게 애정을 표현하는 법을 배워 나가고 있다.

부모들은 아들, 딸에게 뽀뽀해 주어야 한다. 많은 남자다운 아버지들은 남자아이에게, 특히 걸음마를 마친 아이에게 애정표현을 하면 그애가 커서 동성연애자가 될 가능성이 있다는 잘못된 생각을 하고 있다. 실제로는 그 반대이다. 주로 어린이를 연구하는 정신의학자인 로스 캠벨 박사는 책이나 경험을 토대로 볼 때, 부모의 따뜻한 사랑을 충분히 받은 사람이 성적(性的)으로 이상을 보이는 경우는 한 번도 없었다고 말한다.

우리가 어린이가 된다 해도 애정표현은 필요하다. 한 심리학자는, 아이가 하루에 네 번씩 기분좋게 안기면 건강해진다고 말한다. UCLA 의학센터와 캔자스의 토페카에 있는 수막염 재단의 연구에서는 "안아줌으로 해서 정신적 .신체적인 문제가 많이 해소되며, 건강을 유지할 수 있어 오래 살게 되고, 압박감이나 긴장감에서 벗어날 수 있을 뿐만 아니라 잠도 잘 이룰 수 있게 된다."고 밝히고 있다.

나는 대체로 "우리는 아이에게 이것을 제대로 해 주었습니다."라고 감히 말하지 못하는 사람에 속한다. 그렇지만 만일 어딘가에 자녀 안아주기를 충실히 한 가정이 있다면 우리 가정이라고 말하고 싶다. 나의 아내는 '행복한 포옹가'라고 별명 붙여질 정도이다. 우스갯소리로 우리는 무언가가 움직이는 소리가 나면 그건 그녀가 포옹하는 것이라고 이야기하곤 한다. 아내와 나와의 이런 포옹 습관을

아이들도 익히게 되어서 해가 갈수록 우리 가족은 더욱더 가까워지
고 있다.

사랑은 누구나 승자로 만든다

나는 사랑하는 것과 그 사랑을 표현하는 것이 오늘날의 많은 가
정문제를 푸는 열쇠라고 확신한다. 실제로 사랑은 그 어느 것으로
도 안 되는 일을 해낸다.

댈라스에서 개최된 《우리는 이기려고 태어났다》의 한 세미나에
테네시에서부터 우리와 함께 있던 한 젊은 부부가 함께 참석하고
있었다. 그 남자는 금전적으로 셈이 빨라 대단히 성공을 했는데도
문제가 있었다. 읽을 줄도, 쓸 줄도 몰랐던 것이다. 그런데 우리 세
미나 중에는 '나는 좋아한다'라고 불리는, 다른 사람의 좋은 점을
써주는 시간이 있었기 때문에, 이 남자는 아주 난처하게 되었다. 그
런데 강의가 시작되고 셋째 날에 그가 벌떡 일어나더니 "여러분께
고백할 게 있습니다. 여러분들은 저를 관찰하시고 좋은 점을 많이
써주셨습니다. 모두 제게 용기를 많이 주었습니다. 그렇지만 저는
어느 분에게도 제 글을 보내드리지 못했습니다. 저는 쓸 줄도, 읽을
줄도 모르기 때문에 여러분의 편지도 나의 아내가 다 읽어 주었습
니다."라고 말하고는 주저앉아 울음을 터뜨렸다.

그러자 세미나에 참석한 사람 중에서 한 텍사스 젊은이와 말레이
지아 출신의 청년, 오스트레일리아에서 온 부인이 자발적으로 그에
게 달려가 그를 안아주고는 함께 울었다. 교실에 있던 다른 사람들

은 모두 자리에서 일어나, 테네시에서 온 남자의 한 인간으로서의
존엄성을 인정해 주고 그를 존중하는 마음을 그에게 확신시켜 주려
고 달려나간 세 명에게 박수를 보냈다. 나는 서로 다른 세 대륙의
세 나라에서 온, 세 종교의 네 사람이 서로 존중해 주고 서로에게
용기를 주면서 사랑과 보살핌을 나누는 이 감동적인 장면을 UN에
서 보았으면 얼마나 좋을까 생각해 보았다.

　가장 숭고하고 귀한 것은 사랑이다. 사랑은 인간에게서 엄청난 가
능성을 발굴해 낸다. 예컨대 사랑은, 하는 일이 너무 힘들어 '정신
이 제대로 박힌' 사람이라면 그만두고 싶어질 때조차도 끈질기게
밀고 나가는 의지를 준다. 이런 사랑은, 어린 자식이 심하게 앓을
때나 교통사고로 부상을 당했을 때, 몇 달이건 몇 년이건 아랑곳하
지 않고 아이를 편안하게 보살펴 주고, 희망을 갖고 건강이 회복되
도록 사랑으로 돌보는 부모에게서 잘 볼 수 있다. 사랑은 언제나
모든 것을 이겨낸다.

❧

긍정적인 아이를 키우는 데 있어서의 진정한 권위

　나는 여러 가지 방법으로 독특하게 이 책을 끝내고 싶다. 이 책은
나의 인생을 통해 얻은 경험과 관찰의 결과로얻어진 자료를 모은
것이다. 수년 동안 수많은 부모들과 나눈 이야기를 바탕으로 아이
를 기르는 데 있어서의 '권위'문제에 대해서도 많이 다루었다. 내가
하고 싶은 말을 뒷받침하는 자료도 제시했다. 나는 이 몇 가지의
소중한 자료들이 당신 자신의 삶을 잘 이끄는 데뿐만 아니라, 아이

를 긍정적인 승자로 만드는 데 더욱 도움이 되리라 믿는다. 그렇지 만 이 책이 95퍼센트 가량 완성되었을 때, 자녀를 키우는 일에 전문가인 한 사람과 얘기를 나누게 되었다. 이분의 말씀은 우리에게 많은 교훈을 주었다.

내가 7년 이상 셀마 보스톤에 대해 이것저것 들어왔지만, 그녀를 처음 만난 것은 1984년 12월의 일이었다. 1969년 가을 그녀의 남편 이 암살당했을 때, 그녀에게는 모든 것이 암담했다. 그렇지만 셀마 는 내가 여태까지 만났던 사람 중에서 가장 훌륭한 사람였다. 그 지고한 사랑과 굳건한 믿음으로 볼 때 어느모로 보나 남부 댈러스 의 '마더 테레사'라고 불리울 만했다. 지금까지 그녀는 약 200명의 자식을 길러 왔는데, 1984년 겨울에는 집에서 14명을 돌보고 있었 다. 그녀가 돌보고 있는 아이들은 아무도 원하지 않는 아이들이었 다. 몇 명은 정신박약아였으며, 또 몇 명은 지체부자유아였다.

그러나 셀마가 이 아이들을 돌보기 시작하면서 기적이 일어났다. 그들 중 몇 명은 성적, 신체적, 심리적, 정신적으로 극도의 혹사를 당했던 아이들이었다. 남자애와 여자애들도 있었으며, 흑인·백인, 그 외의 모든 사회계층의 아이들로 뒤섞여 있었다

그중에 스물두 살 먹은 조나단은 아홉 살이나 열 살 정도의 정신 연령을 가진 아주 불쌍한 어린이 중의 하나였다. 그는 스무 군데나 되는 아이를 맡아 기르는 집에서도 명성이 자자해 아무도 그를 돌 보려 하지 않았지만, 이 조나단이야말로 셀마가 찾고 있는 아이였 다. 그는 정신장애 때문에 박대를 당하는 게 아니었다. 왜냐하면 그 곳에서는 그보다 정신연령이 훨씬 낮은 아이들도 많았기 때문이다.

조나단이 받아들여지지 않은 이유는, 그가 사회적으로 용납되지

않는 행동을 하기 때문이었다. 한밤중에 일어나서 친구의 침대로 걸어가 자는 아이의 얼굴에 침을 뱉거나 오줌을 누는 등의 사소한 일 때문이었다. 혹은 옆집 고양이를 질식시켜 죽이는 하찮은 일 때문이었다. 간단히 말해서 조나단은 대부분의 가정에서 환영받지 못할 행동을 하는 아이였다. 그런데 그가 셀마의 기적의 소년 중의 한 명이 되었다.

이번엔 마르코 에반스의 이야기를 하겠다. 이 소년은 키가 상당히 큰 10대의 소년이다. 이 소년은 신체적 결함 때문에 대부분 침대에 누워 있었다. 뼈가 너무 약해서 서 있을 수가 없었다. 그렇지만 똑똑하게 말을 잘 하는 소년으로 모든 사람의 마음을 사로잡았다. 그가 다른 아이들에게 미치는 영향이나 다른 아이들이 그에게 갖는 마음은 대단했다. 셀마가 그에게 얘기할 때 그애의 반짝이는 긍정적인 눈을 보게 되면, 당신은 용기를 얻고 힘이 나지 않을 수 없게 될 것이다.

❦ 단지 그들을 사랑하고 하느님을 신뢰하라

어떻게 이런 기적 같은 일을 하게 되었는지 셀마에게 물었더니, 그녀는 겸손하고도 정숙하게 "저는 단지 그애들을 사랑하며 하느님을 신뢰했을 뿐입니다." 하고 대답했다.

당신이 그녀에게 칭송이라도 할라치면 그녀는 단지 미소를 지으면서 "괜찮습니다. 주님이 모든 것을 돌봐주시는 걸요" 하고 대답할 것이다. 물론 주님이 모든 것을 보살펴 주고 있지만, 이 특별한 아이들의 경우 신앙이 합쳐진 사랑은 부정적인 세계에서 긍정적인 아이를 키우는 데 가장 튼튼한 힘이 된다는 사실을 입증해 주며, 주님은 이 놀라운 여인의 사랑과 믿음을 통해 보살피고 계신 것이다.

　이 이야기를 당신에게 하는 이유는, 당신의 아이가 신체적, 정신적, 정서적으로 어떠하든지간에 셀마의 아이들의 상태보다 더 나쁠 가능성은 없으며, 셀마의 아이들은 그녀의 사랑과 믿음에 하나하나 응답하고 있다는 것을 말해 주고 싶어서이다. 물론 그녀가 지금까지 해 온 일을 당신도 하라고 말하고 있는 것은 아니다. 그러나 그녀가 돌보는 아이들을 보면서, 셀마는 가장 위대한 승리자임을 느낄 것이다. 승리의 기쁨은 엄청나다. 그러나 모든 장애를 딛고 한 아이의 인생을 풍요롭고 의미 있게 만들어 주고 나서의 감격에 비한다면, 그전에 겪게 되는 고통은 그림자에 불과하다.

　혹시 당신의 자녀가 어떤 형태로든 정상이 아니라면, 남부 댈러스의 기적 셀마 보스톤을 생각하면서 희망을 가지라. 그녀가 학대받고 내버려지고 장애까지 있는 200명의 아이들에게 믿음과 소망과 사랑을 줄 수 있었다면, 당신이 당신의 자녀 한 명에게(또는 비록 여럿이라도) 헌신과 애정, 사랑을 베푸는 것은 얼마나 쉬운 일인가. 이러한 당신의 노력으로 아이의 짐이 가벼워질 테고, 그를 인생의 승자로 만들게 된다. 그러는 과정 속에서 가장 위대한 승자는 역시 사랑으로 장애를 넘어선 당신이 될 것이다.

　마지막으로 당신의 특별한 아이가 세상의 어떤 장애물도 극복할 수 있도록 하느님이 주신 사랑과 긍정적인 생각을 받아들임으로써 또 당신의 깊은 믿음과 인내의 도움을 받아 미래에 어떻게 될까를

그려 보길 부탁드리며 나는 이 책을 끝내고 싶다. 당신과 당신의
자녀에게 성공적인 삶이 펼쳐지길 기원한다.

자기 평가의 시간

① 위니펙의 로프칙 씨를 기억하는가? 지글러는 그들을 다음과
같이 묘사하고 있다. 그들은 (   )에 대고 안 된다고 할 만큼 데이
빗을 사랑했기 때문에, (   )고 허락할 수 있게 된 것이다.

② 진실한 사랑과 거짓 사랑의 차이를 설명하라.

③ 당신의 가정은 서로 '안아주는' 가정인가? 아니라면, 당신의
부모님이 당신을 한 번도 안아주지 않아서인가? 지글러는 포옹이
어린이가 잘 자라는 데 굉장히 중요하다고 하는데, 그의 말에 동의
하는가?

④《우리는 이기려고 태어났다》는 세미나에 참석했던 테네시 남
자를 기억해 보라. 그에게 있어서 문제는 무엇이었는가? 그에게 어
떤 진실한 사랑이 베풀어졌는가?

이 글을 마치면서

이 책의 내용에 대해 우리 아이들은 어떻게 생각할지 무척 궁금했다. 그래서 나는 아이들에게 우리 부부의 언행에서 효과적인 것과 비효과적이라고 생각하는 것을 나열하고, 원하는 것을 제안하도록 부탁했다. 다음에 쓰는 글들은 그 결과이다.

❦
우리가 잘못한 점

① 이유 없는 '안 돼!'

가장 비효과적인 것은 안 된다고 거절하면서 그 이유를 설명하지 않은 경우라고 한다. 우리는 너무 자주 이런 실수를 범한다. 단지 "내가 안 된다면 안 돼."라고만 대답할 때가 많다. 앞으로는 이런 태도를 바꿔야 한다.

② 가족끼리의 외출이 너무 적다

아이들은 가족이 함께 하는 시간이 너무 적은 것에 대해 실망을 표현했다. 특히 야외소풍이나 축구, 야구 등의 운동경기 관람, 캠핑 등을 제안했다.

③ 철저히 야단치는 경우가 적다

시킨 일을 하지 못했을 때 야단치는 경우가 거의 없다. 집안일을 하면서 책임감을 더 길렀더라면, 인생을 보다 잘 준비하고 성숙할 기회도 더 많았을 것이라고 지적했다.

④ 성(性)문제에 대해서는 적절하지 못하게 경고만 하고 있다

우리가 여자아이들을 다룰 때 실수하게 되는 부분으로, 딸아이가 자라서 학교에 다니게 될 때 닥치게 되는 성의 발달에 대해서 준비시키지 않고 있다는 것이다.

⑤ 이사로 빚어지는 결과에 대해 무감각하다

우리가 잘못한 것 중의 하나는 이 도시에서 저 도시로 너무 자주 이사를 다닌다는 점이었다. 물론 이사를 꼭 해야만 하는 경우도 있었지만, 딸아이의 마음을 좀 고려해 보았다면 몇 번의 이사는 피할 수도 있었다. 이제는 과거를 밑거름으로 해서, 결정을 내릴 때에는 온가족이 참여하도록 할 것이며, 결정 또한 나만의 권위로가 아니라 사랑 속에서 내려지게 될 것이다.

⑥ 경제적인 어려움에 대해서는 이야기를 나누지 않았다

그런데 몇 년이 지나서야, 딸아이들이 어느 때에 아주 커다란 갈등을 겪었다는 것을 알았다. 우리 집이 파산을 할지도 모른다고 생각했던 것이다. 우리 부부가 조금만 솔직하게 그들에게 얘기해 주

었더다면, 아마 그들의 걱정을 덜어줄 수도 있었을 것이다.

우리가 잘한 점

우리가 잘못한 점보다 잘한 점에 대한 이야기가 더 많아서 우리 부부는 아주 기뻤다.

① 요구하는 권리를 평등하게 해 준 것

재미있게도 아이들이 매우 고마워했던 것 중의 하나는, 외식을 했을 때 그들에게도 자신들이 원하는 것을 주문하게 해 주었다는 점이다. 우리 부부가 스테이크를 시켰을 때, 자신들도 스테이크가 좋으면 그것을 주문하게 했던 것이다. 이렇게 함으로써 우리가 그들의 의사를 존중한다는 것을 나타냈으며, 그들의 자아상에 대한 관심을 표현했다.

② 옳고 그른 것에 대해 단호하게 가르친 점

예를 들어 아이들이 받고 싶지 않거나, 집에 온 친구를 만나고 싶어하지 않는다고 해도 아이의 어머니는 거짓말을 하지 않았다. 그리고 아이들이 열두 살이 되는 때부터는 그에게 적절한 영화 입장권을 사주기 시작했다.

③ 부적합한 말은 사용하지 않은 점

우리가 '멍청한, 덜 떨어진, 싫어'와 같은, 서로의 믿음을 깨는 말들을 사용하지 않았으며, 아이들에게도 이런 말은 사용하지 못하게 했었다.

④ 예의바르게 대답하도록 가르친 점

자신보다 나이가 많은 사람들에게 "네, 선생님." ,"네, 어머니." 하고 대답하거나, "죄송하지만, 고맙습니다."와 같은 말을 자주 씀으로써 경의를 표하도록 가르친 것이 그들에게 큰 도움이 되었다고 한다.

⑤ 우리 자신과 남들을 존중하기

우리들이 술에 취해서 스스로를 억제하지 못하는 모습을 보이지 않은 것이 딸아이에게 호응을 얻었으며, 아들인 톰은 우리 부부가 서로 아껴주고 존중하는 모습을 보여 준 데 대해서 특히 고마워했다. 우리는 또한 다른 인종을 존중하도록 가르치는 데도 신경을 많이 썼다.

⑥ 책임감을 강조한 점

둘째딸 신디는 시간을 잘 지키고, 숙제는 늘 알아서 하도록 하게 한 점과 대학교 2학년 때부터는 자신의 남은 교육에 대해서 스스로 생각해서 결정하도록 허락받았던 점에 대해 특히 흡족해했다.

⑦ 즉흥적인 만남은 삼가도록 한 것

우리는 남들이 데이트를 하니까 나도 한다는 식의 만남은 삼가시켰고, 아이들의 지속적인 만남의 대상이 될 만한 사람이 아니면 만나지 못하도록 했다.

⑧ 시간을 내어 이야기를 들어준 점

딸아이 수잔은 우리 부부가 그애가 말하고 싶어할 때마다 시간을 내서 들어준 점에 대해 특히 고마워했다.

⑨ 편애하지 않은 점

모든 형제를 편애하지 않고 똑같이 다룬 점도 많은 호응을 얻었다. 딸들은 웃으면서 톰은 예외라고 지적하기는 했지만 왜냐하면 톰만을 해외 여행에 데려갔기 때문이었다. 톰은 막내딸이 태어난 지 10년만에 얻었다. 게다가 그애를 여행에 데려갈 때, 딸들은 이미 결혼한 상태였다. 그런데도 딸들은 우리 부부가 그 편애를 만회할 기회가 아직도 있다고 주장한다.

⑩ 사랑하는 마음을 드러내놓고 표현했다는 점

우리 부부가 서로에 대한 애정표현을 터놓고 하여서 그들로 하여금 어머니, 아버지가 서로 존중하며 사랑한다는 편안함을 느끼게 해준 점도 가장 중요한 점이었다.

그러나 우리가 잘한 점 중 그 무엇보다도 실제로 그들이 가장 중요하게 생각한 것은 완전하고도 무조건적인 우리의 사랑이었다. 세상에서 선(善)을 이루고 긍정적인 아이들을 키우려면 역시 사랑이 제일 필요하다.

가정은 사랑과 행복과 기쁨의 가장 멋진 터전이다. 이런 점에서 이 책이 당신과 당신 가정이 함께 성숙해지는 데 많은 도움이 되리라 믿고, 또 실제로 그렇게 되기를 바란다.

인간의 마음을 탐구하는 총서

선영심리학선서

1 프로이트심리학 해설

프로이트 심리학 해설

INTERPRETING FREUD PSYCHOLOGY
S. 프로이트 / C.S. 홀

마음의 행로를 찾아나서는 이들을 위하여, 인간과 그 심리 세계를 탐구하려는 이들을 위하여 인간심리의 틀을 밝혀 주는 프로이트심리학의 해설서.
인간이 인간답게 살아갈 수 있도록, 심리학에 입문할 수 있도록 인도하는 최고의 해설서.

2 융 심리학 해설

융 심리학 해설

INTERPRETING JUNG PSYCHOLOGY
C.S. 홀 / J. 야코비

인간의식의 뿌리를 찾아서 아득한 무의식의 세계까지 탐색하고, 그 심대한 체계를 세운 융 사상의 깊이와 요체를 밝혀 주는 해설서. 무의식의 세계까지 헤아리는 융 심리학의 인간생활에서의 실제와 응용을 설명해 주는 정신세계에 대한 최고의 입문 참고서.

3 무의식분석

C.G. 융 무의식 분석

ANALYSIS OF UNCONSCIOUSNESS
C.G. 융

프로이트의 「정신분석 입문」과 쌍벽을 이루며, 또 그것을 능가하는 폭과 깊이를 담고 있는 융의 '무의식의 심리'에 관한 최고의 해설서.
인간의 정신세계의 연구에 있어서 끝없는 시야를 제시하는 그리고 미지의 무의식 세계를 개발하려는 융심리학의 핵심 해설서.

4 프로이트심리학 비판

프로이트심리학 비판

CRITICISM FREUD PSYCHOLOGY
H. 마르쿠제 / E. 프롬

인간의 정신세계의 틀을 제시하는 프로이트 사상의 근거와 사회적 영향을 검토하고 검증하려는 비판서.
이 책을 통하여 우리는 프로이트심리학의 출발과 실제와 한계를 생각할 수 있다. 우리가 프로이트심리학에 무엇을 기대하며 무엇을 문제시해야 할 것인가를 말해주는해설서.

5 아들러심리학 해설

아들러 심리학 해설

WHAT LIFE SHOULD MEAN TO YOU
A. 아들러 / H. 오글러

프로이트 본능심리학 및 융의 분석심리학과 함께 꼭 주지되어야 하는 것이 아들러의 개인심리학이라고 할 때 그 개인심리학이 논구하여 설명하려는 개개인의 의식세계를 또다른 시각으로 설파해 주는 해설서.
개인 의식세계에 대한 간결하고도 이해하기 쉬운 참고서.

6 정신분석과 유물론

정신분석과 유물론

PSYCHOANALYSIS AND MATERIALISM
E. 프롬 / R. 오스본

인간의 정신을 의식·무의식의 메카니즘으로 파악하는 프로이트사상과 철저한 일원론적 자세로 설명하는 마르크스 사상이 어떻게 영합하며, 어떻게 상반되며, 그리고 무엇을 문제로 빚는가를 사회사상사적입장에서 논한, 우리시대 최대의 관심사에 관한 해설서.

7 인간의 마음 무엇이문제인가? (Ⅰ)

인간의 마음 무엇이 문제인가?(Ⅰ)

THE HUMAN MIND (Ⅰ)
K. 메닝거

현대 정신의학의 거장 K. 메닝거 박사가 이야기형식으로 밝혀주는 인간심리의 미로,그 행로의 이상(異常)과 극복의 메시지, 소외와 불안과 갈등과 알력과 스트레스 속에서 온갖 마음의 문제를 안고 사는 모든 이들의 자아발견과 자기확인과 정신건강을 위한 일상의 지침서.

8 인간의 마음 무엇이문제인가? (Ⅱ)

인간의 마음 무엇이 문제인가?(Ⅱ)

THE HUMAN MIND (Ⅱ)
K. 메닝거

제1권에 이어 관능편·실용편·철학편 등이 실려 있는 K.메닝거박사의 정신의학 명저.
필연적으로 약점과 결점을 지닐 수 밖에 없는 인간의 마음에서 빚어지는 갖가지 정신적 문제들에 대처할 수 있는 메닝거식(式) 퇴치법이 수록되어 있다.

9 정신분석 입문

S. 프로이트 정신분석 입문

VORLESUNGEN ZUR EINFÜHRUNG IN DIE PSYCHOANALYSE
S. 프로이트

노이로제 이론에 있어서 새로운 영역을 개척함과 아울러 거기서 획득할 수 있는 놀라운 입장과 견해를 프로이트는 스물 여덟 번의 강의에서 총망라해 다루고 있다. 인간의 외부생활과 내부생활의 부조화로 인해 빚어지는 갖가지 문제점들을 경이롭게 파헤친 정신분석의 정통 입문서.

10 꿈의 해석

S. 프로이트 꿈의 해석

DIE TRAUMDEUTUNG
S. 프로이트

꿈이란 어떤 형태의 것이든 욕구충족의 수단이며, 꿈을 꾸는 사람은 그 자신이면서도 현실의 자기 자신과는 완전히 단절되어 있다는 꿈의 '비논리적' 성질을 예리하게 갈파해 주는 꿈 해석 이론의 핵심 이론서.

********** 자신있게 권합니다./ **********

◇ 선영사가 가장 자랑하는 양서 **선영심리학선서** 는 기초심리학의 정수만을 엄선해서 편역한 알기쉬운 심리학서로서, 독자 여러분의 지적 만족과 정신문제 해결에 도움이 될 것입니다.